诗家十讲

方笑一 ● 著

东方出版中心有限公司

图书在版编目（CIP）数据

诗家十讲 / 方笑一著. －上海：东方出版中心，
2021.4
ISBN 978-7-5473-1551-4

Ⅰ.①诗… Ⅱ.①方… Ⅲ.①古典诗歌－诗词研究－
中国－唐宋时期 Ⅳ.①I207.2

中国版本图书馆CIP数据核字（2021）第048568号

诗家十讲

著　　者　方笑一
责任编辑　万　骏
封面设计　合育文化

出版发行　东方出版中心有限公司
地　　址　上海市仙霞路345号
邮政编码　200336
电　　话　021－62417400
印 刷 者　上海盛通时代印刷有限公司

开　　本　890mm×1240mm　1/32
印　　张　9.25
字　　数　164千字
版　　次　2021年5月第1版
印　　次　2021年5月第1次印刷
定　　价　45.00元

❧ 自 序 ❧

《诗家十讲》涉及中国古代诗人王维、李白、刘禹锡、白居易、李煜、欧阳修、王安石、苏轼等,是根据我近年来在各种机构和媒体所作的十次演讲记录整理而成。这些讲座面向广大的诗词爱好者,而不是专业学者。我发现,普通听众对诗人的人生浮沉,尤其是他们在人生逆境中的经历,比诗词本身更感兴趣。我想这是因为,在快节奏、高强度的生活工作中,在日趋激烈的职场竞争中,每个人都有可能遭遇种种不顺,陷入暂时的困境,而倾听这些古代诗人的经历,恰恰可以帮助我们走出逆境。

诗词从来就不是孤立的存在,诗词背后矗立的是一个个活生生的诗人。读诗词的过程中,我对诗词背后的诗人越来越感兴趣。他们的生平仕履、生活经验、心灵世界、朋友圈子,无一不吸引我去探查。他们一路走来,所经历的种种酸甜苦辣,无论是身处顺境,还是深陷逆流,内心的惬意或挣扎,坚守的处世之道,采取的应对之策,无一不引起我的思索。

诗词是诗人生命的结晶。读诗词,不但要知其文,更要知其人;读诗词,就是和诗词背后的那个生命晤谈。

中国古代向来有一种观念认为，诗是诗人遭遇困厄而作，司马迁说："《诗》三百篇，大底圣贤发愤之所为作也。"诗人横遭劫难，心有"郁结"，从世俗功利的角度而言，他们的人生在那一刻或许已经失败了。但不要紧，他们心中有诗，对世事、对人生的诗意感知和诗性表达，足以给他们精神支撑，帮助他们渡过难关。在荒远寒凉的贬谪之地，在青灯独照的孤寂夜晚，诗是他们最好的慰藉。这便是本书主要关注的。

有人认为，诗写得好坏，和诗人人生得意与否恰成反比，"愈穷则愈工"，假如这是事实，对诗人而言或许有点残酷，对于读诗人而言，则未尝不是一种幸福。

在准备这些演讲的过程中，参考过很多前辈时贤的研究成果，考虑到这是一本普及性的演讲集，就不再一一注明。本书中关于白居易和苏轼的一小部分内容，曾发表于《解放日报》，《诗人与江南》一篇曾被收入《江南纪》一书，其他各篇均首次发表。东方出版中心出版创新研究室的万骏先生作为责任编辑，在本书出版过程中提供了不少帮助，在此谨向学者和编辑者致以深深的谢意。

目 录

第一讲　王孙自可留　/001
　　　　王维的坎坷仕途与山水情怀

第二讲　我言秋日胜春朝　/029
　　　　刘禹锡的弃置生涯与解脱之道

第三讲　胸中消尽是非心　/059
　　　　白居易的独善其身与闲适诗篇

第四讲　鸟歌花舞太守醉　/095
　　　　欧阳修的贬谪经历与生活情趣

第五讲　细数落花因坐久　/129
　　　　王安石罢相与生命中的最后十年

第六讲　此心安处是吾乡　/163
　　　　苏轼的政治遭遇与旷达襟怀

第七讲　惟江上之清风，与山间之明月　/195
　　　　苏轼的文章与人生

第八讲　四十年来家国，三千里地山河　/229
　　　　李煜的悲剧与人类的命运

第九讲　死生豁达，人间美丽，圣人忘情　/247
　　　　李白与马勒

第十讲　春水碧于天，画船听雨眠　/259
　　　　诗人与江南

· 第一讲　王孙自可留 ·

王维的坎坷仕途与山水情怀

王维的一生其实挺坎坷的，遇到坎坷的时候，他就用山水本身和他对山水的体悟，形成文字，加以对抗，给自己求得心理平衡、求得人生相对安好的状态。

王维是盛唐诗人，出生在公元701年，去世在公元761年，他去世的年份学术界有几种不同的说法。公元701年是武则天统治时期，武后临朝，改国号为周，年号叫大足元年，后来这一年又变成长安元年，改了年号。我们一般说王维是在大足元年出生的。这一年，唐代还出生了一位大诗人——李白，他们二人没有交集。王维去世在761年，是唐肃宗上元二年，当时安史之乱已经过去。安史乱军攻入长安，玄宗奔蜀，后来就变成了太上皇，唐肃宗继位，平定了安史之乱后回到长安。如果按照阴历来算，王维虚岁六十一岁。王维字摩诘，蒲州人，蒲州在今天山西永济，永济的城墙现在作为遗址被保护下来了，断壁残垣，王维就在这里出生。他的名字和他一生的思想很有关系。他名维，字摩诘，其实"维摩诘"是不能拆开的，这是一个人的名字，是佛教里面著名的居士，叫维摩诘居士。这个人什么样子，我们不知道。在梵文里面，维是降服的意思，摩诘是恶魔的意思，维摩诘就是降伏恶魔，所以这三个字是不可以拆开的。王维他爸爸给他取名字的时候，把名字拆开了，变成了名降服，字恶魔了。说明王维的爸爸其实不懂梵文的意思，只是根据维摩诘的名字来起的。这是陈寅恪先生曾经和日本汉学家白鸟库吉谈话的时候，告诉他的。也有人说，是后人对陈寅恪先生的神化，因为白鸟也是日本很有名的汉学家，所以可能是大家对陈寅恪先生的美意假设。

心大如海维摩诘

维摩诘的故事在《维摩诘所说经》中。维摩诘居士和我们印象中信佛的人感觉不一样，经常是生病的，对人生抱有游戏的态度，不限制自己的欲望，好像很随便的样子。这样的做法和佛教对居士的要求是不同的。后来，释迦牟尼让很多人和他辩论，但是去了很多人，没有一个人能辩得过他。《维摩诘所说经》前面都是他跟各方菩萨的辩论。最后是文殊菩萨出马，文殊菩萨象征智慧，后来佛自己也和维摩诘对话，就弄清楚了为什么维摩诘以这样的态度来对待事情。《维摩诘经·方便品》说："有长者名维摩诘，已曾供养无量诸佛，深植善本，得无生忍；辩才无碍，游戏神通，逮诸总持；获无所畏，降魔劳怨；入深法门，善于智度，通达方便，大愿成就；明了众生心之所趣，又能分别诸根利钝，久于佛道，心已纯淑，决定大乘；诸有所作，能善思量；住佛威仪，心大如海，诸佛咨嗟！"这位居士其实对大乘佛教的修行很有智慧，他种种游戏人生的态度，是建立在人生智慧的基础上的。我为什么要说这部经呢？因为这部经写的是一位在生活中十分自由的居士，这受到了唐宋那些文人居士的热捧和推重。

王维对他的名字是怎么看的呢？他的集子里有一首《题辋

川图》,《辋川图》是王维自己画的,但是现在没有留存下来。
王维的这首诗很有意思,就像打油诗一样:

> 老来懒赋诗,惟有老相随。
>
> 宿世谬词客,前身应画师。
>
> 不能舍余习,偶被世人知。
>
> 名字本皆是,此心还不知。

　　他说,我老了,懒得写诗了,但是唯独老的这种感觉陪伴着我。我的前世是诗人,前身也是画家。我不能舍弃吟诗作画的习惯,所以被大家所知。我的名字就是从维摩诘居士那里来的,他是佛教的居士,给我起名字的人肯定希望我忘怀得失,不要把事情看得太重,但是我却对里面的佛教理念,不能完全体会。

　　这是王维对他自己名字的看法,也是对他自己一生的看法,这是他比较后期的一首诗了。

　　王维的爸爸叫王处廉,从太原祁县迁到蒲州,官职为汾州司马。母亲崔氏,是唐代赫赫有名的博陵崔氏,这是大的姓氏,很多有名的官员都是这个崔氏的。但是他的母亲跟一个和尚大照禅师普寂学佛三十余年,这与他日后学佛有很大关系,他受到了家庭环境的影响,这是他后来自己在诗中写过的。王维有四个弟弟,第一个是王缙,很有意思,当时王维在安史之乱中被迫出任伪官,是王缙说自己也有一定的官职,可以革除来替王维赎罪,解救了他的哥哥。后来王维一点点官复原职,做到了安史之乱之前的官位给事中。王缙对他而言，意义比较重大，也留下了一些文章，王繟、王纮、王紞三个人的情况，我们不是非常清楚。

仕宦经历

接下来我们言归正传，讲王维的仕宦经历。王维的山水情怀大家都知道，但是他坎坷的仕途我们可能不太了解。他留下来的诗歌看起来都是心境非常悠闲的人才能写出来的，例如"明月松间照，清泉石上流"，需要处在宁静的自然环境中，才能写出来的。如果你一直被贬官，长期沉沦下僚，怎么写得出这样的诗句呢？我们总是觉得王维身上有富贵气，而孟浩然身上有一种清寒之气。王维诗风很清淡，但是用词非常讲究，里面有富贵气，而且他所处时代是盛唐，非常繁华。实际上，我们深入看王维的人生，他遭遇的挫折不少。

王维人生第一个挫折是他二十一岁的时候，考试不中，这对古代人而言，是巨大的挫折。人生的第二个挫折是四十一岁时，开元九年，他春天刚刚考取了进士，到了那年的秋天，做官一年都还没有满，结果因为伶人舞黄狮子被贬为济州司仓参军。这对于王维而言，是非常大的不幸，诗风马上就变化了。第三个挫折是他遇见了张九龄，希望张九龄可以提拔自己，张九龄做了宰相，就给了他一个官做，但后来张九龄被李林甫排挤，贬为荆州长史，王维的仕途也遭遇了困难，他出使凉州，也就是今天的甘肃，留下了"大漠孤烟直，长河落日圆"的诗句。最大的挫折是安史之乱中，安禄山占领长安，王维被叛军捕获。这好像很狗血，杜甫逃出来了，但是王维被抓住了。这件事情给了他巨大的打击，这是他的第四个挫折。

王维作为一个诗人，一辈子不太顺利。我们倒过来，讲讲他一辈子的几个关键点。十五岁，他离家赴长安，中间还去过洛阳。开元九年春，二十一岁，中进士，任太乐丞，管祭祀时舞蹈之事，王维是副职，还有一个正职叫太乐令。但伶人舞黄狮子案爆发后，太乐令流放，王维贬官，两个人都受到了打击。开元十七年，他二十九岁，师从大荐福寺道光禅师，正式学习佛教。开元二十三年，三十五岁，受到张九龄的提拔，任右拾遗。开元二十九年，他四十一岁，第一次隐居终南山。天宝三载，四十四岁，他从宋之问手里买了一座别墅，开始营建辋川别业。天宝十五载，他五十六岁，被叛军捕获。五十八岁，皇帝放他一马，恢复官职。六十一岁，他官尚书右丞，去世。实际上，他刚刚做到尚书右丞不久，就去世了。我们叫他王右丞，就是这个原因。

王维一生到过什么地方？长安、洛阳、济州、蜀地、淇上、嵩山、凉州、岭南等。王维怎么会去这么多地方呢？现在地理信息系统可以给我们标记古代每一位诗人去过的地方。我们来看看王维一生的第一阶段。前面二十年，对于王维比较重要的有两件事情，一是他开元三年离开家乡，二是开元八年，他吏部考试落第。唐代的科举考试，先应京兆府试，合格之后，参加吏部的考试。他府试后没有下文了，专家研究说他那一年的吏部考试，其实没有考上，后来才考上，这是一个波折。第二阶段从开元九年任太乐丞到开元二十九年从岭南北归，隐居终南山，这期间发生过几件大事。一是开元九年因伶人舞黄狮子案贬为济州司仓参军，二是张九龄罢相，贬为荆州长史，王维出使凉州。第三阶段是王维在李林甫的权力阴影下为官，玄宗也不是非常开明，他做官也不是非常有意思，半隐居于辋川别业。第四阶段是他五十六岁到六十一岁，从被叛军抓获，到上元二年去世，这一段有两件事情，一个是被叛军抓获，囚禁于洛阳菩提寺，被迫出任伪职，第二件事情是乾元元年恢复官职。

圣代无隐者，英灵尽来归

我们先讲他的第一阶段，考中进士之前，青少年时代王维的诗歌是怎么样的，对于人生和仕途是怎么看的。我用王维送落第的朋友綦毋潜的一首诗里的话来概括："圣代无隐者，英灵尽来归。"现在是圣明的时代，所有有才能的人都来朝廷求一官半职。如果你考不上，不是朝廷选拔人才制度的问题，而是你的水平问题。这个时候，王维还没有做过官。《送綦毋潜落第还乡》全诗如下：

圣代无隐者，英灵尽来归。

遂令东山客，不得顾采薇。

既至君门远，孰云吾道非。

江淮度寒食，京洛缝春衣。

置酒临长道，同心与我违。

行当浮桂棹，未几拂荆扉。

远树带行客，孤村当落晖。

吾谋适不用，勿谓知音稀。

从中你可以看出王维对科举考试的态度，东山客指的是谢安，是隐居的贤者。他说，现在的时代十分开明，隐居的人都可以出仕，不需要采薇，而是投入到大唐王朝建设的滚滚洪流当中，做出自己的贡献。但是綦毋潜却没考上，王维说，也不全然是你的能力、水平有问题，你只是运气不太好，不要因为这件事情灰心。可能正好碰到你的考官不欣赏你，但你也应该多从自己身上找原因。

我们还可以从《洛阳女儿行》中看出王维对功名利禄的态度。这首诗很有名，写的是洛阳有一个十五岁多的女孩子，嫁给了一个大款，经济条件非常好，女孩子就一步登天了。

洛阳女儿对门居，才可颜容十五余。

良人玉勒乘骢马，侍女金盘脍鲤鱼。

画阁朱楼尽相望，红桃绿柳垂檐向。

罗帷送上七香车，宝扇迎归九华帐。

......

城中相识尽繁华，日夜经过赵李家。

谁怜越女颜如玉，贫贱江头自浣纱。

　　她的丈夫骑着宝马，旁边的用人手里面托着金盘子，女孩子就身价百倍了。王维前面都在描写这样的财富，说女孩子命很好，让人羡慕。但是最后的两句，却有不同的情感，那些贫苦人家的女孩子，遭遇却很差。王维对洛阳女儿的处境，其实内心里暗暗有点羡慕，他觉得贫贱的确是比较可怜的。

　　在王维二十一岁中进士之前，还写过一首诗，比较特别，是写岐王李范的，岐王比较有名，杜甫也曾经写过他。他是唐玄宗的弟弟，喜欢结交文人，也懂音乐，经常和王维一起参加宴会。王维作为参与者，要给李范唱和。同王爷唱和，叫"应教"。我们来看，他们一起去了九成宫，这是一个很大的离宫，用以避暑。王维这首《敕借岐王九成宫避暑应教》写得非常流畅：

帝子远辞丹凤阙，天书遥借翠微宫。

隔窗云雾生衣上，卷幔山泉入镜中。

林下水声喧语笑，岩间树色隐房栊。

仙家未必能胜此，何事吹笙向碧空。

　　中间的四句，让大家想起了什么？"隔窗云雾生衣上"让我想到了"山路元无雨，空翠湿人衣"，这是王维的名句，山路上本来没有雨，但是雾霭、山岚缭绕其间，就有湿气打湿了我的衣服，而其中却没有雨滴。这就写出了人的微妙感受，这种感受在他早年的这首诗歌里就已经有了。"林下水声喧语笑"让我想到了《山居秋暝》里的"竹喧归浣女，莲动下渔舟"。这首诗其实就是礼尚往来的和作，王维居然花了这么大的功夫，用这么细腻的笔触，写他在离宫里面的感受。如果我把第一联和最后一联去掉，光看中间的两联，好像就是他在青山秀水间写的山水诗的感觉。结合他和岐王玩乐唱和的其他诗歌来看，我们感受到王维其实挺羡慕这种生活的，这是王维早年的诗歌给我留下的总体印象。

分野中峰变，阴晴众壑殊

考中进士之后，他的处境发生了变化。我用两句他的名作《终南山》里面的诗句"分野中峰变，阴晴众壑殊"来形容他中年的宦海沉浮。他的经历比较曲折。他隐居在淇上，但是也在那里做过一段时间的官，又去了长安，之后去了四川，还在嵩山隐居过。终于，他出任右拾遗，宰相张九龄被罢职后，他去了凉州河西节度使幕府，写了很多边塞诗。王维的边塞诗也是非常有名的，比如他写霍去病、李陵的诗歌。之后，他回到长安，做了监察御史、殿中侍御史。再后来，他被派去了桂林，称为知南选，回来之后，他就第一次隐居终南山。宦海沉浮看起来比较复杂，王维的生平不像欧阳修、苏轼被研究得非常透彻，因为留下的文献少，我们很多内容都要从他的诗歌里面考证出来。王维为什么突然去了四川？这要从他的诗歌里面考证，就可以看出他在四川游玩。诗人的经历对我们而言非常重要。

开元九年，他春天考取了进士，秋天就被贬官了，他写了《被出济州》，"被"表示了违背了他的主观意志，大多数的"被"都是消极的。他不想去济州，太乐丞做得挺好的，但是却被贬官了。他当时管祭祀时候的舞蹈，狮子舞，狮子有五种颜色，赤、黄、青、白、黑，五只狮子一起跳舞。王维认为单只狮子平时也可以跳跳，五只狮子是给皇帝看的。伶人就跳了黄狮子，结果他不知道，单个跳黄狮子舞也是僭越的，国家祭祀才能跳这个舞，怎么可以随便跳呢？结果一跳，就出事了，这对于他而言，完全是个意外。他说"微官易得罪，谪去济川阴"，谁叫我是一个小官呢？他从被贬开始，诗风就有变化。他前面的二十年，还是蓬勃向上的，满目都是阳光，满眼都是鲜花，但是到了济州之后，有了一点苍凉感。他在路上写了《登河北城楼作》："寂寥天地暮，心与广川闲。"他看着黄河，在城楼上，看天地是那么辽阔，自己多么孤独，心里不是滋味。他就想到了隐居，于是他碰到了一个道士，就写了一首比较长的诗歌《赠东岳焦炼士》，其中四句是"山静泉逾响，松高枝转疏。支颐问樵客，世上复何如？"看看山水，人不是很快乐吗？世间俗事又怎么样呢？当然，他是在写这个道士，但是透露出他对被贬有一点倦怠感，已经想到了要隐居，这是他的真实心境。

后来，他结束了自己的小官生涯，到了淇水之上，一下子变得"愤青"。这首《不遇咏》是王维诗歌里面最为激愤的诗，比李白还要激愤，和我们看到王维晚年的诗歌完全不同，我读到之后，觉得十分惊讶：

> 北阙献书寝不报，南山种田时不登。
> 百人会中身不预，五侯门前心不能。
> 身投河朔饮君酒，家在茂陵平安否。
> 且此登山复临水，莫问春风动杨柳。
> 今人作人多自私，我心不说君应知。
> 济人然后拂衣去，肯作徒尔一男儿。

　　献上去的奏折都没有回音，我去种田也不能丰收。皇帝举办的宴会不叫上我，达官贵人我也不能去投靠他们，心有不甘。最后，王维开始骂人了：你不要以为你们官做得大，其实你们都是自私自利的。我帮助别人，不是要图什么回报，本来我也没有什么地位，这让我很郁闷。不被重视，我也无所谓，我只付出，不求回报，只要做一个堂堂正正的男儿罢了，我就是对你们看不惯！

　　这首诗看出了王维当时的心境，还是挺激愤的。激愤的同时，他又很想做官，这非常有意思。又比如说《送严秀才还蜀》和《送孟六归襄阳》两首诗，从编年来说，是排在一起的，但它们的最后两句完全是矛盾的，用了同一个典故，意思却完全相反。《送严秀才还蜀》最后两句是："献赋何时至，明君忆长卿。"司马相如写赋写得很好，汉武帝看了文章之后，可惜自己不能和相如同时。一个官员说，陛下你不知道，司马相如其实和你是同时代的人啊！于是汉武帝要召见司马相如，司马相如就写了《子虚赋》，这就是献赋的典故。这句诗就说，皇帝其实很想要一个像司马相如一样的人，他一直期待你来啊！在《送孟六归襄阳》里，王维说的是："醉歌田舍酒，笑读古人书。好是一生事，无劳献子虚。"孟六是孟浩然，他居然劝孟浩然，你回去隐居吧，也挺好的！追求这些，读古人诗、隐居，是你一生的事业，不要辛辛苦苦写赋，献给皇帝，日子挺好过的。你就回去安安心心隐居吧！为什么两首诗互相矛盾，对严秀才和孟浩然两个人态度不一样呢？王维其实和孟浩然关系更加亲密。这个典故翻来覆去用，态度不同，其实说明了王维自己对做官这件事情是有矛盾心理的，他内心想要做官，但是又觉得现在世道不是很好，不是好的机会。

后来，他碰到了贵人始兴公，始兴公就是张九龄，他马上就献诗了，写了《献始兴公》，话说得非常好听：

> 侧闻大君子，安问党与雠。
>
> 所不卖公器，动为苍生谋。
>
> 贱子跪自陈，可为帐下不。
>
> 感激有公议，曲私非所求。

大君子指的是张九龄，说其实你是不拉帮结派的，是非常正直的，你从来不用国家权力徇私，心里只装着老百姓。这些话说得十分朴实！而我自己是一个小官，没有地位，年纪轻，跪下来给您看看我是怎么样的人，我可以到您门下来吃口饭吗？我并不是让你徇私枉法提拔我，你本来就是非常公道的。

　　他一共给张九龄写过两首诗，比孟浩然厉害多了。孟浩然写给张九龄的诗《临洞庭上张丞相》前面都是写景色的，而王维这首诗，简直是赤裸裸的。王维这个人是挺好的，张九龄做宰相的时候，他献诗给他，但是张九龄被贬官了，他还是写诗寄给他——《寄荆州张丞相》，但是诗的味道就不一样了：

> 所思竟何在，怅望深荆门。
> 举世无相识，终身思旧恩。
> 方将与农圃，艺植老丘园。
> 目尽南飞雁，何由寄一言。

　　就是说，老领导啊，我一直在想你，你不干了，我也不想干了。大雁从长安飞到荆州，我很想写封信给你，给你写几句心里话，我很怀念你。

　　这说明王维是很重感情的，虽然他想要求进，但是他对提拔过自己、如今又失势的人，还是心念旧恩的。

　　张九龄走了，王维也走了，他去了桂林，当时算是知南选，这就有点像我们今天的干部，去比较艰苦的地方挂职。他一路上经过了很多地方，写了很多诗歌，最有名的就是《汉江临眺》：

> 楚塞三湘接，荆门九派通。
>
> 江流天地外，山色有无中。
>
> 郡邑浮前浦，波澜动远空。
>
> 襄阳好风日，留醉与山翁。

这首诗我们从小就能背出来。"江流"是一个名词，不是流动，而是水流，和"山色"相对，这是一个对仗。"留醉与山翁"是什么意思？山翁是不是山里面的老人？我留下来和山里面的老翁共醉。其实这样理解就大错特错了，山翁指的是晋朝山简，是山涛的儿子。这个人在襄阳做过官。王维的意思是，我要像晋朝的山简一样，在这里留下来，不走了。但是这其实只是说说而已，他肯定是要走的。但是山简的生活让他非常羡慕。

王维在广西做了一年左右的官，又回来了，经过庐山，写了一首《登辨觉寺》，比前面那首诗知名度差多了，但这是王维第一次在诗歌里明确表达他要学佛了。

> 竹径从初地，莲峰出化城。
>
> 窗中三楚尽，林上九江平。
>
> 软草承跌坐，长松响梵声。
>
> 空居法云外，观世得无生。

自己盘腿而坐，观世间万事，习得无生。无生是佛教名词，在他的诗里这是第一次出现，但是之后，却出现得比较频繁了。他在《谒璿上人》中写道："一心在法要，愿以无生奖。"希望佛教来滋养我，这简直是对我的一种奖励。无生是怎么样的境界？这是解读王维佛教思想很重要的概念，他说："欲知除老病，唯有学无生。"（《秋夜独坐》）所以无生非常重要。

有一部佛经叫《金光明最胜王经》，在它的《如来寿量品》里面用了一系列话，解释什么是佛教的涅槃。第九条说："九者、无生是实，生是虚妄，愚痴之人漂溺生死，如来体实，无有虚妄，名为涅槃。"无生才是真实的，生反而是一种假象。不学佛教的人，在世间沉浮、轮回，只有如来，才能体察到人生的实相就是无生，这种境界就是涅槃。无生就是无死，然后就涅槃了。一般人追求长命百岁，但是佛教说，人只是轮回中的一种，下一辈子你可能不是人了，可能是猪。佛教认为人需要涅槃，从生死轮回里面跳出来，这样达到无生无死的境界，才是涅槃。我们称和尚去世为圆寂，或者叫往生，因为佛教认为他来生还会来的。

王维从桂林回来之后，没有立即做官，他实现了自己人生的第一次隐居，这个时候，他隐居是一件顺理成章的事情。他隐居在大名鼎鼎的终南山，为什么叫"终南捷径"？因为唐朝有些人其实并不想要隐居，他们想要做官，但是如果你隐居到很远的地方去，别人就不知道了。所以隐居要离长安近一点，可是不能住在长安城里面，那么终南山就是最好的选择。他们昭告天下，我开始隐居，你们如果要找我，就要上山找我。他们待价而沽，让人去找他们出山。王维的那次隐居的确给了他喘息的机会，他不想马上出来做官。他在这段时间，写了《终南山》：

> 太乙近天都，连山接海隅。
> 白云回望合，青霭入看无。
> 分野中峰变，阴晴众壑殊。
> 欲投人处宿，隔水问樵夫。

太乙是终南山的古称，这座山非常高，仿佛绵延到了海边。第二句非常漂亮，在山间看到云雾缭绕，一开一合，山间青色的雾霭，仔细一看却又没有了。古代人认为地理位置和星象是一一相对的，终南山对应到天上，已经跨越不同的星象了，这说明山很大，而且整座山里在同一时间，气候都不同。最后一句境界太美了，晚上要找地方住，没有人问，只有一个樵夫，要隔着山间溪水，才能问到。这说明山很大，很空寂，几乎都没有人。

其实王维的诗歌并不是完全出于自然，他的诗是苦于炼字的，非常苦心安排词句。王夫之说："工苦，安排备尽矣。人力参天，与天为一矣。结语亦以形其阔大，妙在脱卸，勿但作诗中画观也，此正是画中有诗。"最后写隔水，就是为了说山之大。苏轼说："味摩诘之诗，诗中有画；观摩诘之画，画中有诗。"王夫之当然看过苏东坡的这句话，他说，并不是诗中画，而是应该看到表面上非常有图像感的文本，实际上有很深的诗意隐藏在里面。比方说王夫之讲的"脱卸"。"分野中峰变，阴晴众壑殊"，写到这里，再写下去该怎么写呢？这首诗很难结尾，前面都非常阔大。如何结尾？总不见得八句话都是非常广阔的意象，没有这样的写法，必须要收拢到一个比较具体的场景里面去。但是收拢到一个场景，如果突然收得很窄，就和刚刚说的广阔感觉不符合，不自然。所以，人虽然出现了，收到微观的场景里面进行对话，但用这一道水，做了非常好的过渡，把终南山的广阔贯彻到底，在结尾非常好地找到了从宏观到微观来结束这首诗的办法。我想这就是王夫之说这首诗妙在"脱卸"的原因，这个结尾特别好，有回味不尽的感觉。

再来看《终南别业》，这里面有几个点，我来给大家讲一讲。

中岁颇好道，晚家南山陲。

兴来每独往，胜事空自知。

行到水穷处，坐看云起时。

偶然值林叟，谈笑无还期。

中年的时候很喜欢道，也就是佛教。第二句好像说的是，晚年的时候，住在了终南山，但是其实当时他不是晚年，是他第一次隐居，最多是中年。如果"晚"是指晚年，那么就变成回顾自己的一生了。其实不是这个意思，"晚"表示"近来"，也就是最近的意思，住在了终南山。当下，我很喜欢道，现在我隐居到了终南山。王维不喜欢跟别人一起散步，高兴了就自己一个人出门走一走，表面上看起来，"胜事"是好事，好事只有我一个人知道，不和别人分享。但是，这个"胜事"，居然也是佛教里面很重要的词汇。我把它从佛经里面找出来了，在《十住毗婆沙论》里："无明蔽慧眼，数数生死中，往来多所作，更互为父子。贪著世间乐，不知有胜事。""胜事"指的是领悟了佛教的真谛之后，那种快乐的感觉。这个《十住毗婆沙论》是古印度龙树菩萨写的。所以王维这里的"胜事"不是一般的好事，而是他自己对佛教特殊的领悟。"行到水穷处，坐看云起时。"妙在哪里？有人说，这就像"山重水复疑无路，柳暗花明又一村"。其实这有一种因缘凑合的感觉，佛教就是讲因缘，关系有因有果，看到水没有了，于是坐下来，一抬头，就看到云起了。水和云之间仿佛有默契一般，水穷了，云就起了，我坐在那里，好像什么都没有干，但是恰好成为水和云之间的连接点，但是这个关系不是我强加的，而是自然而然的。王维这样的巨笔，把这种感觉写了下来。那种佛教的深意，不是刻意为之，而是因果相承相续的感觉，王维看到的实景和他自己的心境，全部都在这十个字里面。结尾十分困难，该如何结尾呢？砍柴的老头又出来了！"林叟"就出来了！我偶然遇见了林叟，我也不知道他怎么出来的，他刚好就出来了，和我一起谈一谈，忘记回家了。这样一种感觉十分好。大家可以看看他的诗歌，最后两句里面，老人出现的频率挺高的。

胡仔在《苕溪渔隐丛话》里说："此诗造意之妙，至与造物相表里，岂直诗中有画哉！观其诗，知其蝉蜕尘埃之中，浮游万物之表者也。山谷老人云：余顷年登山临水，未尝不读王摩诘诗，顾知此老胸次，定有泉石膏肓之疾。"山谷老人是宋代诗人黄庭坚。他说王维对山水的热爱，几乎已经病入膏肓了，一刻也离不开。这个评价是恰如其分的。

丞相无私断扫门

王维人生的下一个阶段是"丞相无私断扫门"，在权力阴影下的亦官亦隐。他总不能在终南山一直待下去，又出来做官了。丞相指的是李林甫，王维说他"无私"，并不是说瞎话，其实有他的道理，王维不是想要吹捧李林甫。他这段时间一直在京城做官，做了左补阙、侍御史、库部员外郎、库部郎中，母亲去世了，他丁母忧，之后做了文部郎中、吏部郎中、给事中。这时，李林甫有个亲信叫苑咸，写给王维一首诗，诗有个序："且久不迁，因而嘲及。"是说别人都升官了，但是王维却一直没有升官，苑咸就写给王维诗句："应同罗汉无名欲，故作冯唐老岁年。"王维是相信佛教的，苑咸就说，我知道你思想境界是很高的，不追求这些东西，所以你就像罗汉一样。冯唐一辈子就做了小官，壮志未酬，难道你王维也想这样吗？意思是让王维可以态度积极一点，出来做官了。王维回了一首诗《重酬苑郎中》。如果让他做官的人是张九龄，那么就好办了，但是这个人却是李林甫的亲信，意思就是你王维要来找我，我来找李林甫。如果王维同意了，那么就不是王维了，但是如果回绝他，说自己只认张九龄，不认李林甫，那么也是很凶险的。话很难说，于是王维就回了首诗，他的人生智慧也体现在这里。《重酬苑郎中》是这样写的：

何幸含香奉至尊，多惭未报主人恩。
草木尽能酬雨露，荣枯安敢问乾坤。
仙郎有意怜同舍，丞相无私断扫门。
扬子解嘲徒自遣，冯唐已老复何论。

你给我写诗，想要拉我一把，我实在非常感动。草木也想要报答雨露，但是草木的枯荣，却是老天爷决定的，我也不敢去轻易求李林甫，人各有命。仙郎指的就是苑咸，你的好意我心领了，但是你看，李林甫这个人为官十分公正无私，他不会来这一套的，不会搞权力游戏的。你不要以为你可以帮我托关系，其实这是没有用的。所以你好意思找他吗？我也不好意思。在这样好的丞相的领导下，我们怎么能让他去徇私枉法呢？怎么能让他去拉关系，破坏原则，毁坏规矩呢？这样的事情我不能干，一干就毁坏丞相的名誉了！我已经老了，就像扬雄写《解嘲》，冯唐已经老了，不要再做官了。这就是王维婉拒了李林甫，说他秉公办事，不开后门。这样人家就抓不住王维的把柄，他轻松把事情拒绝掉了。这首诗体现了王维非常聪明。

这个时候，他在京城里做官，不开心了，就去辋川别业。辋川别业二十景非常著名，但是现在我们已经看不到了。王维在辋川写的诗，都是五言绝句，被他编写成了《辋川集》，有他和他的好友裴迪，在同一个景点写的两首诗。

空山不见人，但闻人语响。
返景入深林，复照青苔上。

这首《鹿柴》在王维的《辋川集》里面也算得上是很好的诗。同样是写《鹿柴》，裴迪写的是：

日夕见寒山，便为独往客。
不知深林事，但有麕麚迹。

我觉得裴迪这首诗单独拿出来看，也不错。但是同样写的是深林，裴迪写得就很普通，然而王维写深林，就写出了阳光返照到林间，透过树的缝隙，一道道光射到地上，又看得到阳光，又有被树隔断，那种凉凉的感觉。然后，这个光复照青苔上，青苔也需要阳光。光和影的效果、光和青苔的关系，两句话就写出来了。再写人和山的关系，裴迪写的是"日夕见寒山，便为独往客"，这是非常直白的，黄昏时分，出去走一圈看到了山，没有什么人。但是王维写的是"空山不见人，但闻人语响"。这跟裴迪意思差不多，但是味道却不一样。裴迪的"麕麚"，也没有为这首诗增加什么丰富性。同样是五言诗，功夫就在这里，王维的画面感、层次的丰富性、戏剧感、意象和意象之间的关联性，就在这二十个字里面，表现力完全不一样。什么叫顶级大诗人？山水田园诗派顶级的大诗人、诗佛，这不是随便说说的。千年下来，这是有道理的！

再看这首《过香积寺》：

不知香积寺，数里入云峰。

古木无人径，深山何处钟。

泉声咽危石，日色冷青松。

薄暮空潭曲，安禅制毒龙。

"泉声咽危石，日色冷青松"，我十分喜爱这两句，觉得比"明月松间照，清泉石上流"还要好。山泉水冲到了石头上，发出了呜咽的声音，石头对山泉有种阻碍，这种声音你去了山间就知道了。日色本来是暖的，因为有青松在，日色反而显得冷了。"咽"是听觉，"冷"是视觉，王维这两句诗，绝对是极品！结尾也困难了，怎么办呢？佛教的东西直接出来了。王维经常这样做。"毒龙"是佛教里面干扰我们清净的东西，在《大般涅槃经》里面有《师子吼菩萨品之三》，迦叶对释迦牟尼说："我心无他，深相爱重。但我住处有一毒龙，其性暴急，恐相危害。"释迦牟尼回答说："毒中之毒不过三毒，我今已断。世间之毒，我所不畏。"三毒指的就是贪、嗔、痴，对付三毒，就要用戒、定、慧，这是佛教常见的说法。迦叶很焦虑，觉得自己那里有毒龙，释迦牟尼就帮助他解脱。王维觉得在这样美好的黄昏里面，他也入定了，他的毒龙也被制住了。

晚年惟好静，万事不关心

最后，我想用王维的两句诗"晚年惟好静，万事不关心"来概括他历经乱局之后的平静暮年。好像看起来比较消极，王维好不容易获得了平安的晚年，但他晚年为什么会这么消极？我们来看一下历史：天宝十四载十一月，安禄山反。天宝十五载六月，攻陷潼关，入长安，玄宗奔蜀。当时，王维任给事中，这个官比较大，他被抓了，他想要跟着玄宗一起跑，结果被抓住了。大唐王朝，整个长安都被叛军占领了，王维的人生智慧就来了，他开始吃泻药，然后拉肚子，虚脱，话说不出来了。结果，他拉肚子，别人不太相信，觉得安史之乱之前，他身体挺好的，但是为什么现在却身体不好呢？这就很可疑，把他抓起来了。他在《大唐故临汝郡太守赠秘书监京兆韦公神道碑铭》里面自述："伪疾将遁，以猜见因，久饮不入者一旬，秽溺不离者十月。白刃临者四至，赤棒守者五人，刀环筑口，戟枝叉颈，缚送贼庭。"安禄山把他弄去了洛阳，关在了菩提寺里面。当时安禄山也到了洛阳，找音乐家，我觉得这个安禄山倒是挺有意思的。他找到了一个音乐家雷海青，让他给自己奏乐，雷海青不愿意给这个叛臣奏乐，就被安禄山肢解了。安禄山还大宴宾客，庆祝自己成功了。王维这个时候被关在菩提寺，他的老朋友裴迪来看他。裴迪官很小，把雷海青的遭遇讲给他听，他听了之后，十分悲伤，私下里写了一首《菩提寺禁裴迪来相看说逆贼等凝碧池上作音乐供奉人等举声便一时泪下私成口号诵示裴迪》：

> 万户伤心生野烟，百僚何日更朝天。
> 秋槐叶落空宫里，凝碧池头奏管弦。

昔日的唐王朝，现在都是什么样子！百官没有机会再朝见皇上，安禄山居然还要胁迫别人奏乐，他伤心不已。这首诗没有被安禄山看到。后面平反了，秋后算账，做过伪官的人都被处罚了。王维原来是给事中，安禄山把他抓来了之后，一定要他做他在朝廷所做的给事中，这是做伪官，用今天的话来说，这等于是做了汉奸了。这些做伪官的人后面面对审判，王维拿出了之前的那首凝碧池诗，表示自己是被胁迫的。皇帝看到说，王维这么惨，而且他被关起来，还是忠心耿耿，写了这首诗，一定是迫于无奈的。这种人不是趋炎附势、投靠贼人的。还有他的弟弟王缙，用自己的官职替他哥哥抵了一部分罪，把自己的官辞了。皇帝看到了这些情况，就赦免了王维，让他先做了太子中允、集贤殿学士，之后做了太子中庶子、中书舍人，然后恢复到了给事中，去世前，他做到了尚书右丞。

经历了这些事情，王维发生了很大的改变。大家看《旧唐书·王维传》的一段记载："在京师日饭十数名僧，以玄谈为乐。斋中无所有，唯茶铛、药臼、经案、绳床而已。退朝之后，焚香独坐，以禅诵为事。妻亡不再娶，三十年孤居一室，屏绝尘累。"这是他晚年生活的真实写照，他二十多岁太太就去世了，没有续弦，一辈子就信佛了。他家里面很俭朴，什么东西都没有，只有简单的几样和佛教相关的东西，以及生活用品。这就是王维晚年的生活，虽然官做得很大，但是很清贫。

堪称王维晚年写照的有两首诗，第一首是《酬张少府》：

晚年惟好静，万事不关心。

自顾无长策，空知返旧林。

松风吹解带，山月照弹琴。

君问穷通理，渔歌入浦深。

这首诗写得比较乐观，但是到了《秋夜独坐》，我们就可以看出晚年的王维是什么样的心境：

独坐悲双鬓，空堂欲二更。

雨中山果落，灯下草虫鸣。

白发终难变，黄金不可成。

欲知除老病，惟有学无生。

王维半夜睡不着觉。第二句看似写的是景象，但是实际上传到你耳朵里面是声音，他是听到雨声里面的果子掉落，十分孤寂，四下无人，只听到草里面的虫子在鸣叫。他的年纪大了，炼丹也没有什么用。那么该怎么办呢？只有悟透佛教无生的道理，从心理上，就不会悲伤自己的老病了。

他的晚年，弟弟王缙在《进王右丞集表》中写道："臣兄文词立身，行之余力，当官坚正，秉操孤直。纵居要剧，不忘清净。实见时辈，许以高流，至于晚年，弥加进道。端坐虚室，念兹无生，乘兴为文，未尝废业。"王维被同辈人称赞，大家都认为他境界很高。他文章也写得很好，一直没有停止。这是他弟弟对他晚年的评价。

王维的一生其实挺坎坷的，遇到坎坷的时候，他就用山水本身和他对山水的体悟，形成文字，加以对抗，给自己求得心理平衡、求得人生相对安好的状态。很有意思的是，他在《山中送别》中提出了一个问题：

春草明年绿，王孙归不归？

山里面很好，你回去吗？还是留在这里？他在《山居秋暝》里面回答了这个问题：

随意春芳歇，王孙自可留。

任他青草已经枯萎，人还是可以留在山中的。我认为"王孙自可留"就是他对"王孙归不归"这个问题的回答。这两首诗写在不同的时期，但是两个结尾在我看来，是很好的呼应。

第二讲　我言秋日胜春朝

刘禹锡的弃置生涯与解脱之道

刘禹锡虽然晚年闻达，过上好日子，但是他是常青的树，一年四季，颜色都是非常绿，很有生机，很有活力的。……其实，人有的时候就是靠那么一点精气神活着，哪怕你是二十三年被埋没。

刘禹锡是中唐著名诗人。其实在我们心目中，他的地位有点尴尬。因为他同时代的诗人有白居易、柳宗元、韩愈，好像这些人名气都要比他大一点，有的专家就会研究，在他们那一代诗人中，韩、柳、白这些人，为什么要比元稹、刘禹锡名气大呢？专家投入的研究力量要大一些，别人的关注度也要高一点。我想这个原因是多方面的，但是并不表明刘禹锡不重要，相反，他是相当重要的。而且，刘禹锡在当时的历史时段里面，跟政治、跟文人圈子的关系很密切，无论在哪个圈子里面，他都起到比较核心的作用。刘禹锡绝对不仅仅是我们今天理解的有几首浅白诗歌的作者。如果我们对唐诗的理解仅仅局限在李白、杜甫、王维、孟浩然、白居易，讲来讲去，岂不是太没有味道？

刘禹锡有句名言："二十三年弃置身"，是怎么被弃置的，在漫长的二十三年当中，又是如何寻找自我解脱之道，不被人生压力压垮的，这对我们当代人有很大的鼓舞和启发。

为什么要用"弃置"这个词？其实就是贬谪，这个"弃置"是刘禹锡自己说的。他在《酬乐天扬州初逢席上见赠》中说："巴山楚水凄凉地，二十三年弃置身。"大家看到二十三年这个数字就骤然一惊。刘禹锡活了七十一岁，比王维多活了十年，王维活了六十一岁。在七十一年的人生里，他有二十三年是被朝廷弃置的，用流行的术语来说，可以说是他被扫进了历史的垃圾堆，在政治上面是没有前途的。为什么？我们先来看二十三年是怎么算的。他在唐顺宗永贞元年，也就是公元805年，被贬为连州刺史，后来被贬为朗州司马，因为刺史还挺大的。到了宝历二年（826年）冬应召，这个时候已经是唐敬宗了，第二年到京，连头带尾，正好是二十三年。

如果我们看看历史上流传的刘禹锡的画像，和王维很不一样，王维的画像有超然物外的、有满脸横肉的，但是刘禹锡的所有画像都是一个样子，都是很瘦的长脸。在沧浪亭五百名贤祠有一方苏州的石刻，刘禹锡晚年结束了贬谪之后，曾经担任过一段时间的苏州刺史，时间不长。苏州石刻刻出来的刘禹锡，和历史上流传下来的他的画像，感觉也很类似。这一形象给我们什么感觉呢？第一，他年寿比较长；第二，他是很有精神的，瘦筋筋的。虽然画像的人也没有见过刘禹锡，但这是根据画师的传承和体悟来画的，说明后人对刘禹锡的风貌已经有了一种比较一致的认识。

匈奴后裔

刘禹锡，字梦得。生于唐代宗大历七年（772年），他跟白居易同年生，就像李白和王维是同年生的一样，这非常巧，中唐的这两位大诗人都是同年生的。他的名字来自《尚书·禹贡》："禹锡玄圭，告厥成功。"大禹把玄圭赐给舜，告诉他治水已经成功了。锡通"赐"。他字梦得，名字和梦有什么关系呢？汉代有很多解释《孝经》的纬书，很多书都失传了，比方说《孝经钩命诀》，虽然已经失传了，但是里面有一句话留下来了："梦接生禹。"大禹的父母在生大禹之前，曾经有梦作为先兆的。刘禹锡的名字来自《尚书》，他字梦得，也是和大禹有些关系。他的家庭氛围很好，他自己在《夔州谢上表》中写："家本儒素，业在艺文。"这是他对自己家庭传统的定位。

刘禹锡是哪里人，意见还是有点不太一致。刘禹锡在《子刘子自传》中说："其先汉景帝贾夫人子胜，封中山王，谥曰靖，子孙因封为中山人也。"说他自己是中山靖王的后人，这让我们想起了刘备，他也说自己是中山靖王的后代。历史上记载，中山靖王有两大爱好，第一，喜欢喝酒，第二，好内，他有很多情人，生了一百多个儿子。这就导致，所有姓刘的人都可以拍拍胸脯说，我祖上是中山靖王之后，因为这个查不出来，他的儿子实在太多了。但是，刘禹锡的父辈权德舆、同辈白居易，在有的诗文里面称其为彭城人，也就是今天的江苏徐州人，彭城实则为刘姓的郡望。刘禹锡到底是中山人，还是彭城人呢？其实二者都不是。中山是他自己说的，而彭城是刘姓的郡望，一直传下来。专家考证，说刘禹锡其实是匈奴人后裔，他的七世祖是刘亮，这个史书上有记载，刘亮随北魏孝文帝迁至洛阳。刘禹锡这一家，就把洛阳作为他们的籍贯。《汝州上后谢宰相状》记载："家本荥上，籍占洛阳。"他的父亲刘绪，天宝末年进士，安史之乱中，举家迁往江南嘉兴，嘉兴是个好地方，的确是江南名胜。到了嘉兴之后，刘禹锡应该是出生在嘉兴，唐代的时候，嘉兴属于苏州管辖，我们也可以说刘禹锡出生在苏州。

正当年的进士

我们来看看刘禹锡被弃置之前的生活，是比较顺的。他早年对江南生活有非常美好的回忆，他有一位早年的玩伴裴昌禹。后来裴昌禹去考制科，刘禹锡就写了一首诗送给他，其中有几句如下："忆得当年识君处，嘉禾驿后联墙住。垂钓钓得王余鱼，踏芳共登苏小墓。"当年，我和你小时候是住在一起的，嘉禾驿指的就是嘉兴。我们一起在嘉兴南湖钓鱼，钓到一条王余鱼，这可不一般。以前有人说，苏小小的墓是在嘉兴的，现在西湖也有苏小小墓，说法不一。王余鱼是什么鱼？传说吴王喜欢吃鱼，吃了半条，把鱼扔进了江里面，结果没想到，这半条鱼活起来了，又变成了一条活鱼了。可是它看起来只有半边，因为一半被吃掉了，其实这就是我们后来说的比目鱼，样子和别的鱼不同。钓到了这条鱼，刘禹锡非常自豪，这就是他少年时代非常重要的回忆，多年之后，他还是会回忆起来这件事情。

他和白居易同岁，和柳宗元是同一年的进士。往往一大批文化名人，都是在同一个大的环境下一起产生的。贞元九年中进士，也就是在公元 793 年，之后又中博学鸿词科。但是那个时候，他还不能做官，到了贞元十一年又通过吏部考试，之后才可以做官。刘禹锡自己也比较自豪，他在《夔州谢上表》中说："贞元中，三忝科第。"我考中了三次。

之后，他就正常进入仕途。他是二十一岁考中的，和王维一样。中国古代的诗人要在历史上留下声名，最重要的一点就是你考取进士要早，不能太晚，晚了之后，你官没做几年，年纪就大了。如果你二十岁就做官，一步步做官，和当时的政治势力关系很密切，你自然就可以留下很多东西，后人就会更加注意你。孟郊四十六岁才考中进士，再过没几年，就差不多要去世了。然后，刘禹锡做了一年太子校书，这就和太子有关系了，这就是后面他政治生涯和太子发生关系很重要的一点。后来，他爸爸去世了，丁忧完毕之后，他进入了杜佑幕府，杜佑非常了不得，是一个著名历史学家，曾经写过《通典》。刘禹锡先后担任徐泗濠节度使掌书记，然后又做了淮南节度使掌书记，这个时候，徐州就乱了。徐泗濠原来的节度使叫张建封，如果大家读过高适的《燕歌行》，可能会知道这个人，以前有一种说法，说《燕歌行》就是讽刺张建封的。张建封死了以后，当地的兵士想要拥立他的儿子来做这个节度使，但是朝廷不允许，于是就叛乱了。朝廷就派了杜佑去平定这次叛乱。后来杜佑又在扬州做节度使，刘禹锡还在他的幕府里面。后来，到了贞元十八年，他就做了京兆渭南主簿，第二年，又升了监察御史，这个官还是比较大的。

永贞革新

从795年做太子校书开始，到803年，大约也就八年时间，这是刘禹锡仕途正常的时期。接下来，我就要讲讲刘禹锡被弃置的原因——永贞革新。永贞革新是中国历史上最有名的几次革新变法之一。战国有商鞅变法，唐代有永贞革新，宋代有庆历新政、王安石变法，明代有张居正变法，这些变法我们都很熟悉。但是永贞革新到底是什么情况呢？首先是唐德宗李适到了晚年，面临两个问题，一个是宦官掌握军权，中央禁军的指挥权在宦官手里，这是第一条。第二条，大家都很熟悉了，藩镇势力强大。太子李诵当了二十六年的太子，仍未继位，他的父亲身体很好，而且刚愎自用，他也插不上手。我给太子六个字，就是"有想法，没办法"。他觉得宦官掌握兵权是不对的，藩镇割据也是不对的，应该改变。但是没有办法，他的父亲还在世，他没法作为。

这时候，出现了两个人——王伾和王叔文。王伾是杭州人，始为翰林侍书待诏，教授太子书法，是太子的书法老师。累迁至正议大夫、殿中丞、皇太子侍书。王叔文是绍兴人，他的特长是下围棋，人应该有点特长，才能接近太子。原来他是陪着德宗下棋的，后来德宗又让他陪着太子李诵下棋，一下子两个人就对上眼了。王叔文可不止会下棋，他在政治上非常敏感，深谋远虑，既有想法，又有办法。《旧唐书·王叔文传》

记载了一件小事："太子尝与侍读论政道，因言宫市之弊，太子曰：'寡人见上，当极言之。'诸生称赞其美，叔文独无言。罢坐，太子谓叔文曰：'向论宫市，君独无言何也？'叔文曰：'皇太子之事上也，视膳问安之外，不合辄预外事。陛下在位岁久，如小人离间，谓殿下收取人情，则安能自解？'太子谢之曰：'苟无先生，安得闻此言？'由是重之，宫中之事，倚之裁决。"这就是说，太子说要去和他的父亲说宫市之弊，侍读们都义愤填膺地表示赞同，希望太子能够和皇帝说。但是唯独王叔文却不说话，太子问他为什么，他说，皇太子就是皇太子，不是皇帝，应该注意皇帝的起居饮食，而不要问政，还没有到问政的时间。废除宫市这件事情，不是你应该操心的。你当太子的年月已久了，如果有小人离间你和你父亲，就说太子忍不住，不愿意当太子了，迫不及待，想要插手朝政了，这个话如果传给皇帝，那么皇帝就会对你起防范之心，尽管你是他儿子，但是他也担心你会夺权。这件事情你是不能说的！所以，李诵对王叔文非常佩服，他说，如果不是您，我肯定被这帮人利用了，说不定就被废了。所以，自此以后，太子对王叔文十分佩服。我们可以看出来王叔文很有政治谋略，很有韬晦。

中国古代的政治，引起巨大冲突的就是立新君，在贞元二十年的时候，也就是公元804年，太子李诵中风了，皇帝身体还可以，这实在是要命啊！皇帝也着急了，太子中风，没有人继位了，到了年底，德宗皇帝也病倒了。大家就去探视皇帝，别人都可以去看，但是太子中风了，他就没有办法去看。德宗去世后该怎么办？立谁为新皇帝呢？当时宦官主张立德宗的侄子李谊即位，而朝臣主张太子李诵，虽然太子中风了，但是还是活着的。或者太子长子李淳即位，他身体很好。最后，还是太子李诵即位，也就是后来的唐顺宗。

到了805年，这是唐代历史上非常重要的一年。这一年，一开始不叫永贞元年，叫贞元二十一年，永贞是后来改元的，这一年是改元的一年，所以称为永贞元年，大多数措施还是发生在改元之前。措施有这么几条。第一条，打击宦官，收取兵权，派范希朝和韩泰控制禁军。顺理成章，让军队里面的人掌管神策军，不让宦官管了。第二条，取缔宫市。大家可能读过《卖炭翁》，里面就有宫市。皇宫里面的太监出来采买东西，价格压得很低很低："一车炭，千余斤，宫使驱将惜不得。半匹红绡一丈绫，系向牛头充炭直。"这等于就是掠夺，百姓苦不堪言，所以这个宫市应该取缔。第三条，打击贪腐。当时长安的长官是京兆尹李实。他很坏，贪污腐败非常严重，所以把他罢免掉了。第四条，打击藩镇，收拢财权。削藩，不仅仅是削军事，也要削财权。大家很奇怪，藩镇为什么会有中央财权呢？那是因为浙西观察使李锜垄断盐铁，盐铁都控制在他手里。这就需要改，把盐铁权收归中央，这件事情就由王叔文来管，刘禹锡协助。还有，就是减轻赋税，平反冤案。

关系非常复杂，我们来分出一些角色。总后台，顺宗，虽然他已经中风了，但是他很好地领导了永贞革新。德宗去世了，他都不能吊丧，但是德宗去世八天之后，顺宗出来了，朝见大臣。他和大臣距离隔得很远很远，大家看不清楚他的身体状况，皇帝把帽子压得很低很低，脸基本上遮住了，脸色如何，也看不出来。他在那里镇住场子，大家都知道，皇帝还活着。总策划是王叔文，所有的政策，主要就是王叔文制定的，他是翰林学士，可以和皇帝直接接触，进入内廷。那时候，也可以让王叔文当宰相，但是王叔文不愿意，他说，要找一个支持他们的人来做宰相，只要负责执行就可以了。政策商量好后，让宰相执行，宰相就是韦执谊。具体参与的就是后来的"八司马"，包括刘禹锡、柳宗元。核心团队是"二王、刘、柳"，二王就是王伾和王叔文，刘是刘禹锡，柳是柳宗元。当时宰相有四个，其中高郢、贾耽、郑珣瑜三个罢工，实际上是不支持改革的。还有一个是杜佑，是刘禹锡的老上司。他谨慎地表示支持，这是很老谋深算的。坚决反对的人有宦官首领俱文珍、藩帅韦皋、官员武元衡等。

刘禹锡在永贞革新时是什么状态呢？我们很好奇。《旧唐书》，以及《云仙杂记》引《宣武盛事》，这两则材料可以看出刘禹锡的状态。总而言之，刘禹锡很忙，在忙什么？《旧唐书·刘禹锡传》记载："贞元末，王叔文于东宫用事，后辈务进，多附丽之。禹锡尤为叔文知奖，以宰相器待之。顺宗即位，久疾不任政事，禁中文诰，皆出于叔文。引禹锡及柳宗元入禁中，与之图议，言无不从。"王叔文觉得他是未来能做宰相的人。刘、柳在王叔文这里，发言权是很大的。笔记里面记载的还要更加细化："顺宗时，刘禹锡干预大权，门吏接书尺日数千，禹锡一一报谢。绿珠盆中日用面一斗为糊，以供缄封。"刘禹锡当时掌握大权，每天收到数千封文书，刘禹锡每一封都要回复，要用糨糊把信封封起来的。古人也要调制糨糊，是纯天然，用面粉做的。每天刘禹锡要用一斗面粉调制糨糊，都会用完，这就可以看出刘禹锡有多忙了。

刘禹锡这个时候，其实心情是很好的。《春日退朝》中写道：

> 紫陌夜来雨，南山朝下看。
> 戴枝迎日动，阁影助松寒。
> 瑞气转绡縠，游光泛波澜。
> 御沟新柳色，处处拂归鞍。

春日退朝后，他就骑着马，从皇宫里面回去。感觉一路上都是春风得意的，每天忙成这样，但是事业有成，蒸蒸日上。

这时候，问题出现了。尽管是唐顺宗李诵继位，但他毕竟中风了，即便他还在位，但是储君应该先立好。结果，在这个意见上发生分歧了，革新派主张立顺宗宠爱的牛昭容的儿子为太子，但是宦官头领俱文珍和朝臣郑绚主张立顺宗长子广陵王李淳，否则会乱了规矩，李淳是长子，当然应该被立为太子。结果两边斗起来了，后者胜出，李淳被立为太子。李淳最大的优点是健康、年轻，从来没有中风过。

但是李淳当了太子后，王叔文感觉不妙了，他们是反对立李淳为太子的，现在全国百姓都很高兴，他们都想看到健健康康的太子，顺宗万一不行了，太子继位，天下就安定了。但是王叔文想着，顺宗是我革新的总后台，顺宗一旦去世，太子继位，政策肯定会变的！所以，有一次，王叔文就吟诵杜甫的两句诗："出师未捷身先死，长使英雄泪满襟。"之后他就很伤心，感觉自己有点英雄末路。这是一个方面，另一方面，革新派的内部也起了矛盾，他们用的宰相韦执谊是总执行，结果他们之间起矛盾了。这个其实很好理解，韦执谊当上宰相之后，也一直要听命于革新派，那么这个宰相就没有自己的主张和立场。而且他也不是很愿意和他们走得太近，万一革新失败了，那么账也就要算到他头上。所以，韦执谊后来要和王叔文刻意保持距离，比如说，王叔文觉得某个人该杀，但是韦执谊就不同意。几次之后，革新派内部就有裂痕了。

这个时候，有一个叫窦群的侍御史攻击刘禹锡，他不敢直接攻击王叔文，他攻击屯田员外郎、判度支盐铁案刘禹锡"挟邪乱政"，这个盐铁原本是李锜垄断的，后来收回后，让刘禹锡来管盐铁。这个窦群就攻击刘禹锡，说朝政都是他弄坏的。接下来，王叔文被宦官势力排挤，被削去翰林学士。翰林学士非常重要，虽然不是宰相，但是正是因为有这个身份，他直接可以和皇帝接触。一旦没有这个身份，他和皇帝接触就非常麻烦，总策划和总后台之后的沟通不方便了，这是很大的问题。更麻烦的是，藩镇的长官联合起来，剑南西川节度使韦皋、浙东节度使严绶、荆南节度使裴均上《请皇太子监国表》，他们当然不敢说把皇帝废了，就说，皇帝身体不好，就休息一下，请健健康康的太子监国。太子一旦监国成功，等于说永贞革新就失败了。有的时候，看到这里，我们就感觉到，这样的革新到底能否成功，很大程度在老天爷手里掌握着。斗争最激烈的时候，是那年的六月，王叔文母亲去世，这样就导致了王叔文需要去丁忧，不能担任官职，这在唐代是有规定的。一下子，王叔文就只能去丁忧了，没有办法行使权力了。王叔文去丁忧，王伾就十分着急，而且他也无法阻止，结果急火攻心，就中风了，这些事情集中在一年当中。七月开始，太子监国，他先贬了王叔文。八月，顺宗被迫"内禅"。146天后，轰轰烈烈的"永贞革新"失败。顺宗本来身体就不太好，过了不久就去世了。

王叔文被贬之后的第二年，太子登基了，他被赐死。李淳就是唐宪宗，性格非常刚烈。王伾因为中风，不久也死了。接下来，就是清除余党，这些人都被贬谪去了很偏远的地方。先贬刺史，还不够，再贬司马。韩晔被贬为饶州司马，韩泰被贬为虔州司马，陈谏被贬为台州司马，柳宗元被贬为永州司马，刘禹锡被贬为朗州司马，凌准被贬为连州司马，程异被贬为郴州司马，韦执谊被贬为崖州司马。这就是中国历史上非常著名的"二王八司马"事件，八个人都被贬为司马，而且都是远州司马。

逆境中的自解

刘禹锡开始了二十三年的贬谪生涯，跑了好几个地方，一蹶不振。他开头是被贬到连州做刺史，后来不让他去连州了，直接让他去朗州当司马了，郎州即今湖南常德。过了几年，又把他弄去了连州当刺史，虽然听名字好像是地方长官，还不错，但是这个地方很远，在广东。他做了五年，又到了夔州，即今重庆奉节，是杜甫写了很多诗的地方，那个时候也算是偏远地区。三年后，他又去了和州，安徽和县，也就是今天的马鞍山。中间，他母亲去世了，他在洛阳待了三四年，加在一起刚好是二十三年。等于他人生的三分之一，都在贬谪生涯中度过了。

这该怎么办？王维贬谪之后，搞佛教去了。苏轼贬谪之后，玩潇洒了。刘禹锡贬谪之后呢？《寓兴二首》是他写的非常有哲理的诗歌，我们来看下他怎么看待做官这件事情的，其二云：

> 世途多礼数，鹏鷃各逍遥。
> 何事陶彭泽，抛官为折腰。

他对陶渊明辞官彭泽令，看起来好像是反对的，觉得陶渊明太书生气了，何必呢？《庄子》里面的鹏、鷃，都有自己的活法，都挺逍遥的。做官可以逍遥，不做官也可以逍遥。所以，对于这件事情，他还是看得比较开的。

到了朗州，他心不死，我们就可以看出他的个性。他先写信，是务实的，想要回京城，第一个写信给自己的老上司杜佑，他在杜佑手下做事情做了很多年，而且杜佑对于永贞革新，也是表示谨慎支持的，威望也很高，权力也不小。他写了一封两千五百个字的信《上杜司徒书》，这在古代来说已经很长了。老领导啊！你拉我一把吧！他话说得非常漂亮："乞恩于指顾之间，为惠有生成之重。虽百谷之仰膏雨，岂喻其急焉。身远与寡，舍兹何托？是以因言以见意，恃旧以求哀。"你给我一点点恩泽，让我重新获得政治生命，就像雨露撒在百谷上，我的命运就可以改变。我现在在湖南常德这个地方，还能求谁呢？反对变法的人我求不了，赞成变法的人都被干掉了，我只能求求您了！我没有办法了，只能给您写一封信，求求您一定帮我，把我调回去吧！两千五百个字没有回音。有两种说法，一个说，杜佑这个人，老谋深算。变法成功的时候，他有限支持；变法失败了，他不肯出手相救。第二种说法，说杜佑其实也被朝廷里面的人中伤了，所以不敢做什么事情，怕被人抓住把柄。那个时候，他不便于出手援救。

老领导靠不住，他就再写信——《上门下武相公启》，这是写给他的老对手武元衡。刘禹锡怎么那么没骨气，写给老对手？武元衡明明是不赞成永贞革新的，一开始就是反对的。刘禹锡知道他反对，这就是他的个性硬气的地方。你不是我的敌人吗？我索性就写一封信给你，放低姿态，看你救我不救我，大不了就是不理我。"傥重言一发，清议攸同。使圣朝无锢人，大冶无废物。自新之路既广，好生之德远形。群蛰应南山之雷，穷鳞得西江之水。指顾之内，生成可期。伏惟发肤寸之阴，成弥天之泽；回一瞬之念，致再造之恩。"你如果肯在朝廷上说一句话，一定可以形成一种舆论。你如果可以救我，对我就有再生之德。当然不是指我一个人，也是指和我一样的那些司马们。你对我的帮助，就好像是很多虫子听到了惊雷之后，出来活动了，就好像鱼在穷途末路中，突然遇见了水，就可以活起来了。你只要稍微说几句话，我们这些人就可以获得重生了。最后，他说，你只要给我一点点帮助，对我们来说，就是比天还大的恩泽。你只要眨眨眼睛，转一个念头，我们的政治生命就完全可以因您而获得新生。这个话写得太好了！大家说武元衡会救他吗？不会的。

元和元年，宪宗继位的时候，大赦天下，刘禹锡很高兴，但是没想到宪宗说，别的人都可以赦免，但是唯独八司马不赦。这八个人不能赦免，因为他们实在太坏了。到了武元衡那里，他也不出手。为什么这么恨他？为什么杜佑也不出手相助？我个人有一个判断。唐宪宗恨死八司马、二王了，就是因为他们反对立他为太子，这是根本的问题，是命门。古代两个人争太子，如果一个人失败了，他可能就会死掉了。他也许就会面临这样的危险，一旦他做了皇帝，怎么能饶恕这样的罪过呢？

刘禹锡给老领导写信也不行，给对手写信也不行，皇帝也不赦免他，那么他只能好好在朗州待着了。湖南常德，古称武陵，他就写了《武陵书怀五十韵》，我挑了几句：

> 旅望花无色，愁心醉不惺。
> 春江千里草，暮雨一声猿。
> 问卜安冥数，看方理病源。
> 带赊衣改制，尘涩剑成痕。

稍微有点凄厉。我如果去算命，我怎么知道自己的命数呢？刘禹锡自己体弱多病，是会一点医药的，还写过医药的书。他的衣带越来越松了，因为他越来越瘦了。所以我们看古代的画像，没有把刘禹锡画成胖子的。这是他当时心境的真实写照，这是一方面。

另一方面，他写信的热情化为了写诗的热情。他写了《秋词二首》，其一云：

> 自古逢秋悲寂寥，我言秋日胜春朝。
> 晴空一鹤排云上，便引诗情到碧霄。

这是非常强悍的语气。你们都说秋天是孤寂的，但是我却认为秋天比春天要更好。我在晴空里看到一只鹤冲上天，把云推开，它就把我的诗情带到了碧蓝的天空中。特别是前两句，体现出了被贬之后，诗人心中强烈的傲岸之气。这个和给武元衡和杜佑写信的风骨完全不同了，反正信写了也没有用，还不如往好处想呢。

　　　　山明水净夜来霜，数树深红出浅黄。
　　　　试上高楼清入骨，岂如春色嗾人狂。

　　春天有什么好的，秋霜才是好的，在高楼上，冷飕飕的我感觉到清醒，而不是暖烘烘的，让我脑子发狂。春天人精神容易出问题，他就是这个意思。

　　清代大学者何焯评价这首诗说："翻案，却无宋人恶气味，兴会豪宕。"原本人们说秋天是非常肃杀的，但是刘禹锡把这个案翻过来了，这里面有一种豪迈之气，有一种跌宕之感，非常壮观，这是诗人的精神境界决定的。他评价刘禹锡"兴会豪宕"，我是同意的，但是把宋代人骂成这样，我是不同意的。宋人翻案诗是不是真的像他讲得那么不堪呢？我们来看一首，苏轼的《赠刘景文》。这首诗小孩子都能背，写的也是秋天胜过春天的：

　　　　荷尽已无擎雨盖，菊残犹有傲霜枝。
　　　　一年好景君须记，最是橙黄橘绿时。

　　苏轼还把秋天为什么好写得非常清楚，因为这个时候正是橙黄橘绿时，这个时候是一年最好的时候。这个是恶趣味吗？

并不是，宋人也要分是什么宋人的。《唐宋诗醇》说这首诗"浅语遥情"，虽然语言看似浅显，但是情感却非常深远，写得非常好，并不是恶趣味，而是各有各的风格。

下面我们要来讲两首大家非常熟悉的诗，背后有很多故事。《元和十年自朗州至京戏赠看花诸君子》，元和十年，刘禹锡在朗州做司马已经九年多了，朝廷把他召回，他看到曙光和希望了，就到玄都观去看桃花，心情很好。一群人都被召回，他们都在长安喝起酒来，准备过好日子了。刘禹锡写了这首诗：

> 紫陌红尘拂面来，无人不道看花回。
> 玄都观里桃千树，尽是刘郎去后栽。

很多人都去看花，我也去看看，结果发现，玄都观里面的这些桃树，都是我走了之后才栽的，我在的时候，这些都是没有的。都是我贬官了之后，才种起来的桃树。我不知道刘禹锡是怎么想的，但是他的浩然之气是在的，是不是句子当中有那么一点讽刺的意思，还真不好说。但是这首诗一旦流传开来，他们刚刚回到京城，别人都在注意他的一举一动。如果给宪宗知道了，宪宗眼睛里就有血了，什么意思？你回来了，现在长安被提拔起来的官员，都是你走之后被提拔起来的，资历也不如你，才能也不如你，好像我们提拔的人，都是名不副实的，只有你们这些被贬的"八司马"，才是有政治经验和政治智慧的。皇帝怎么能同意这样的说法呢？更糟糕的是，唐宪宗是逼他爸爸内禅退位的，也就是说，顺宗还没有死，他就迫不及待逼迫他的父亲退位了，这首诗在皇帝看起来，新树迫不及待要取代老树，或者是新树迫不及待占领玄都观，好像和他自己的政治经历是隐隐吻合的，这太刺眼了。所以，《旧唐书·刘禹锡传》记载："语涉讥刺，执政不悦。"当时的宰相武元衡就很不高兴，原本就看他不顺眼了。皇帝是否高兴，这个他没说，但是根据我的推测，皇帝也是逼着他父亲退位的，可能觉得有影射意味。

结果，八司马就又被贬了，他被贬到了播州，在今天的贵州遵义，情况很不妙，那里很远很远。刘禹锡的老母亲八十多岁，让她从西安到贵州遵义，柳宗元说，太不人道了！刘禹锡的母亲已经八十多岁了，这基本上是不让她活了。柳宗元就跟皇帝请求，让他去播州，和刘禹锡换。皇帝没有让他们换，柳宗元还是去原来的地方，给刘禹锡弄去了一个近一点的地方，到了连州，也就是广东清远一带，做连州刺史。刘禹锡心里郁闷得很。他在很多诗里面写，当年永贞革新失败，朝廷把我贬去了连州，结果还没有到那个地方，又改贬成了朗州司马。好不容易在朗州做了九年司马，回到京城，要过上好日子了，结果没想到，又把我贬去了连州，这正是命该如此啊！他在连州待了五年。

后来，就有了《再游玄都观》。小序交代："余贞元二十一年为屯田员外郎，时此观未有花木。是岁，出牧连州，寻贬朗州司马。居十年，召至京师，人人皆言有道士手植仙桃，满观如红霞，遂有前篇以志一时之事。旋又出牧，于今十有四年，复为主客郎中。重游玄都，荡然无复一树，唯兔葵燕麦动摇于春风耳。因再题二十八字，以俟后游。时大和二年三月。"加在一起，应该是二十四年。十四年后，他又回到了玄都观，结果桃树荡然无存，一棵也没有了，剩下的都是荒草：

> 百亩庭中半是苔，桃花净尽菜花开。
>
> 种桃道士归何处，前度刘郎今又来。

桃花也没了，道士也走了，唯一不变的，就是我刘禹锡，我还健健康康地活着，我又回来了！这写得真是非常好，他内心的自豪感，一关关挺过去，最后我还能健健康康回来，所有的都变了，只有我刘禹锡没有变！这就是人家对待人生挫折的办法。

他还有多种办法，第一种办法就是写讽刺诗，心里面不爽，他就写讽刺诗。我举个例子，《昏镜词》，以前古代的铜镜需要经常磨，不磨就会比较模糊。诗写的是一个丑人在照镜子：

> 昏镜非美金，漠然丧其晶。
>
> 陋容多自欺，谓若他镜明。

瑕疵自不见，妍态随意生。

一日四五照，自言美倾城。

饰带以纹绣，装匣以琼瑛。

秦宫岂不重，非适乃为轻。

她的脸长得很难看，最好不要照得太清楚。镜子已经很模糊了，她倒是觉得挺好的。镜子模模糊糊，丑人照镜子，自己脸上所有的缺点，雀斑、粉刺、鱼尾纹，全部都看不见了，能看见的就只有我美丽的姿态。每天都要照几次，越看自己越美。

讽刺诗还不够，他对历史也抒发了感慨。刘禹锡对历史很有了解，他借助自己对历史的感叹，平复自己在政治现实中的种种遭遇、顺和不顺。最有名的怀古诗之一就是《西塞山怀古》。以前有个笔记里面说，柳宗元、白居易、刘禹锡几个人，一起在洛阳白居易家里面写这首诗，结果刘禹锡写出来之后，白居易说，大家都搁笔吧，不要写了，刘禹锡写得最好！这件事情，专家考证不是真实的，因为他们当时没有机会一起在洛阳。这首诗是刘禹锡写在夔州赴和州途中，是沿长江而下的时候，经过湖北黄石西塞山。西塞山有两座，一座是在今天的浙江湖州，是张志和写"西塞山前白鹭飞，桃花流水鳜鱼肥"的湖州西塞山，另一座就是湖北黄石的西塞山，两座山并非同一座。

王濬楼船下益州，金陵王气黯然收。

千寻铁锁沉江底，一片降幡出石头。

人世几回伤往事，山形依旧枕寒流。

今逢四海为家日，故垒萧萧芦荻秋。

西晋的楼船造得很高，来打吴主孙皓。孙皓把铁链连起来，准备阻挡船，结果王濬浇油点火把铁链子全部烧断了。孙皓没有办法，只能投降。这么复杂的历史过程，四句话，全部都写清楚了。看着昔日的战场，一代代人、一代代兴亡，都展现在这几句话里面。来来往往，兴兴亡亡，起起落落，都变成历史了，只有西塞山还是依旧的。最后这两句我为什么要标注重点？这就是刘禹锡和一般人不一样的地方，一般人写到这里肯定是要很伤感，表示物是人非，而且他还在贬谪的途中。但是刘禹锡写得很好，今天是我们可以四海为家的日子，已经赶上好时代了，没有战争，是太平盛世，古战场留给我们的只有萧瑟故垒和摇曳芦荻。这首诗并非都是悲观的，也有他对当时天下安定的认可。清代汪师韩在《诗学纂闻》中写："至于芦荻萧萧，履清时而依故垒，含蕴正靡穷矣。所谓骊珠之得，或在于斯者欤？"一个非常好的时代，这是他对时代的赞歌，但又是对古战场的缅怀。这就是古人说的探骊得珠吧！

我给大家讲了讽刺诗、怀古诗，刘禹锡和别人不一样的还有他广泛接受民间文化元素，他还写了《竹枝词》，非常有名，大家都很熟悉。我在这里提一首大家可能不太熟悉的，是他在夔州写的：

> 江上朱楼新雨晴，瀼西春水縠文生。
>
> 桥东桥西好杨柳，人来人去唱歌行。

这首诗很浅白，重复的字是很多的，因为是民歌，每首诗基本上都有重复的字。《竹枝词》是诗歌，而不是词，这是我想要强调的。有的朋友以为《竹枝词》是词，其实，它是带有民间风味的诗。我特别喜欢最后两句，写出了初春时节的春色，写出了人们在河边的欢欣、愉悦之感，完全是来自民间的，是夔州百姓农家生活中的自然状态，他得到了巨大的安慰。当然，他在别的地方也很乐观。

他在夔州写的《浪淘沙词九首》，其一如下：

> 濯锦江边两岸花，春风吹浪正淘沙。
>
> 女郎剪下鸳鸯锦，将向中流匹晚霞。

河边的女郎可能在洗锦缎，但是她剪下绣有鸳鸯的锦缎，抛向河水中央，这个时候正好是黄昏时分，天上的晚霞和她手里的鸳鸯锦缎是一个颜色，我们来比一比，谁更美丽。一个是自然造化，一个是人力所致。这实际上是一种生活情趣，抓住了平常人家女孩子的一个瞬间，抓得太好了。

这个是写别人的，他自己也要享受生活，比如《西山兰若试茶歌》里的几句：

新芽连拳半未舒，自摘至煎俄顷余。
木兰沾露香微似，瑶草临波色不如。
僧言灵味宜幽寂，采采翘英为嘉客。

木兰花非常香，沾了雨水之后发出了香味，都比不上茶的香味。连河边的草新绿，都比不上新茶的颜色。这样的绿色，实在是非常美好。茶还要和僧人结合起来，好味道，应该在清净的环境里品尝，新茶，就是为像你这样尊贵的客人准备的。兰若是寺庙的别称，这个是在寺庙里面喝的茶。大家如果春天去寺庙，有一个老僧给你奉上一杯新茶，当然价格不菲，而且还不是一般人可以喝到的，需要你和老僧是朋友，这感觉是不是特别好呢？是不是觉得自己成了佳客呢？

桑榆非晚，为霞满天

刘禹锡在朗州、连州、夔州、和州，待了二十三年，但是他想尽种种办法，不能意志消沉，要享受生活。这就回到了我们开头的诗《酬乐天扬州初逢席上见赠》，已经是唐敬宗时代了，唐宪宗去世了，而刘禹锡还活着，这时是宝历二年。他怎么会和白居易在扬州碰上呢？是因为他要回洛阳，白居易之前在苏州做刺史，也要回洛阳。两个人在扬州见面。见面的时候，白居易写了一首诗给他，他酬答了一首。我们先看白居易的那首诗《醉赠刘二十八使君》：

为我引杯添酒饮，与君把箸击盘歌。

诗称国手徒为尔，命压人头不奈何。

举眼风光长寂寞，满朝官职独蹉跎。

亦知合被才名折，二十三年折太多。

白居易说他写诗非常好，可以称为"国手"。但是老天爷非常强大，就是要把你压住，你也无可奈何。最后，他算了一笔账，我知道你很有才华，你的才华太大了，所以你会被你的才华所累。你就是太会写诗歌，太会写文章了，被王叔文看中了，效率很高，革新派当然会拉上他，是会被才名连累的！结果，连累的时间也太长了，老天爷也太对不起你了，居然是二十三年。

我们再来看看刘禹锡写的这首《酬乐天扬州初逢席上见赠》，当事人心情总是更加沉重一些的：

巴山楚水凄凉地，二十三年弃置身。

怀旧空吟闻笛赋，到乡翻似烂柯人。

沉舟侧畔千帆过，病树前头万木春。

今日听君歌一曲，暂凭杯酒长精神。

当时那里环境很差，把刘禹锡弃置在那里，放在一边，没人管你了。"闻笛赋"是竹林七贤之一的向秀写给他的朋友嵇康和吕安《思旧赋》中的典故。当时嵇康和吕安因为反对司马氏篡权，已经被杀了。有一次，向秀路过他们的旧居，听到了邻居在吹笛子，他有感而发，非常伤心，但是对黑暗的政治又无可奈何，语言非常隐晦，他没有办法直说。烂柯的故事说的是一个人到山里砍柴，看到两个仙童在下棋，一局棋结束了，别人告诉他，你的斧头柄都已经烂了。他回到家，才发现已经过去了一百多年了，他的家人都不在了，但是他还在世。天上一日，地下一年。"沉舟侧畔千帆过，病树前头万木春。"这两句到底是什么意思呢？毛主席说，这写出了人类社会新陈代谢的发展规律。有的人认为这两句是讥讽，沉舟就是刘禹锡自己，而千帆是迎合朝廷的年轻人；病树是自己，但是在病树前面，有一万棵茁壮成长的大树。我认为也是稍微有一点讽刺的，但是他最后一句说，今天我听你唱了这首歌，凭借一杯酒，我也能提起精神。我现在回到洛阳，可以重新开始我的晚年生活。这就是刘禹锡的精神面貌。

回到洛阳之后，他的心情就更好了，我们看看他写的《酬乐天咏老见示》：

> 人谁不顾老，老去有谁怜。
> 身瘦带频减，发稀冠自偏。
> 废书缘惜眼，多灸为随年。

经事还谙事，阅人如阅川。

细思皆幸矣，下此便翛然。

莫道桑榆晚，为霞尚满天。

我老花眼，看不了书了。我见过很多人，很了解别人。他活得足够久、足够长，他的对手都已经去世了，尤其是那个不让他回来、后来做了宰相的武元衡，被刺杀了。虽然他没有表达很多的同情，但是他也没有看他笑话。杜佑也不理他，过了六七年，杜佑也去世了。他的几个朋友有的也去世了，例如柳宗元，四十几岁就去世了。最后两句是名句，不要认为太阳已经落山了，太阳孕育的晚霞还在天上铺满着，好日子还有得过呢！老年同志都很喜欢这两句诗。我也觉得，退休后的老龄生活，只要你有足够的经济保障、健康保障，其实日子是很好过的，可以非常舒心。刘禹锡吃了二十三年的苦头，一旦等他安定下来，他还是可以很好地过日子。"阅人如阅川"的典故是出自陆机的《叹逝赋》："川阅水以成川，水滔滔而日度；世阅人而为世，人冉冉而行暮。"

最后，我想引用南宋诗人刘克庄对于刘禹锡"莫道桑榆晚，为霞尚满天"的评语，来总结刘禹锡的一生。《后村先生大全集》卷一七评论说："梦得历德、顺、宪、穆、敬、文、武七朝，其诗尤多感慨，唯'在人虽晚达，于树比冬青'之句差闲婉。答乐天云：'莫道桑榆晚，为霞尚满天'，亦足见其精华老而不竭。"刘禹锡虽然晚年闻达，过上好日子，但是他是常青的树，一年四季，颜色都是非常绿，很有生机，很有活力的。从"莫道桑榆晚，为霞尚满天"这一句可以看出，他近七十岁的人，一口气撑住，他的精华一直保存在那里。我重读了刘禹锡的集子之后，认为刘克庄的评语是对刘禹锡一生最好的总结。其实，人有的时候就是靠那么一点精气神活着，哪怕你是二十三年被埋没。

· 第三讲　胸中消尽是非心 ·

白居易的独善其身与闲适诗篇

这是一个从闲适诗、杂律诗里面看到的独善其身的白居易，这个白居易对中国文化的影响也非常大，苏东坡的"东坡"，欧阳修的"醉翁"，都源自他的诗。

和大家平常了解的写《长恨歌》《琵琶行》的白居易不太一样，白居易还有他独善其身的另一面。白居易的诗非常多，存诗总量在唐代诗人当中位居第一，我们还是用他的诗，一点点开启对白居易这方面的解读。

自许诗仙白居易

"面上减除忧喜色，胸中消尽是非心。"出自白居易的《咏怀》，白居易非常喜欢用这个题目，《咏怀》就是写自己的胸怀，他有好几首诗叫《咏怀》的诗。

> 自从委顺任浮沉，渐觉年多功用深。
> 面上减除忧喜色，胸中消尽是非心。
> 妻儿不问唯耽酒，冠盖皆慵只抱琴。
> 长笑灵均不知命，江蓠丛畔苦悲吟。

这首《咏怀》是他元和十二年，也就是公元817年，作于江州的一首七律诗。白居易的诗常常是非常好理解的，比方说这两句，"面上减除忧喜色"就是喜怒不形于色，这是什么样的人呢？可能是出于某种需要，比方说我们的高级领导干部，不能胡乱表态，显示出忧喜之色，以免给工作带来麻烦，必须保持老成的风格。或还有人看穿了人间的是非，所以心态特别平和。"胸中消尽是非心"，是一个人经过了大是大非之后，悟到了很多人生的道理，心态更加平和。现在我们来看他的生活："妻儿不问唯耽酒，冠盖皆慵只抱琴。"他说他的妻子儿子他都不管的，只自己喝喝酒、弹弹琴。最后两句，他反过来略带嘲讽说，屈原实在是太想不开，不知命，看到楚国败亡，心里面非常着急，他在江畔草丛中吟诗，显示出非常苦闷的精神状态。这在他的作品当中，都有很多表现。很有意思的是，中唐的这些诗人，白居易也好，刘禹锡也好，对于前代的诗人，往往在诗歌当中说出自己的想法。比方说，刘禹锡就觉得陶渊明"不为五斗米折腰"不是那么值得，白居易也认为屈原有一种不知命的表现。

白居易有一幅画像，画像里他的头发胡子都很白，为什么画得这么白？这是有道理的。他活了七十五岁，这在唐代诗人中是比较长寿的。而且白居易自述，说他自己头发早就白了，因为他读书很辛苦。跟白居易相关的最有名的两个典故，一个是他去拜访顾况，顾况说：你叫什么名字？他说：我叫白居易。顾况就戏弄他："米价方贵，居亦弗易。"京城米价很高的，你居住下来其实不容易，就像我们现在说上海的房价很高，居住其实是不容易的。之后，顾况看到他的诗，"离离原上草，一岁一枯荣。野火烧不尽，春风吹又生"这么四句，觉得非常好。他说："道得个语，居即易矣。"你能说出这样的诗句，在长安住下去也不会困难，凭借这两句诗就可以住在长安了。所以，顾况对于白居易诗歌的评价是很高的。这个典故当然也有人说不那么可靠，这是保存在唐代张固的笔记《幽闲鼓吹》里面的。

还有一个更有名的，就是宋代释惠洪的《冷斋夜话》里面记载说，白居易每次作诗，他会请一个老太太来看，如果老太太能看得懂，他就把这首诗记录下来。如果老太太说看不懂，他就一直改，改到老太太可以读懂为止。虽然有专家说，这件事情其实不可信，但是这件事情却在我们脑海里面留下了深深的烙印，所以你去网上搜白居易的图片，他旁边一定有个老太太。老太太代表当时文化水平不高的人，白居易诗歌的阅读对象层次都是比较低的，知识比较浅的，没有什么重量级的作品，没有挑战人们知识积累的作品，就像通俗诗人一样，这也是非常有意思的现象。在清朝顺治六年，就有人在白居易身边画上了一个老太太，这个人就是大名鼎鼎的陈洪绶，他在顺治六年画了《南生鲁四乐图》。喜欢国画的人可能都知道陈洪绶，现在说这画和白居易毫无关系，南生鲁这个人是崇祯时期的进士，也做过官。《南生鲁四乐图》现藏瑞士苏黎世瑞特保格博物馆，虽然主人公标明是南生鲁，但是其实是取材自白居易的日常生活，分为《解姤》《行吟》《讲音》《逃禅》四幅画。《解姤》也就是老太太读诗，《行吟》是一边走路，一边吟诗，《讲音》就是给他人讲音乐，《逃禅》主要是他晚年，把自己的心灵都寄托在禅宗、寄托在他的诗歌里面。下面简单介绍一下这四幅画。

第一幅画《解姤》，主人公的脸和白居易的画像好像不太一样。这张脸可不是白居易的，是南生鲁的脸，但是事情是白居易的。第二幅《行吟》，画里的主人公头上好像有花环，非常潇洒。第三幅《讲音》，画中的主人公讲到得意处，衣服随风飘动。第四幅《逃禅》，主人公坐在芭蕉叶上，这就非常有禅意，花瓶中插的是莲花，这显然是白居易晚年真实的生活写照。

画后面，还有题跋："李龙眠画白香山四图，道君题曰白老四乐，洪绶以香山曾官杭州，风雅恬淡，道气佛心，与人合体，千古神交，为生翁居士取其意写之，属门人严湛、儿子陈名儒设色。时己丑仲冬也。山民洪绶。"我之前讲到，北宋画家李公麟画苏轼画得是最好的，李龙眠就是李公麟，《白香山四图》现在已经没有了。宋徽宗说白居易生活中有四大快乐，白居易曾经在杭州做过刺史，陈洪绶说，我想象白居易在杭州做官的几年，感觉和他有一种神交的感觉。所以，就用南生鲁的形象，取白居易在杭州生活的意味，叫他的门人和儿子涂上颜色。当时是公元 1649 年，最后落款是陈洪绶。严格来说，这四幅画是他和他的学生、儿子共同完成的，实际上，画中结合了很多文化元素，从唐代到清初，从诗人到画家，融合了很多元素，表达了画家陈洪绶对白居易晚年生活状态的钦慕，觉得这是中国古代文人理想中的状态，可是不那么容易达到，所以画了这些画。

白居易的诗，现存 2 800 多首，他的文章也有一千多篇。他留存的诗歌在唐代数量是第一的，是第一大诗人。白居易写得多，而且编写了自己的诗集，非常幸运，还完整地保存下来了。

白居易对自己的定位是什么？他自称"诗魔"，他还给自己定位"诗仙"，"诗仙"不是李白吗？其实当时白居易的声名很大，不亚于李白。白居易自己怎么说？他在写给好友元稹的《与元九书》中说："知我者以为诗仙，不知我者以为诗魔。何则？劳心灵，役声气，连朝接夕，不自知其苦，非魔而何？偶同人当美景，或花时宴罢，或月夜酒酣，一咏一吟，不觉老之将至。虽骖鸾鹤游蓬瀛者之适，无以加于此焉，又非仙而何？"我把我的全部精力投入诗歌的写作，夜以继日地写作，这就是着魔了呀！在这样美好的氛围里，或者是饮宴后，月夜酒酣时分，他的吟咏，看起来好像是着魔了一般，其实是很好的手段，忘却老病，摆脱岁月流逝的压力。他简直觉得自己好像是在蓬莱仙境乘鹤遨游的仙人一样，此时此刻，作为诗人的他，精神状态和心灵，都随着仙鹤高飞，精神通过写诗获得自由，丝毫不辜负眼前的美景、美酒。这样的状态，他觉得自己是诗仙，别人觉得他是诗魔，这是白居易对自己的定位。这个定位其实是挺高的，隐藏着白居易的自信。

从"兼济"走向"独善"

我们来讲第一个问题：从"兼济"走向"独善"的生命历

程。白居易不是一开始就是独善的，否则他就是一个隐士了，也不用考进士了，白居易一开始还是"兼济"的。白居易，字乐天，号香山居士，生于唐代宗大历七年（772年），卒于唐武宗会昌六年（846年），与刘禹锡同岁。他的祖父叫白锽，明经及第，巩县令。他的父亲叫白季庚，明经出身，襄州别驾。他们二人官做得都不大，都是明经及第。唐代科举考试，主要就是进士和明经，大家如果有科举考试的常识，就知道唐代的进士非常吃香，如果你考明经，总的来说，你就算走入官场，都觉得自己低人一等，矮人三分。唐代进士主要考策论、诗赋。而明经考试，主要考对儒家经典死记硬背的功夫，完全是死的。所谓"帖经"，就是把经文贴掉一块，让你填写，就等于今天的填空题，这完全是死记硬背的。还有一种，是"墨义"，相当于简答。这样的考试表面看起来好像在考儒家的经典，实际上和儒家经典的理解没有任何关系，只是考你记诵的方法，就算不理解，只要能背诵，也是可以考得出来的。这样的考试当然不会被社会上的文化精英认同，所以明经出身的人，大家就觉得他没有什么出息。是不是他的祖父和父亲都没有出息呢？实际上他的祖父和父亲对儒家经典的记诵，有相当大的积累和传统，白居易作为孙子辈，这个家庭给他造成了儒学上的熏陶。《旧唐书·白居易传》说他"世敦儒业"，就是说他的家世。

白居易，出生于河南新郑，近祖出自韩城。白居易祖上到底是哪里来的呢？专家现在莫衷一是，有专家考证，这个白姓，可能出自西域，白居易自己当然是不承认的，他说他自己的家乡是太原。

白居易的母亲姓陈，他父亲去世之后，白居易写过一篇《襄州别驾府君事状》，介绍了他母亲的一些情况。白居易是怎么写他母亲的呢？"及别驾府君即世，诸子尚幼，未就师学，夫人亲执诗书，昼夜教导。循循善诱，未尝以一呵一杖加之。十余年间，诸子皆以文学仕进，官至清近，实夫人慈训所致也。"我父亲去世之后，我们兄弟几个年纪还小，没有跟老师学习，我妈妈就亲自拿着诗书，不分昼夜，教导我们。她手里拿着儒家的经书，客客气气地给我们孩子讲道理，从来没有加以棍棒呵斥，这个母亲非常有修养，很懂家庭教育的方法。十多年后，大家都考上了科举，当上了高官，都是妈妈教得好。白居易这是回忆自己少年时代接受母亲教育的事。

大家看看白居易一生的经历。唐代宗大历七年，他生于新郑。后来，举家迁到了符离，就是现在的安徽宿州，可以保证兵乱对他家人没有影响。他跟着父亲至衢州，很短一段时间。贞元十六年，白居易中了进士，这个时候他二十九岁，古代人要想出名，最好早一点中进士，白居易二十九岁才中了进士，已经挺晚的了。这对他造成的直接影响是什么？就是他的老婆比较难找，他到了三十五岁还没有结婚，大龄文学青年白居易很焦虑。他进士第四名，登书判拔萃科，贞元十九年，他做了第一个官，授秘书省校书郎，是一个小官。接下来再去考，考才识兼茂名于体用科，这样很长名字的科在唐代都是属于制科的，是皇帝根据某种特别需要特招的。白居易入第四等，任盩厔县尉。盩厔县现在改名了，叫周至县，在今天的陕西。后来到了元和二年，才过了一年，他就被宪宗拔擢，当上了翰林学士，在长安做官，是皇帝手下很重要的官员，又做了左拾遗。到这个时候，他比较积极，上《论制科人状》。后来，因这件事情被李德裕排挤，让李德裕不太愉快。后面，他又做了京兆府户曹参军、太子左赞善大夫。

这都不太重要，重要的是元和十年，公元815年，白居易越职言事，被贬为江州司马。越职言事就是没轮到你说话，你就瞎说，这是皇帝说的。大家都知道"江州司马青衫湿"，这个官品级不算低，但是一个虚职。一开始准备贬他的官做刺史，结果宰相说，就像这样的人，怎么能做刺史呢？刺史还是一个地方长官呢！不行，最多当一个司马。其实他在江州只待了三年，不是非常久，就当了忠州刺史。后来又回到了京城，做尚书主客郎中、知制诰。然后做了中书舍人、杭州刺史。杭州的白堤，就是白居易在的时候造的，疏浚西湖，用挖出来的淤泥堆出了这道白堤，到现在还在。所以有些古代的读书人是非常伟大的，不但诗歌写得好，而且能在一个地方的历史文化上留下深刻的印记。他又到了苏州做刺史，白居易在苏州，时间也不长。然后又做了太子左庶子分司东都，这是在洛阳。刘禹锡也曾经做过苏州刺史，白居易也做过苏州刺史，时间不长。这样的人，我发现一个很有意思的现象，这些诗人本来是朋友，又是同时代的人，一起到苏杭做刺史之后，经常会有唱和往来。在这个过程中，大家好像有一种竞争的感觉，我去过苏州了，你也去苏州，看你能写出什么样的作品。这是一种风气，大家要比试一下，看看谁能把这美丽的风光写得更好。白居易在苏州做刺史的名声，比刘禹锡还要大一点，在苏州沧浪亭刻着对刘禹锡的评价，说刘禹锡虽然在苏州待的时间不长，但是他的名声和韦应物、白居易不相上下，那就说明刘禹锡名气还是差一点。白居易很幸运，先到杭州，再到苏州，然后回到京城做秘书监。这就到了他的晚年，先做太子宾客分司东都。据说这个职务是很舒服的，但是钱很少，后来，他就要一个实打实的官位，做了河南尹。再后来，河南尹也不做了，他年纪大了，太和九年的时候，他做了太子少傅分司东都，级别又提高了，但是，到了开成四年，好景不长，他得了风疾，中风了，半身不遂，这对他影响非常大，不得不遣归了自己最钟爱的女孩。最后，他以刑部侍郎致仕，退休了，这个官挺大的，退休之后，在洛阳去世，七十五岁。

白居易的一生，我把他概括为几段，其实很简单。他做地方官的经历，主要就是江州、忠州，也就是江西的九江和重庆的忠县，然后是苏州、杭州。他早年在长安，晚年在洛阳，经历比刘禹锡简单多了。但这个人一生的经历还是非常丰富的，我个人认为他做官是非常出色的。他对自己一生的进退、出处是怎么考虑的呢？最有名的就是《与元九书》里面的话：

古人云："穷则独善其身，达则兼济天下。"仆虽不肖，常师此语。大丈夫所守者道，所待者时。时之来也，为云龙，为风鹏，勃然突然，陈力以出；时之不来也，为雾豹，为冥鸿，寂兮寥兮，奉身而退。进退出处，何往而不自得哉！

"穷则独善其身，达则兼济天下"出自《孟子·尽心上》，他说，虽然我没什么出息，但是我经常学习这两句话。大丈夫的原则是道，等待的是时机。时机来了，你就充分展示自己的才华，付出全部的精力展示自己；时机不来，那就退后，把自己隐藏起来，甘于寂寞，不要硬做，逆势而动，你应该顺势而为。所以，他对自己的进退、出处非常自信。

关于中国古人的进退、出处，有很多智慧，比如说，《论语》记载，孔子说有一个人叫宁武子，这个人说："邦有道则知，邦无道则愚。"君王如果非常有为，我就显得很聪明，帮君王出主意；整个国家暗无天日的时候，我就像个傻瓜一样，什么都不懂。孔子说："其知可及也，其愚不可及也。"这样的人，他的聪明我们是学得来的，我们可以做到和他一样发挥自己的聪明才智，但是他的装傻，这是我们学不来的，无论如何都学不来，这其实是一种极富智慧的自我保护。实际上，"愚不可及"在孔子话中的本意，是说这样的傻不是真傻，而是装傻，这种装傻是无与伦比，非常高明的。古代人进退、出处，有的时候，他就算装傻、退隐，都是需要动脑筋的。白居易显然动了很多脑筋，他和元稹讲话的时候，不必避讳，所以把他的套路都和元稹说了，这就是白居易认识到的"兼济"与"独善"。

有的人不愿意描写自己的苦学，白居易一点都不避讳。他在《与元九书》中写道：

> 仆始生六七月时，乳母抱弄于书屏下，有指"之"字、"无"字示仆者，仆口未能言，心已默识。后有问此二字者，虽百十其试，而指之不差。则知仆宿习之缘，已在文字中矣。及五六岁，便学为诗。九岁谙识声韵。十五六，始知有进士，苦节读书。二十已来，昼课赋，夜课书，间又课诗，不遑寝息矣。

我六七个月的时候，我的奶妈抱着我去屏风边，问我"之"字、"无"字是什么字。虽然口不能言，但是其实字我是认识的，如果你不相信，咱们再当场试验，我都分得出来的。我们科学家做实验，能重复才是真的，不然就是学术造假。白居易这里就说，我真的是聪明，真的是可以认识这两个字，大家都可以来试一试。当然，这是别人说给他听的，别人说，你小时候可聪明了，他自己都还记得，然后一把年纪了，他拿出来和元稹说。我的文字因缘是娘胎里带出来的时候。五六岁就可以作诗了，十五六岁的时候，我才知道有考进士的事情，于是我白天练习诗赋，晚上看书，十分辛苦。这么辛苦之后，他就出现了五个亚健康的状态："以至于口舌成疮，手肘成胝。

既壮而肤革不丰盈，未老而齿发早衰白；瞀瞀然如飞蝇垂珠在眸子中者，动以万数，盖以苦学力文之所致，又自悲。"口腔黏膜破损，老茧磨出来了，脸上缺少胶原蛋白，未老先衰。最后一条"瞀瞀然如飞蝇垂珠在眸子中者"最严重，大家知道，这个是飞蚊症！活到七十五岁不容易的！老到七十一岁才中风，这也是很不错了。我年轻的时候学习太辛苦了，以致现在有这么多毛病，这可不是瞎说的，是白居易自己亲身的体验，觉得心里面有说不出的滋味。

兼济天下的岁月

白居易对于应付科举考试，有理论性的总结。一般人考取之后，科举文章也不收到文集里面，我现在已经是大官，是名人了，我早年动的小脑筋就不要再说了。但是白居易不是这样，他留下了《策林》，他和元稹考取了进士之后，又想要考制科，不是那么容易的，需要写策，对当代朝政分门别类提出自己的看法。白居易是怎么干这件事情呢？他在《策林序》中写道："元和初，予罢校书郎，与元微之将应制举，退居于上都华阳观，闭户累月，揣摩当代之事，构成策目七十五门。及微之首登科，予次焉。凡所应对者，百不用其一二。其余自以精力所致，不能弃捐，次而集之，分为四卷，命曰《策林》云耳。"他辞官后，和元稹二人躲在道观里面，整天动脑筋，揣摩策如何写。怎么写呢？关起门来，研究当时的朝政，看看哪些方面可能会出题，如果出儒家经学、边防、赋税的题目，该怎样应对，两个脑子一起动，想出来了七十五类，分门别类，积累材料来写。后来果然起作用了，元稹先考取了制科，白居易也接着考取了。所以其实他们在道观里干的事情，一点都不浪费的。考取之后，他们觉得出的题目太简单了，准备了七十五门，只不过用了一两门而已，剩下的材料都没有用掉，毕竟也是商量出的模拟作文，如果直接就扔掉，那么实在太可惜了。于是他们就整理出来，变成了大名鼎鼎的《策林》，这是中国历史上第一部关于策的集子，收在《白居易文集》里面。我在研究宋代的策的时候，一定会返回去，看看白居易当年是怎么应付的，宋代人又如何继承创新。白居易在应付科举考试方面，是很了不起的一个人。

考取了制科，做了翰林学士、左拾遗，有点底气了，他可以对朝廷的事情说一点话了，这时发生了一些事情。先说第一件事。元和三年，贤良方正能直言极谏科有三个学生考取了：牛僧孺、皇甫湜、李宗闵，这三个人都是唐代政治史上非常重要的人物，他们考取难道不是一件好事情吗？当时做宰相的是李吉甫，他说，这三个人在策里面的批评太过于直接。李吉甫在皇帝面前说，这三个人不能按照常规去做官，只能出任幕僚。不但三个考生要受到处理，而且考官也有责任，怎么能让这三个说话不忌讳的人考取呢？考官杨于陵、韦贯之、王涯一同遭贬。白居易说，这不应该，我不同意，这难道不是阻塞言路吗？你如果不允许别人在策中表达自己的意见，那皇帝还怎么听得到真的意见呢？考策本身就是为了征求意见，就是为了改进自己。他上书极力反对，鲜明表达了他的政治立场。我们来看他是怎么反对的，《论制科人状》中写道："设令有过，犹可优容；况且无瑕，岂宜黜退？所以前月已来，上自朝廷，下至衢路，众心汹汹，惊惧不安。直道者疚心，直言者杜口。不审陛下得知之否？凡此除改，传者纷然。"命令有错误，尚且可以宽容，现在并没有实质性做不利于朝廷的事情，只不过是纸面上提出了一些批评，怎么能不按照常例授官呢？老百姓现在都是忧心忡忡，原来很耿直的人，现在也都不敢讲话了，皇帝你知不知道这个情况？这其实是非常厉害的话，说皇帝阻塞言路，这是对皇帝直言不讳的批评。

第二件事，也是在元和三年，淮南节度使王锷想要谋宰相的位置，白居易说，一定不可以让他做宰相，他输送利益。而第三件事，是白居易对当时的朝政进行了一系列的批评："请降系囚，蠲租税，放宫人，绝进奉，禁掠卖良人等。"这种种措施，居然朝廷都答应了，按照他提出的建议来做，所以白居易当时说话其实还是有分量的，朝廷觉得他讲话是有道理的。后来，他讲着讲着，话越来越多，白居易认为王承宗不应该被讨伐，也认为元稹不应该被贬官。皇帝就不开心了，元稹是你的好朋友，你当然帮他说好话了。这两条就不被接纳。白居易这种仗义执言的风格，为他后来遭贬埋下祸根。

他在诗歌里面也批评朝政，有的时候锋芒不比奏章弱。他的诗歌里有很多反对朝廷弊政的内容。——"长吏明知不申破，急敛暴征求考课。"(《杜陵叟》)官吏并不考虑老百姓的实际困难，只追求自己的政绩，对老百姓横征暴敛。"十家租税九家毕，虚受吾君蠲免恩。"(《杜陵叟》)皇帝已经减免了赋税，但是基层的官吏并没有减免。"手把文书口称敕，回车叱牛牵向北。"(《卖炭翁》)这是批评宦官，借宫市之便，以朝廷之名，强索民财。最后，他讽刺一个宰相："昨来新拜右丞相，恐怕泥涂污马蹄。"(《官牛》)人们把细沙铺在河边，新来的丞相，马蹄踩在沙上面，看起来很气派，不会沾上泥。但是，你征用很多牛、劳力，来给你铺细沙，其实一点没有用，这是直指执政宰相的。这种诗，再加上他前面直言不讳的上奏，结合起来，白居易在朝廷里面肯定树敌了，自己往往还不知道，于是打击就会突如其来。

再看这首诗《秦中吟·不致仕》，看起来好像没有前面的锋芒，实际上真是得罪人了。小标题是"不致仕"，他讽刺有些人，在官场上一直做官，就是不肯退休。我们来看看他是怎么写的：

七十而致仕，礼法有明文。

何乃贪荣者，斯言如不闻？

可怜八九十，齿坠双眸昏。

朝露贪名利，夕阳忧子孙。

挂冠顾翠緌，悬车惜朱轮。

金章腰不胜，伛偻入君门。

谁不爱富贵？谁不恋君恩？

年高须告老，名遂合退身。

少时共嗤诮，晚岁多因循。

贤哉汉二疏，彼独是何人？

寂寞东门路，无人继去尘。

　　原本一般来说，七十岁就要退休了，可是这些人都不听，还是要干。到了七十岁以上，牙齿也松了，两眼一片黑，想着年纪大了，还要多弄点钱和人脉给自己的子孙。你的声名已经达到了一定的程度，就应该自觉地从岗位上退下来，这个叫高风亮节，该退就退。大家看看这首诗挺有意思，一读就读得懂，但是大家想到了吗？如果你是朝廷里年纪大的高官，看到了年纪轻轻的白居易写这首诗来讽刺你，你怎么想？你想，我走过的桥比你走过的路还多，我有丰富的政治经验，我不退，肯定有自己的理由。所以他这首诗，肯定得罪了当时年高位重的高官。

　　与此同时，白居易也表现出对官场的一些厌倦。前面我们说的是他对现实的讽刺，其实，他也有一些抱怨，他在《酬李少府曹长官舍见赠》中说：

低腰复敛手，心体不遑安。

一落风尘下，方知为吏难。

公事与日长，宦情随岁阑。

我做官实在太忙了，考试的时候，揣摩好像很容易，但是到了真正的官场上，哪怕是做个小官，我都觉得很多事情很难处理。公事越来越多，但是我实在是意兴阑珊了。这是他刚刚开始做官，为什么？这里有很复杂的原因，我觉得很主要的原因，在于白居易是大龄未婚男青年。

我们来看这首诗《戏题新栽蔷薇》，当时他三十五岁，这个年龄，拿到现在来说，也算是比较大的。他曾经有过一个恋人，因为门第的原因没有成功。于是，他写了这首诗：

> 移根易地莫憔悴，野外庭前一种春。
> 少府无妻春寂寞，花开将尔当夫人。

关键是最后两句，实在是太赤裸裸了，比我们一些择偶的节目还要赤裸裸。我还没有女朋友，蔷薇花啊，这么好的春天，我就把你当老婆算了。我大跌眼镜，没想到白居易当时居然那么着急。你说他做官心情会好吗？

元和十年六月三日，他迎来了自己人生的转折点。白居易的人生在这一件事情上，分为前后两端，主张削弱藩镇的宰相武元衡被平卢节度使李师道派人刺杀。怎么刺杀的？那天早上，武元衡去上朝，结果刺客先把灯笼射灭，天色很暗，然后用利刃刺杀武元衡，并且他的头被割下，御史中丞裴度受重伤，他也主张削藩的。这个事情震惊朝野，白居易很爱提意见，他上奏要求逮捕严惩刺客，但是宰相不高兴了，他认为其越职言事。这个事情应该是御史来提意见，他是宫官，越御史而言事，这是违反规定的，以前是要逐级汇报工作的。关键时刻，有人在旁边煽风点火，白居易恐怕就在劫难逃了。有人又诬陷白居易的母亲看花坠井死，但是事实上，她是自己生病死的。而白居易在这种状态下，仍然作《赏花》《新井》诗，这叫有违名教。两个事情联系起来，前面叫没有组织观念，后面叫没有道德品质，两条加在一起，他彻底完蛋。一开始贬他为刺史，有人反对，结果他被人再踩一脚，被贬江州司马。

江州三年：忧愤中的闲适

江州三年是白居易在忧愤中闲适的三年。他的闲适十分忧愤，忧愤都藏在诗里。《与元九书》记载了他对于兼济和独善与诗歌创作的关系的看法，他说：

> 故仆志在兼济，行在独善，奉而始终之则为道，言而发明之则为诗。谓之讽谕诗，兼济之志也；谓之闲适诗，独善之义也。故览仆诗者，知仆之道焉。

我的志向是兼济天下，但是我的行为是独善其身。如果我坚守价值观念，就是道，如果形成语言，就是诗了，这就是讽喻诗，表达的是兼济意向。什么叫闲适诗呢？当我自己要讲讲自己独善其身的情怀、方式、境界、状态，写的就是闲适诗，表面上看起来就很闲适，但这其实是我自己生活方式的外在表现。这就是我诗歌体裁内容的两个大的方面。

我们来看他到江州之后，是如何在忧愤中闲适的，我分头给大家解读几首诗。《舟行》，是他在去江州的路上写的诗，是他的自我解脱。本来这件事情，是很不幸的，他写道：

> 帆影日渐高，闲眠犹未起。
> 起问鼓枻人，已行三十里。
> 船头有行灶，炊稻烹红鲤。
> 饱食起婆娑，盥漱秋江水。
> 平生沧浪意，一旦来游此。
> 何况不失家，舟中载妻子。

婆娑是走来走去的意思，在船上晃来晃去。漱口的水，都是长江水。"沧浪之水清兮，可以濯吾缨；沧浪之水浊兮，可以濯吾足"那种意态，在这里都实现了。虽然他遭受到巨大的打击，但是他已经和他夫人杨氏结婚了，生了一个女儿，他就想着，好歹我的老婆孩子都和我一起来了江州，这就够了。他还没有到江州，所以没有看到江州的情况，心情还可以，你没有看到他非常颓废、消沉的状态。但是我们也觉得有点打肿脸充胖子的感觉，把这个行程故意说得很美好，看起来很诱人，但是其实并没有。

到了江州，一看情况，周边也没有什么认识的人，心态就不太一样了，写了一首《答故人》，这是自叹：

> 故人对酒叹，叹我在天涯。
>
> 见我昔荣遇，念我今蹉跎。
>
> 问我为司马，官意复如何。
>
> 答云且勿叹，听我为君歌。
>
> 我本蓬荜人，鄙贱剧泥沙。
>
> 读书未百卷，信口嘲风花。
>
> 自从筮仕来，六命三登科。
>
> 顾惭虚劣姿，所得亦已多。
>
> 散员足庇身，薄俸可资家。
>
> 省分辄自愧，岂为不遇耶。
>
> 烦君对杯酒，为我一咨嗟。

我的故人已经见不到我了，过去我风光的时候他们看得到，现在肯定在想我不行了。不要以为我灰头土脸的，我本来出身就很低，太原人是我自己说说的，我到底是哪里人，也只是我自己说说的。我就像泥沙一样，读书也不多，就开口风花雪月吟诗了，其实我的诗歌写得不怎么样，学问不高。自从我考科举以来，三次登科，已经很好了。我天赋这么低，居然能到今天这样，得到的已经够多了。我做司马，虽然是没有实权的散官，俸禄也很少，但是也足以贴补家用了。他说，看看我的本分，看看我的素质，我都已经觉得很惭愧了，我怎么能说我是不遇呢？你不用为我打抱不平，我自己就是这样看待自己的。这其实是非常言不由衷的，是对自己命运的叹息，显然是他自己的自嘲和无奈，把自己降得很低。

《江南谪居十韵》是他对自己命运的慨叹：

自哂沉冥客，曾为献纳臣。

壮心徒许国，薄命不如人。

才展凌云翅，俄成失水鳞。

葵枯犹向日，蓬断即辞春。

泽畔长愁地，天边欲老身。

我曾经写了很多建议，朝廷都听我的话，但是现在，我空有一片忠心，可朝廷不买账，不领情。我刚刚像鸟一样展开翅膀准备飞翔，但是一下子，武元衡被刺杀之后，我就完蛋了。向日葵虽然枯了，但是还是向着太阳。他心里还是难过的，还是非常忧愤的。

在这个时期，他也要苦中作乐，这就是自乐，有很多种方法，第一个是直接说。《咏怀》：

尽日松下坐，有时池畔行。

行立与坐卧，中怀澹无营。

不觉流年过，亦任白发生。

不为世所薄，安得遂闲情。

我要是不为世间所轻薄、排挤，我怎么能够得到今天这样的闲情逸致呢？怎么能够写出今天的闲适诗呢？我白头发多一点，根本无所谓。我整天坐在松树下面，在大自然中徜徉，而且吃得也很好。白居易到了江州，和以后的苏轼一样，吃上了笋。看来吃笋是治疗忧郁的好办法。大家如果遇到了什么事业上的困难，就去找一个笋多的地方，去点上一盘笋，嫩笋一吃，保证改善你的心情，忧郁一散而空，这是白居易和苏东坡给我们的启发。我们来看看他的《食笋》：

> 此州乃竹乡，春笋满山谷。
>
> 山夫折盈抱，抱来早市鬻。
>
> 物以多为贱，双钱易一束。
>
> 置之炊甑中，与饭同时熟。
>
> 紫箨坼故锦，素肌擘新玉。
>
> 每日遂加餐，经时不思肉。
>
> 久为京洛客，此味常不足。
>
> 且食勿踟蹰，南风吹作竹。

　　早上集市里面笋非常新鲜，而且很便宜。他就把笋放在饭上面蒸熟，是带着皮一起蒸的。最好的、最嫩的笋，口感比肉要好很多，而且可以吃很多，里面都是纤维。我以前在大城市里面生活，怎么吃得到这么好的笋呢？现在我好不容易可以吃到新鲜的笋，趁着上市的时候，我需要多吃一点，否则变成了竹子我就咬不动了。

他还吃秋葵，还写了诗，这里的秋葵是一种葵菜，与今天的秋葵不同。但白居易笔下，口感和今天的秋葵一模一样，我们来看看《烹葵》：

> 昨卧不夕食，今起乃朝饥。
> 贫厨何所有，炊稻烹秋葵。
> 红粒香复软，绿英滑且肥。
> 饥来止于饱，饱后复何思。
> 忆昔荣遇日，迨今穷退时。
> 今亦不冻馁，昔亦无余资。
> 口既不减食，身又不减衣。
> 抚心私自问，何者是荣衰。

昨晚没有吃饭，今天早上肚子很饿。结果厨房里什么都没有，我只能拿稻草烧秋葵。秋葵吃起来口感是不是就是这样的？又香又软，又滑又肥。诗人今昔对比，以前风光无限，现在只能吃吃秋葵。虽然我今天没有冻饿的困扰，但是想想过去，我也不是什么大官。我现在到了江州，嘴里也不是没有东西吃，好歹还有秋葵吃，我也不是穿不起衣服，其实我的生活一点都没有改变，我吃的笋还比以前更加新鲜。其实，他就是通过这个，给自己找乐趣。

吃也吃了，接下来，还有一招《闲关》：

我心忘世久，世亦不我干。

遂成一无事，因得长掩关。

掩关来几时，仿佛二三年。

著书已盈帙，生子欲能言。

始悟身向老，复悲世多艰。

回顾趋时者，役役尘壤间。

岁暮竟何得，不如且安闲。

世界和我没有什么关系，反正没有人重视我的意见。如果写书的话，我两三年写的书，已经很厚了，如果生了孩子，小孩都能说话了。这个时候，我才感觉到自己年纪越来越大了。那时候他其实才四十多岁，又感觉到仕途艰难，回顾那些人非常积极的样子，我过去也是这样，那些人现在还在积极参与朝政，还不如像今天的我一样，到了年底，就在家里静静做个"宅男"，有什么不好呢？

苏杭太守：享受生活

在江州的闲适诗，大家总觉得这个闲适，让人心里不是滋味，总感觉是强颜欢笑。到了苏杭任上，他还是写闲适诗，味道不一样了，白居易用了两句诗"外有适意物，中无系心事"来描述这个情况。外部环境改变了。他现在是苏州刺史、杭州刺史，外部条件不同了，要什么有什么，待遇很好了，心中也没有牵累自己的杂事了。他笔下的杭州是什么样子呢？我们来看《郡中即事》：

> 漫漫潮初平，熙熙春日至。
>
> 空阔远江山，晴明好天气。
>
> 外有适意物，中无系心事。
>
> 数篇对竹吟，一杯望云醉。
>
> 行携杖扶力，卧读书取睡。
>
> 久养病形骸，深谙闲气味。
>
> 遥思九城陌，扰扰趋名利。
>
> 今朝是双日，朝谒多轩骑。
>
> 宠者防悔尤，权者怀忧畏。
>
> 为报高车盖，恐非真富贵。

他一个人在衙门中休养生息，吟诗看景，觉得自己生活非常自由自在，这是在杭州，没有描写太多景物。

这个时候，他又写到了自己七岁的女儿。白居易很遗憾，只生了女儿，没有儿子。古人自然也有点重男轻女，但是他也在女儿身上找到了一些乐趣，他写了《吾雏》：

> 吾雏字阿罗，阿罗才七龄。
>
> 嗟吾不才子，怜尔无弟兄。
>
> 抚养虽骄骙，性识颇聪明。

学母画眉样，效吾咏诗声。

我齿今欲堕，汝齿昨始生。

我头发尽落，汝顶髻初成。

老幼不相待，父衰汝孩婴。

缅想古人心，慈爱亦不轻。

蔡邕念文姬，于公叹缇萦。

敢求得汝力，但未忘父情。

　　我没有儿子，可怜你也没有兄弟，但是你还是很聪明的。女儿会学妻子画眉毛，学我读书。他就想到了古人蔡邕，他的女儿是蔡文姬，他还想到了缇萦救父的故事。最后他说，我不要你来救我一把，但是，你只要不忘记我们的父女情就可以了。这就是他写他的女儿。

　　他在杭州做了什么事情？他其实什么都没有，和苏东坡不一样，苏东坡到了任何地方，总想要扎扎实实为百姓做事情，但是白居易不一样，主要是享受生活。他两首《三年为刺史》写道：

三年为刺史，无政在人口。

唯向城郡中，题诗十余首。

惭非甘棠咏，岂有思人不。

三年为刺史，饮冰复食蘗。

唯向天竺山，取得两片石。

此抵有千金，无乃伤清白。

后来，他又到了苏州，住在太湖上，非常舒服，写了《宿湖中》：

水天向晚碧沉沉，树影霞光重叠深。

浸月冷波千顷练，苞霜新橘万株金。

幸无案牍何妨醉，纵有笙歌不废吟。

十只画船何处宿，洞庭山脚太湖心。

橘子是苏州洞庭山的橘子，白居易的日子过得很好，吃着树上新鲜采摘的橘子，享受着苏州最高长官享受的亲近大自然的待遇。我就发现，这种吃洞庭山新鲜橘子的行为，其实正是他早年讽刺过的。他早年写过一首讽刺诗《轻肥》：

果擘洞庭橘，脍切天池鳞。

食饱心自若，酒酣气益振。

是岁江南旱，衢州人食人。

这不是写官员的自得其乐，说的是这些官僚日子很好过，很神气，但是老百姓在经历大旱，人吃人，你们还吃橘子。但是等到他去苏州做地方官，忍不住也吃这个橘子了。人到中年，大多数人都和现实妥协了。日子过得好了，白居易也忘记了他早年写的诗。大家想想自己，是不是也是这样？

最后的人生：中隐、醉吟与逃禅

杭州、苏州也待过了，最后，他的人生终结于洛阳，他在洛阳先后做太子宾客分司东都、河南尹、太子少傅分司东都，最后以刑部侍郎致仕，这就是他在洛阳度过的十七八年晚年岁月。我用三个词来概括他的生活：中隐、醉吟与逃禅。

首先，我们来看《中隐》，虽然很长，但是很好读，很好理解，是白居易对自己独善其身的理论总结。

> 大隐住朝市，小隐入丘樊。
> 丘樊太冷落，朝市太嚣喧。
> 不如作中隐，隐在留司官。
> 似出复似处，非忙亦非闲。
> 不劳心与力，又免饥与寒。
> 终岁无公事，随月有俸钱。
> 君若好登临，城南有秋山。
> 君若爱游荡，城东有春园。
> 君若欲一醉，时出赴宾筵。
> 洛中多君子，可以恣欢言。
> 君若欲高卧，但自深掩关。

亦无车马客，造次到门前。

人生处一世，其道难两全。

贱即苦冻馁，贵则多忧患。

唯此中隐士，致身吉且安。

穷通与丰约，正在四者间。

隐居分为三种，大隐身在朝中，心在江湖，但是太喧嚣；小隐在丘壑，但是太冷落了。他说，不如做中隐，在大城市里面做一个官员，又像做官，又像隐居；手头上有事情做，但是又不会太辛苦；钱也有保证，这样的日子我也愿意过。实在是说得太赤裸裸了，现在又说，我什么事情都不干，但是钱还是照样拿。如果你不愿意在家待着，可以出去逛逛，城南有山，城东有园林。洛阳当时环境很好，风光很好。而且，还有人招待你吃饭，想去就去，在洛阳也有很多朋友，可以互相交往，也可以自己在家做"宅男"，没有什么人打扰你。贵贱都不好，就像庄子说的，我们应该处于二者中间，这是最高的境界。又有物质生活的保障，又有安全的保障。用这种协调居中的办法，你的生活才能过得更好。其实白居易这个时候已经挺老的了，说得好听一点，这是他的人生智慧，但其实就是他自鸣得意的人生小算盘。

他的生活是怎么样的？《期宿客不至》写道：

风飘雨洒帘帷故，竹映松遮灯火深。

宿客不来嫌冷落，一樽酒对一张琴。

我特别喜欢后面这两句。这个客人是徐凝，他不来，那我就独自坐着，享受独处这种快乐的寂寞。这让大家想到了赵师秀的"有约不来过夜半，闲敲棋子落灯花"，以及苏轼的《行香子·述怀》，下片写道："虽抱文章，开口谁亲。且陶陶、乐尽天真。几时归去，作个闲人。对一张琴，一壶酒，一溪云。"诗意就是一脉相承过来的，一个人对着一些充满文化气息的物件，觉得非常安静，这就是中国古代人的享受。

白居易把他人生的算盘都打出来了，为什么要中隐？钱不断，还可以好好享受生活。他的《劝酒十四首》一共两组，每七首为一组，第一组叫《何处难忘酒》，第二组叫《不如来饮酒》，实在是太白了，完全就像顺口溜一样。你就可以看出白居易当时的生活状态，在《醉吟先生传》里，写了他的生活，非常值得一看：

> 醉吟先生者，忘其姓字、乡里、官爵，忽忽不知吾为谁也。宦游三十载，将老，退居洛下。所居有池五六亩，竹数千竿，乔木数十株，台榭舟桥，具体而微，先生安焉。家虽贫，不至寒馁；年虽老，未及昏耄。性嗜酒，耽琴淫诗，凡酒徒、琴侣、诗客多与之游。

> 游之外，栖心释氏，通学小中大乘法，与嵩山僧如满为空门友，平泉客韦楚为山水友，彭城刘梦得为诗友，安定皇甫朗之为酒友。每一相见，欣然忘归，洛城内外，六七十里间，凡观、寺、丘、墅，有泉石花竹者，靡不游；

人家有美酒鸣琴者，靡不过；有图书歌舞者，靡不观。

所有的文化、自然、人文，全部都享受到了。他的传里面还夹着一首诗《咏怀》：

抱琴荣启乐，纵酒刘伶达。

放眼看青山，任头生白发。

不知天地内，更得几年活？

从此到终身，尽为闲日月。

他说自己终于可以享受了，但是打击来了，他一直没有儿子，晚年得子，生了一个儿子，但是没有到三岁，就夭折了，这对白居易打击太大了。他写了《哭崔儿》：

掌珠一颗儿三岁，鬓雪千茎父六旬。

岂料汝先为异物，常忧吾不见成人。

悲肠自断非因剑，啼眼加昏不是尘。

怀抱又空天默默，依前重作邓攸身。

最后一句实在是太悲伤了，他抱着一个孩子，老年得子，十分开心，但是孩子没了，他就像晋朝的邓攸一样，又变成了孤家寡人一个了。当时战乱，邓攸要带着儿子和侄子跑，只能带上一个，他想着自己的弟弟去世早，就选择了自己的侄子，抛弃了自己的儿子。但是就这样一个好人，老天爷之后再也没有给过他儿子了，所以邓攸无儿，是一个很有名的典故。白居易就非常伤心，好不容易有一个儿子，抱了两三年，又没有了。他的女儿后来结婚了，结果女婿又去世了，所以其实诗人晚年也并非一帆风顺的。

随着年龄的增大，他身边也有一些年轻的女孩子，这是当时的社会风气。《本事诗·事感》记载："白尚书姬人樊素善歌，妓人小蛮善舞，尝为诗曰：樱桃樊素口，杨柳小蛮腰。"这两个人是最有名的，是他最钟爱的两个女孩。他中风后，人品很好，要遣归樊素，心里很不舍得。白居易故作潇洒，先写了一首表示自己忘情了，结果女孩子没肯走，到了开成五年三月三十日的时候，樊素真的要走了，他很伤心，写了《春尽日宴罢，感事独吟》：

> 五年三月今朝尽，客散筵空独掩扉。
> 病共乐天相伴住，春随樊子一时归。
> 闲听莺语移时立，思逐杨花触处飞。
> 金带缍腰衫委地，年年衰瘦不胜衣。

樊素走了，把春天也带走了，作者的健康岁月，也一去不复返了，这对诗人是非常沉重的打击。

最后，只剩下逃禅，他有很多描写坐禅的诗歌，例如《斋戒满夜戏招梦得》写道："纱笼灯下道场前，白日持斋夜坐禅。"这就是他晚年中风之后的生活，白天吃斋，夜晚坐禅。

一个不一样的白居易

这样一个人，是不是和写《琵琶行》《长恨歌》的白居易不一样呢？是不是和古文运动中态度积极的白居易也有点不一样呢？是不是和早年意气风发提建议的白居易不太一样？是不是和大力支持永贞革新的白居易也不太一样呢？这是一个从闲适诗、杂律诗里面看到的独善其身的白居易，这个白居易对中国文化的影响也非常大，苏东坡的"东坡"，欧阳修的"醉翁"，都源自他的诗。

他名重一时，去世之后，唐宣宗给他写了一首悼诗，可以概括白居易的一生：

> 缀玉联珠六十年，谁教冥路作诗仙。
> 浮云不系名居易，造化无为字乐天。
> 童子解吟长恨曲，胡儿能唱琵琶篇。
> 文章已满行人耳，一度思卿一怆然。

我觉得很有意思，这些著名诗人总能被我找到总结他一生的东西，或者是一首诗，或者是后人的评论，或者是他的自传，都恰如其分概括了他的一生，对于白居易来说，唐宣宗的这首诗，就概括了他的一生。他是幸运的，他在大唐帝国落幕之前最后的太平岁月里优游离世，为中国文化的天空从容留下了一抹灿烂的霞光。在他之后，中华文明渐渐坠向晚唐五代的战乱深渊，直到百来年过去了，才有后生小子们再续文脉道统，那时，已经换了人间。

第四讲　鸟歌花舞太守醉

欧阳修的贬谪经历与生活情趣

宋朝之所以伟大，就是地方官员大多是通过科举考上来，是从底层上来的，他们有文化、有知识、有理性，心也时时刻刻和老百姓相通。我不是一个人享受，我要带你们一起快乐，我还要把你们的快乐全部记录下来，这是只有宋代才有的。只有受到历史文化渲染和感召的文人士大夫，才能做到这样伟大，这是宋朝的伟大，也是欧阳修的伟大之处。

古往今来，太守有很多，喝醉的肯定也不少。但是标题里的"太守醉"，其实是有出处的，就在欧阳修的《丰乐亭游春》里，诗一共有三首，这是第一首：

绿树交加山鸟啼，晴风荡漾落花飞。

鸟歌花舞太守醉，明日酒醒春已归。

丰乐亭在安徽滁州，这个地方和欧阳修有特殊的缘分，他可能是滁州历史上知名度最高的文化名人，我们在讨论欧阳修经历的时候，也往往以贬谪滁州作为他人生的分界线，这就像白居易贬谪江州司马、苏东坡贬谪黄州团练副使一样，对他们本人非常不幸，但是很多伟大的作品都是贬谪之后写出来的。这里的太守，其实是滁州知州，宋代是没有太守这个官职的，太守指的就是知州。他在鸟歌花舞的景色里喝醉了酒，等到酒醒了后，好像觉得春天已经要归去了，这样的场景生气勃勃，又非常悠闲。作者作为一个地方官，没有太多政事，整个人都沉浸在丰乐亭周遭的树木、花鸟的氛围里，非常享受大自然，不像是一个在职的人。

他喝醉其实是有来头的，他在贬谪滁州之后的第二年，就给自己起了一个号"醉翁"，以前他没有用过这个号，他在很多诗歌、文章里面，都刻意强调自己喝醉了的状态，上面这一首诗，也是强调喝醉，强调自己是"醉翁"。

和醉翁关系最大的，就是大名鼎鼎的《醉翁亭记》。关于欧阳修自称醉翁，他在文章当中有一个交代：

> 太守与客来饮于此，饮少辄醉，而年又最高，故自号曰醉翁也。醉翁之意不在酒，在乎山水之间也。山水之乐，得之心而寓之酒也。

我叫自己醉翁，不仅仅是因为自己喝醉了，还因为我已经到了一定的地位和年纪了。欧阳修说自己年纪在这里最大，所以完全有资格说自己是醉翁，"醉翁"和"醉汉"一字之差，境界差得太多了。"醉翁之意不在酒"，今天我们用来说这个人别有用心、别有企图，但是欧阳修在这里是褒义，他说其实我自己是不在乎喝酒的，我在乎的是醉翁亭周边的山水。这是自称醉翁的欧阳修强调自己心灵安放在山水里面，那么山水与酒的关系是什么呢？"山水之乐，得之心而寓之酒也。"山水之乐，是要靠我自己用心灵去体会的。我并不借助酒体会山水，我的心直接和山水相通，酒只是寄放了我和山水之间感情的一个载体，是桥梁和中介，喝了酒之后，我看山水，就觉得更微妙、更有奇趣。

我觉得欧阳修其实并没有喝醉，他十分理性，山水、酒、心相互之间是什么关系，实际上他心里面很清楚。

我刚才讲了欧阳修的一个号"醉翁"，我们再来看他第二个号"六一居士"，这是专门有所指的。我们来看他写的《六一居士传》：

> 六一居士初谪滁山，自号醉翁。既老而衰且病，将退休于颍水之上，则又更号六一居士。
>
> 客有问曰："六一，何谓也？"居士曰："吾家藏书一万卷，集录三代以来金石遗文一千卷，有琴一张，有棋一局，而常置酒一壶。"客曰："是为五一尔，奈何？"居士曰："以吾一翁，老于此五物之间，是岂不为六一乎？"

他说，我原本叫醉翁，现在身体不好了，就只能叫六一居士了。为什么叫六一呢？他拟了一个问答，有人问他，"六一"指的是什么，他回答道：我家里藏书一万卷，我兴趣爱好在于汇集三代以来金石遗文一千卷，有一张琴，一壶酒，一局棋。这不是只有五一吗？欧阳修说：这五一，缺少一个灵魂，而这个灵魂，就是我这个老头。大家注意，他刻意强调了自己晚年的兴趣爱好，这个时候，离他去世只有两三年了，已经六十三四岁了，才叫自己六一居士。可惜他的一千卷金石遗文没有留存下来，但是他给他的每一件藏品都写了跋，汇聚成《集古录跋尾》，这留下来了，就成了中国金石学的开山之作。这就是欧阳修自己晚年生活的写照，我觉得欧阳修还是很有品位的。

从寄人篱下的少年到科举考试的受益者

先来讲讲欧阳修人生的第一个阶段，从寄人篱下的少年到科举考试的受益者。

欧阳修早年非常不幸。欧阳修字永叔，吉州永丰人，也就是今江西吉安。江西吉安还有两个文化名人，一个是大诗人杨万里，另外一个就是民族英雄文天祥。欧阳修作为三个人里面最早的一个，生于宋真宗景德四年（1007年），去世于宋神宗熙宁五年（1072年）。他一生经历了真、仁、英、神四朝，他去世的时候，王安石改革已经在全国铺开了。他祖父欧阳偓，在南唐为官。父亲欧阳观，任绵州军事推官，这并不是一个非常大的官，欧阳修就在这个时候，出生于今四川绵阳。但是他的父亲身体不太好，很快就去世了。欧阳修四岁丧父，这在中国古代以男性为主心骨的家庭里，是非常不幸的事情，无依无靠，最后依靠叔父欧阳晔生活，由母亲郑氏抚养成人。他的母亲出生于名门望族。后来，欧阳修的叔叔去随州做官，欧阳修也跟着他去随州。我觉得这些对他一生个性的形成非常重要，欧阳修的心理实际上是受到很大的影响的。这就有了一个非常有名的故事，就是"欧母画荻教子"。欧阳修的母亲郑氏没有钱，没有纸和笔，但文化是有的，她就教欧阳修写字、学诗，没有钱，就用荻杆在地上写字，还教他念诗。这个故事现在在很多励志故事书中都有，大家都觉得司空见惯了。欧阳修是怎么想的？他妈妈是怎么想的？他在给自己叔叔写的墓志铭《尚书都官员外郎欧阳公墓志铭》中这样写道：

> 修不幸幼孤，依于叔父而长焉。尝奉太夫人之教曰："尔欲识尔父乎？视尔叔父，其状貌起居言笑皆尔父也。"修虽幼，已能知太夫人言为悲，而叔父之为亲也。

他说，我从小没了父亲，靠着叔叔成长。妈妈常说，你如果想要知道你的爸爸是什么样子，你就去看看你的叔叔。你不知道你爸爸什么样子，就想象你的爸爸就是这个样子。当时我虽然年纪还小，但是我知道我的妈妈在讲这个话的时候，心情是很痛苦的，我已经可以体察到了，这就让我知道了，我的叔叔是我唯一的男性长辈亲人了。这是欧阳修简短的回忆，是对他叔叔的怀念。

虽然欧阳修四岁就没了父亲，但是这个人天资聪颖，在他叔叔的指导下，很爱好读书。爱好到什么程度？多年以后，他写文字记载当时自己读书的经历，我们就发现，他当时在读唐宋八大家之首韩愈的文集。而且，欧阳修和韩愈在精神上有一种奇妙的沟通，有了"神交"。他在《记旧本韩文后》中说：

> 予少家汉东，汉东僻陋无学者，吾家又贫无藏书。州南有大姓李氏者，其子尧辅颇好学。予为儿童时，多游其家。见其敝筐贮故书在壁间，发而视之，得唐《昌黎先生

文集》六卷，脱落颠倒，无次序；因乞李氏以归。读之，见其言深厚而雄博，然予犹少，未能悉究其义，徒见其浩然无涯，若可爱。

是时天下学者，杨、刘之作，号为"时文"，能者取科第，擅名声，以夸荣当世，未尝有道韩文者。予亦方举进士，以礼部诗赋为事。年十有七，试于州，为有司所黜。因取所藏韩氏之文复阅之，则喟然叹曰："学者当至于是而止尔！"固怪时人之不道，而顾己亦未暇学，徒时时独念于予心，以谓方从进士干禄以养亲。苟得禄矣，当尽力于斯文，以偿其素志。

后七年，举进士及第，官于洛阳。而尹师鲁之徒皆在，遂相与作为古文，因出所藏《昌黎集》而补缀之。求人家所有旧本而校定之。其后天下学者，亦渐趋于古，而韩文遂行于世，至于今盖三十余年矣。学者非韩不学也，可谓盛矣！

当年我家庭很困难，当地有一个姓李的大户人家，我常常去和他家的孩子玩。我发现他们家中有一个破箩筐，里面放着很多书，就放在墙角。我拿出来一看，发现是《昌黎先生文集》。我们今天有一种错误的观念，总是认为一位古人可以很轻而易举地读到前代人的书，比如说，欧阳修生在北宋，韩愈已经成名了，我们以为欧阳修可以很轻易地读到韩愈的书。其实中国古代不是这样，经过战乱以及文坛的变化，前代著名文人的书，在后代有时是很难读到的。而这部韩愈文集的状况堪忧，次序是颠倒的，书页是脱落的，没有人愿意读。于是，欧阳修就拿回去读，一读，就发现写得很好，自己还小，里面说了什么自己不知道，但是觉得韩愈的文字不得了，无边无际，千变万化，读上去十分可爱。这完全是小孩子读书的心理，但是他是一个有心人。

当时，文坛上流行的可不是韩愈那种文章，是西昆体的"时文"，也就是骈体文，句子两两相对，而韩愈的文章是古文，不是两两相对的。所以当时考科举考试，用不上韩愈这种文章。欧阳修说，我当时正在考进士，到了十七岁的时候，应州试，但是被淘汰了。欧阳修很聪明，就想到了《昌黎先生文集》，他拿出来，翻来覆去地看。他觉得这么好的文章，当时的人居然都不知道，而我一直很喜欢他的文章的，科举失败了之后，我就一直体会他的文章，看看文章的写法，思考它对我未来的科举考试有什么帮助。但是我没办法，我的父亲去世了，我只能早点做官，取得俸禄。我虽然主要精力还是写"时文"，但是立志将来终有一天，等我考上了科举考试之后，集中精力好好研究韩愈的文章。今天我们觉得欧阳修的文章非常好，韩愈对他影响很大。

等到他进士及第，在洛阳做官，这六卷破书他还没有扔掉，于是就修补起来，用别人藏的韩愈本子和他自己藏的本子互相参校。欧阳修重新校订了韩愈的文集之后，韩愈文集大行于世。韩文在宋代广为流传，实际上和欧阳修的发现和重视大有关系。他说，三十年以后，到了今天，不是韩文，人们都不学习，形成这个局面的功劳非他莫属。

欧阳修当时做科举考试考官了，他喜欢古文，于是凡是写古文的他才录取，写太学体的就毙掉。《梦溪笔谈》记载，他看到太学体文章很不喜欢，就用红笔从头到尾画一道，这就像裂帛一样。有个考生叫刘幾，被他否定了之后，过了几年，改了一个名字叫刘辉，又来考试，文章写得不一样，写出来的文章和欧阳修很像，欧阳修说，这个文章好，一定要录取他！别人悄悄告诉他：欧阳公，这个人就是之前的刘幾，是被你否定过的人。我们可以看到，科举考试主考官对文风的影响是非常大的。

十多年之后，他又来到了当年李氏家的亭子里，他在《李秀才东园亭记》中说：

公佐引予登亭上，周寻童子时所见，则树之蘖者抱，昔之抱者梼，草之苗者丛，荄之甲者今果矣。问其游儿，则有子，如予童子之岁矣。相与逆数昔时，则于今七闰矣，然忽忽如前日事。因叹嗟徘徊不能去。

当年树还很小，十几年之后，树已经可以合抱了，草已经长成草丛了，而植物也已经结果了。我现在已经成名了，但是回忆起当年在李家的日子，我叹息、怀念。欧阳修很多情，他的多情不是男女的风流多情，而是对人生的流逝、人的衰老，特别敏感。他在文章当中反反复复说人生苦短，说自己年纪越来越大了，这样的今昔对比所引发的感慨，在他的文章当中频频出现，这和他早年丧父是有关的。他家里没有父亲，周围的人对他的态度、一举一动，他都看在眼里，他的内心敏感而细腻，这就是欧阳修。

他母亲教他认字，叔叔教他念书，就是为了让他可以参加科举。天圣元年秋，他十七岁，参加随州发解试，因为赋押韵不合格黜落。天圣五年春，他二十一岁，在京城参加省试，又落第。他接着再考，到天圣七年秋，二十三岁，有一个姓胥的官员，把欧阳修推荐到国子学，参加发解试，得了第一名。第二年，又去参加省试，又得了第一名。接下来就是殿试，是皇帝在大殿亲自主持考试，欧阳修自我感觉很好，觉得自己还是可以考好，可以"连中三元"，也就是三个都得第一。他穿了一件新衣服，新衣服一穿，上场就有底气了。结果和他一起的另一个人看他衣服好看，就借过来穿了一穿，没想到那个人得了第一。这也有可能是别人气不过，觉得欧阳修应该第一，故意写的故事。事实上，欧阳修殿试得到甲科第十九名，成绩还不错。虽然小有遗憾，但是他终于当官了，故事由此开始，否则他终身布衣，也无法做文坛领袖。

初贬夷陵，再贬滁州

他的第一个官职是西京留守推官，虽然官职不大，但是日子很好过。他当时在洛阳，西京留守是大诗人钱惟演，钱惟演很欣赏欧阳修，重视他的才华。欧阳修在钱惟演麾下，度过了非常幸福的时光，但是可惜不能长久。他后来回到了京城做馆阁校勘，是和图书相关的非常好的一个官职，因为某种原因，景祐三年，他被贬峡州夷陵县令。他说，夷陵当时非常落后，家里分成两楼，一楼是猪住的，人住在二楼，大家都是这样，人和猪住在一起，这是很落后的。接着在湖北做光化军乾德令，又回到京城做馆阁校勘，又去了滑州做通判，当时范仲淹为首的新派已经开始跃跃欲试。他做了河北做都转运按察使，不久被贬滁州知州，滁州成就了欧阳修一生的功业，没有滁州，就没有欧阳修。到滁州后第二年，他才自号醉翁，这是非常理智的。他去蔡州也是，待了一年，到第二年，才郑重其事地把自己的号改成了六一居士。后来他去了扬州、颍州，到了颍州，也就是安徽阜阳，他就觉得很幸福，这个地方很好，他就有终老之意，把母亲安置在了颍州，就去了南京（今河南商丘）担任知应天府兼南京留守。后来，母亲去世了，他在颍州守丧。接着，他又去京城做了翰林学士兼史馆修撰，主要编写《新唐书》，欧阳修不但是一位伟大的文学家，还是一位非常有名的历史学家。嘉祐二年（1057 年），欧阳修担任知礼部贡举，也就是科举主考官，这就不得了了，那一年，有谁考中了进士？苏轼、苏辙、程颢、曾巩等一大批北宋赫赫有名的文化名人都是这一年考中进士的。宋代文化之所以是现在的面貌，和欧阳修做主考官是有很大关系的。欧阳修包容各种风格、性格的能人，这些人都非常尊重欧阳修，嘉祐二年，他利用主考官的权力，提拔了很多人，发现很多英才。

他后来官越做越大，做了枢密副使、参知政事。然后到了安徽亳州、山东青州、河南蔡州做知州。到了蔡州，六十五岁，他功成名就，以太子少师致仕。王安石已经在变法，他是欧阳修的弟子，欧阳修也不太赞成他变法。退休后第二年，他在安徽颍州家中去世。应该说，他的一生应该是比较平稳的。

尤其要讲讲他的两次贬谪——初贬夷陵，再贬滁州。为什么他会被贬谪？因为他放了几炮。第一炮对着范仲淹放，大家很奇怪，他们两个人不是一边的吗？这一炮是不是放错了，怎么回事？的确是放错了。在明道二年的时候，仁宗皇帝已经有点想要改革，范仲淹由陈州通判赴京任右司谏，当时谏官权力是很大的，可以给皇帝提意见，也可以检举揭发。范仲淹到朝廷做右司谏，大家眼睛都是看着的，要看看他的政绩。欧阳修那个时候还在洛阳做西京留守推官，日子还算好过，他也看着范仲淹。但范仲淹到任两个月左右还没有实质性的进谏，身为西京留守推官的欧阳修年轻气盛，按捺不住写了一封信：我们都以为你是一个有志青年，整整两个月，一声都没吭，我要敲打敲打你。这是欧阳修比较重要的一篇文章《上范司谏书》：

> 司谏，七品官尔，于执事得之不为喜，而独区区欲一贺者，诚以谏官者，天下之得失、一时之公议系焉。……谏官虽卑，与宰相等。……立殿陛之前，与天子争是非者，谏官也。

......

　　近执事始被召于陈州，洛之士大夫相与语曰："我识范君，知其材也。其来，不为御史，必为谏官。"及命下，果然，则又相与语曰："我识范君，知其贤也。他日闻有立天子陛下，直辞正色面争廷论者，非他人，必范君也。"拜命以来，翘首企足，伫乎有闻，而卒未也，窃惑之。岂洛之士大夫能料于前而不能料于后也，将执事有待而为也？

......

　　夫布衣韦带之士，穷居草茅，坐诵书史，常恨不见用。及用也，又曰彼非我职，不敢言；或曰我位犹卑，不得言；得言矣，又曰我有待；是终无一人言也，可不惜哉！伏惟执事思天子所以见用之意，惧君子百世之讥，一陈昌言，以塞重望，且解洛士大夫之惑，则幸甚幸甚！

　　你的官不过是区区七品官，即便官位很小，责任还是很重大的。谏官是舆论导向，如果谏官一直不吱声，那么天下的风气是不会好的，皇帝也不会改正错误的，所以谏官非常重要。虽然地位低，但是和宰相的功能是一样的。谁敢说皇帝的不是？只有谏官可以，所以责任非常重大。你负了这么大的责任，但是你却什么都没有做，我们对你抱有非常大的期待，但是你却让我们失望。最后一段，他对范仲淹提出了殷切的希望，让他赶快进谏，如果不让我们的期待落空，那么你赶快进谏，否则我们会看不起你的。事实证明范仲淹是被欧阳修看错了，他是干大事的人，引而不发，到了条件成熟后，范仲淹像连珠炮一样对皇帝、宰相进谏，而且一整套、一整套的改革方案，都是范仲淹提出来的。

西京留守后来换人了，钱惟演不干了，换了王曙，看到欧阳修和一帮年轻人整天喝酒，就教训他。《续资治通鉴长编》记载：

> 始，钱惟演留守西京，修及尹洙为官属，皆有时名，惟演待之甚厚。修等游饮无节，惟演去，曙继至，数加戒敕，尝厉色谓修等曰："诸君知寇莱公晚年之祸乎？正以纵酒过度耳。"众客皆唯唯，修独起对曰："以修闻之，寇公之祸，正以老而不知止耳。"曙默然，终不怒，更荐修及洙，置之馆阁，议者贤之。

王曙说：你们喝吧，迟早身体会坏掉的！寇准晚年就是纵酒过度，你们再这样下去，也会重蹈覆辙的。旁边的年轻人看到德高望重的王曙来训他们，谁也不敢说话，只有欧阳修说：在我看来，寇准的问题不是喝酒，而是他年纪很大了，却不知道谦退，摆权威、摆资格。这个话非常厉害，是冲着王曙说的。但是王曙的确是一个正人君子，他没说话，最后也没有发怒，后来有机会，他还推荐欧阳修参加馆阁试，当时这些议论的人，都说王曙非常贤能。这就是宋代，当时的士风还是比较正的，这里面不光有打击报复，还有不计前嫌，还有宽容和容忍，这是宋人伟大的地方。

第二炮，他在《上杜中丞论举官书》中向御史中丞杜衍开炮。当时国子监有一个人叫石介，是一个正人君子，脾气很倔，说话也难听。御史中丞杜衍保举石介，让他做一个主簿，朝廷也答应了。结果石介做了主簿之后，开始向皇帝提意见。石介说："圣人好近女色，渐有失德。"这显然说的就是仁宗皇帝了。甚至他还说了一句："近有人说，圣体因是尝有不豫。"皇帝的身体越来越差了，为什么呢？就是因为女色近太多了。假如仁宗皇帝是一个不近女色的人，那也就算了，反正棒子不是打他的。但是这偏偏戳到了宋仁宗的痛处，宋仁宗皇后姓郭，但皇帝不太喜欢皇后，喜欢另外两个美人，皇后就和这两个美人一起争风吃醋。有一次，两个美人联合起来，和皇后打起来了。这个就像宫斗剧一样，仁宗皇帝去劝架，千不该，万不该，郭皇后连皇帝一起打了。打了以后，皇后就被废掉了。这件事情，其实是非常难堪的，石介作为主簿，还要说出来，就戳到了仁宗的私生活痛处，于是要把石介贬官。欧阳修就说了：当时，是你杜衍保举他的，现在石介提出来的意见没什么不对，皇帝的确是不像样子，现在他要处理石介，你一声不吭，这怎么能行呢？这个是放的第二炮，其实杜衍有自己的难处，这一炮基本上也是放错了。欧阳修年轻气盛，虽然不是谏官，但是对朝廷一切不合理的现象，都要讲上几句。

到了景祐三年，范仲淹等遭贬，庆历新政还没有展开，范仲淹已经和保守派起冲突了。保守派宰相吕夷简诬陷范仲淹"越职言事，离间群臣，引用朋党"，朝廷贬他为饶州知州，就在江西鄱阳县。这个时候欧阳修向右司谏高若讷开了一炮，由于欧阳修名垂青史，高若讷就被历史记住了——只要欧阳修千古流芳，那么这个人就会遗臭万年。之前，高若讷落井下石，说范仲淹"狂言自取谴辱，安得谓之非辜？"——说范仲淹被贬是罪有应得，这是高若讷趁火打劫，非常恶劣，欧阳修实在看不下去，开了第三炮，这一炮开准了，火力最猛。景祐三年，他写下了千古名篇《与高司谏书》，我个人认为，这篇文章是欧阳修一生写得最好的，因为它可以把人看得吐血，措辞十分尖利，技巧非常高超。他在《与高司谏书》中说：

　　某年十七时，家随州，见天圣二年进士及第榜，始识足下姓名。……但闻今宋舍人兄弟，与叶道卿、郑天休数人者，以文学大有名，号称得人。而足下厕其间，独无卓卓可道说者，予固疑足下不知何如人也。其后更十一年……于予友尹师鲁问足下之贤否。而师鲁说足下："正直有学问，君子人也。"予犹疑之。……自足下为谏官来，始得相识。侃然正色，论前世事，历历可听，褒贬是非，无一谬说。噫！持此辩以示人，孰不爱之？虽予亦疑足下真君子也。是予自闻足下之名及相识，凡十有四年而三疑之。今者推其实迹而较之，然后决知足下非君子也。

我十七岁的时候，还小，但是却在进士榜上见到了你高若讷的名字。我没说你好，也没说你不好。后来，我就听说好几个文学知名的人，都是文学成就非常著名的，而你混在里面，好像没有什么值得称道的地方。我就怀疑，不知道你何德何能考上进士。再过了十一年，我碰到了我的朋友尹师鲁，那时我还是不太了解你，结果我的好朋友尹师鲁说：高若讷这个人非常好，绝对是一个正人君子。我当然是相信尹师鲁，但是我内心里还是有些怀疑，你真的是好人吗？为什么我还是怀疑呢？因为我看到你这个人平时的表现，人云亦云，和别人没有什么不同，很少见到你真实的世界，所以我打一个问号。这已经打了两个问号了。当你做了谏官，我终于见到你本人了，一脸正气，逻辑清楚，没有一个讲错的。但是这个是论前代事，你的爱憎分明、是非曲直，都是对三代、汉代、唐代、五代的事情说的，前代的东西你说得都对，我完全同意你。以你当时的口才，有谁能不爱你呢？但是，我还是要打第三个问号，你为什么从来不评论当代的事情呢？到了今天，我终于可以给你下定论了：你绝对不是一个好人。看你今天的所作所为，我知道你不是一个君子！这样的口气在中国古代是非常少的，当面给他一个负面评价。这个结论是怎么下的？有什么依据？就是我刚才说的落井下石。一个谏官，最可怕的就是平时一声不响，坏人作威作福，好人被冤枉的时候，他就突然跳出来火上浇油，反咬你一口，这样的谏官是最坏的。欧阳修写这篇文章，做好了被贬的准备，高若讷气得不得了，于是就上报朝廷，欧阳修就第一次被贬了。

接着欧阳修又写了《朋党论》，也是千古名篇：

......

然臣谓小人无朋，惟君子则有之。其故何哉？小人所好者禄利也，所贪者财货也。当其同利之时，暂相党引以为朋者，伪也；及其见利而争先，或利尽而交疏，则反相贼害，虽其兄弟亲戚，不能自保。故臣谓小人无朋，其暂为朋者，伪也。君子则不然。所守者道义，所行者忠信，所惜者名节。以之修身，则同道而相益；以之事国，则同心而共济；终始如一，此君子之朋也。故为人君者，但当退小人之伪朋，用君子之真朋，则天下治矣。

......

欧阳修就被贬官到了夷陵县，他总结了自己的所作所为，的确是正义的，但是心情却是不好的。欧阳修于是就写了一首《班班林间鸠寄内》，其实是在写自己的心理活动：

又闻说朋党，次第推甲乙。

而我岂敢逃，不若先自劾。

上赖天子圣，必未加斧锧。

一身但得贬，群口息啾唧。

公朝贤彦众，避路当揣质。

苟能因谪去，引分思藏密。

还尔禽鸟性，樊笼免惊怵。

子意其谓何，吾谋今已必。

　　我一旦遭贬了，舆论就会议论我。我只有远避朝廷，才能安生。现在我被贬谪，也未必不是好事，因为我可以把自己隐藏起来，不卷到政治漩涡里面，避开政治祸患。这是他借由鸟，写自己当时的心境。

　　攻击他的人是多种多样的，原因也是多种多样。欧阳修曾经在编写《五代史·十国世家》的时候，对钱氏不是很客气，钱氏祖宗做得不好的事情，都被记下来了。姓钱的人就不是很高兴了。有一个御史钱明逸，一看自己老祖宗的事情，都被欧阳修写得很坏，就开始攻击欧阳修侵吞财产，这是金钱问题。同时也攻击范仲淹、富弼"更张纲纪，纷扰国经。凡所推荐，多挟朋党。乞早罢免，使奸诈不敢效尤，忠实得以自立"。

　　不仅有经济问题，还有男女问题。后来攻击欧阳修，都向着一个方向去——男女问题，这在古代是很少见的。我不知道欧阳修得罪了谁，为什么他的政敌都给他这样的罪名。这就是欧阳修一生中被泼过最大的一盆污水——所谓"盗甥"案。欧阳修德高望重，人又那么正直，偏偏人家利用他家里的私事来攻击他，说他乱搞男女关系。欧阳修的妹妹嫁给张龟正做继室，未曾生育。张与前妻有一个女儿张氏。张龟正死后，欧阳修的妹妹带着张氏投奔娘家，当时，张氏才四五岁。张氏成年后，欧阳修将其嫁给自己的远房侄子欧阳晟。张氏不检，与欧阳晟仆从陈谏私通。事情败露后，张氏被拘押在开封府右军巡院待审。开封府尹杨日严曾被欧阳修弹劾，便挟私诱导张氏捏造言语。张氏害怕，为求自解，便说是当初在欧家就曾和舅舅欧阳修有关系。舆论哗然，政敌们说，欧阳修这样一个正人君子，居然干出这样的事情来，说不定早有预谋了，当时把女孩接到家里来，恐怕就是为了日后有所图。欧阳修百口莫辩，说也说不清楚。仁宗皇帝就派人调查这件事情，结果是男女关系并没有，但是也弄了几条罪状：第一，别人和你无血缘关系，你不应该收养；第二，私吞了一些财产。还有一些别的罪状，总的来说，这件事情欧阳修是做得不妥当的，于是欧阳修被贬到了滁州。

欧阳修到了滁州，这件事情还是很冤的，他就成了"醉翁"。他写了一首《啼鸟》。他遭遇诽谤，往往就想到了鸟：

> 我遭谗口身落此，每闻巧舌宜可憎。
> 春到山城苦寂寞，把盏常恨无娉婷。
> 花开鸟语辄自醉，醉与花鸟为交朋。
> 花能嫣然顾我笑，鸟劝我饮非无情。
> 身闲酒美惜光景，惟恐鸟散花飘零。
> 可笑灵均楚泽畔，《离骚》憔悴愁独醒。

欧阳修说：我一生什么都抓不住了，只能抓住花和鸟了。

我还是比较会享受生活的，比屈原要更好一些，屈原每天都是不开心的。

六一居士的人生智慧

欧阳修一生两次贬谪，但他非常善于从历史人文和山水结合点上来寻找自己心灵的慰藉。比如说，他到了夷陵，虽然很差劲，但是他发现了一个三游洞。三游洞之所以叫三游洞，是因为白居易和弟弟白行简、好友元稹三个人曾经来这个洞里游玩过。欧阳修又到了这个地方，他就写了一首《三游洞》，文字非常优美：

漾戢沿清川，舍舟缘翠岭。

探奇冒层崄，因以穷人境。

弄舟终日爱云山，徒见青苍杳霭间。

谁知一室烟霞里，乳窦云腴凝石髓。

苍崖一径横查渡，翠壁千寻当户起。

昔人心赏为谁留，人去山阿迹更幽。

青萝绿桂何岑寂，山鸟嘤嘤不惊客。

松鸣涧底自生风，月出林间来照席。

仙境难寻复易迷，山回路转几人知。

惟应洞口春花落，流出岩前百丈溪。

这个洞非常清幽，现在还存在，大家如果有兴趣，在三峡大坝不远的地方，就可以看到这个三游洞。

他又写了一首《下牢溪》，这个地方和三游洞一样，都是夷陵著名的景点。欧阳修一共写了九首诗，称为"夷陵九咏"。这首诗我也很喜欢，有王维诗的味道：

隔谷闻溪声，寻溪度横岭。
清流涵白石，静见千峰影。
岩花无时歇，翠柏郁何整。
安能恋潺湲，俯仰弄云景。

这首诗写出了水的清澈，可以看到千山的倒影。而野花四季都开放，非常美。

他又写了一首《劳停驿》：

孤舟转山曲，豁尔见平川。
树杪帆初落，峰头月正圆。
荒烟几家聚，瘦野一刀田。
行客愁明发，惊滩鸟道前。

这首诗不像王维，有点像孟浩然，如果大家熟读孟浩然山水诗，就可以看出。王维是清净之中见华贵，而孟浩然的诗歌更加云淡风轻，比较质朴。我在这里感觉有点难以言传，本身诗歌就是最美的。

接下来，就是他被贬到滁州，他在滁州写的《醉翁亭记》，可以说是他精神境界最真实的写照，就是那一时、那一刻，他对人和自然，对地方官和百姓之间的关系，对人生遭遇贬谪时候悲喜之间的处理和平衡，在这篇文章里面全部都有了：

> 环滁皆山也。其西南诸峰，林壑尤美，望之蔚然而深秀者，琅琊也。山行六七里，渐闻水声潺潺而泻出于两峰之间者，酿泉也。峰回路转，有亭翼然临于泉上者，醉翁亭也。作亭者谁？山之僧智仙也。名之者谁？太守自谓也。太守与客来饮于此，饮少辄醉，而年又最高，故自号曰醉翁也。醉翁之意不在酒，在乎山水之间也。山水之乐，得之心而寓之酒也。

这篇文章非常有镜头感，先是大的场面，再到小的细节。滁州四面都是山，西南角最美的就是琅琊山。在山上走了六七里，泉水的声音渐渐大起来了，这就是所谓的酿泉。"峰回路转"这个词就是从这篇文章里面出来的。文句如行云流水，但都是判断句，应该说是写文章里面最呆板的句子，古人的判断句往往是以"者""也"作为标志词，但是这种严谨、呆板的判断句中，欧阳修写出了移步换景的感觉。大家看谁是主人公？是太守。太守和客人一起来喝酒，酒量不好，喝一点就醉了，年纪又最大，所以叫"醉翁"。而且他是官职最大的，是滁州知州。

接下来是非常有名的一段话：

　　若夫日出而林霏开，云归而岩穴暝，晦明变化者，山间之朝暮也。野芳发而幽香，佳木秀而繁阴，风霜高洁，水落而石出者，山间之四时也。朝而往，暮而归，四时之景不同，而乐亦无穷也。

　　至于负者歌于途，行者休于树，前者呼，后者应，伛偻提携，往来而不绝者，滁人游也。临溪而渔，溪深而鱼肥。酿泉为酒，泉香而酒洌；山肴野蔌，杂然而前陈者，太守宴也。宴酣之乐，非丝非竹，射者中，弈者胜，觥筹交错，起坐而喧哗者，众宾欢也。苍颜白发，颓然乎其间者，太守醉也。

　　已而夕阳在山，人影散乱，太守归而宾客从也。树林阴翳，鸣声上下，游人去而禽鸟乐也。然而禽鸟知山林之乐，而不知人之乐；人知从太守游而乐，而不知太守之乐其乐也。醉能同其乐，醒能述以文者，太守也。太守谓谁？庐陵欧阳修也。

实际上欧阳修写景色，不是写的局部，而是宏观的、整体的景色。他是经过长期观察、高度概括出来的景色，一天之内的景色，甚至一年四季的景色，都在简单的几句话中写出来了。人在景色里面，可以享受到这样的美，他不像是滁州知州，他像是"琅琊山景区管委会主任"。正当我们沉浸在游山玩水的境界中的时候，欧阳修突然对我们说，他没有忘记自己的职责——地方长官。他在大自然中摆了酒席，和百姓们同乐。这种快乐不是喝酒、奏乐的快乐，而是与民同乐。这个时候，他给自己来了一个特写——他把自己的形象写了出来，太守已经喝醉了，或者说，已经陶醉了。欧阳修是非常会写的，所有的山水、宾客、行人、游人，都成了太守形象的烘托。酒宴结束了，大家都散去了，只听见鸟在叫。但是鸟，只知道山林之乐，不知道人之乐。但是人们也只会随着高兴，他们并不知道太守乐什么。太守难道会满足于游山玩水吗？难道会满足于吃喝玩乐吗？太守喝醉的时候和你们差不多，一起开心，当太守醒过来的时候，他能把这些东西写出来，你们就写不出来了。而且，这篇文章写出来就是千古流芳的，我想中国文化只要不灭亡，《醉翁亭记》就会一直在那里。他最后说：太守是谁？是欧阳修啊！这篇文章有27个"也"，把判断句用到了极致，最后自己闪亮登场，是可以与民同乐的太守欧阳修。

欧阳修对自己的地位是非常清醒的，这是他写出来的，他没有写出的是四个字——与民同乐。在他看起来，喝酒的快乐并不是地方官单纯的享受，宋朝之所以伟大，就是地方官员大多是通过科举考上来，是从底层上来的，他们有文化、有知识、有理性，心也时时刻刻和老百姓相通。我不是一个人享受，我要带你们一起快乐，我还要把你们的快乐全部记录下来，这是只有宋代才有的。只有受到历史文化渲染和感召的文人士大夫，才能做到这样伟大，这是宋朝的伟大，也是欧阳修的伟大之处。

还有一篇《丰乐亭记》，有人说写得比《醉翁亭记》还好，为什么？因为《醉翁亭记》"也"太多了。《丰乐亭记》写的是滁州丰乐亭：

　　修既治滁之明年，夏，始饮滁水而甘。问诸滁人，得于州南百步之远。其上则丰山，耸然而特立；下则幽谷，窈然而深藏；中有清泉，滃然而仰出。俯仰左右，顾而乐之。于是疏泉凿石，辟地以为亭，而与滁人往游其间。

　　滁于五代干戈之际，用武之地也。昔太祖皇帝，尝以周师破李景兵十五万于清流山下，生擒其皇甫辉、姚凤于滁东门之外，遂以平滁。修尝考其山川，按其图记，升高以望清流之关，欲求辉、凤就擒之所。而故老皆无在也，盖天下之平久矣。自唐失其政，海内分裂，豪杰并起而争，所在为敌国者，何可胜数？及宋受天命，圣人出而四海一。向之凭恃险阻，铲削消磨，百年之间，漠然徒见山高而水清。欲问其事，而遗老尽矣！

　　今滁介江淮之间，舟车商贾、四方宾客之所不至，民生不见外事，而安于畎亩衣食，以乐生送死。而孰知上之功德，休养生息，涵煦于百年之深也。

　　修之来此，乐其地僻而事简，又爱其俗之安闲。既得斯泉于山谷之间，乃日与滁人仰而望山，俯而听泉。掇幽芳而荫乔木，风霜冰雪，刻露清秀，四时之景，无不可爱。又幸其民乐其岁物之丰成，而喜与予游也。因为本其山川，道其风俗之美，使民知所以安此丰年之乐者，幸生无事之时也。

夫宣上恩德，以与民共乐，刺史之事也。遂书以名其亭焉。

他说，为什么大家现在这么丰乐呢？是因为"使民知所以安此丰年之乐者，幸生无事之时也"。五代以来战乱不停，怎么避免宋朝成为五代后的第六代？宋太祖动了很多脑筋，例如"杯酒释兵权"，把武将权力限制了，设计地方官员架构，形成互相牵制的局面，还有调换指挥军队的将领，就是不让军阀形成，避免军队作乱。到了欧阳修所在的庆历年间，已经过了八九十年，国家真的稳定了。老百姓觉得这样的太平来之不易，这一刻的丰乐，其实是和平带来的，老百姓生在这个时代非常幸运。这一篇《丰乐亭记》家国天下的意味要更浓重一点。

再说一首非常有名的《戏答元珍》：

春风疑不到天涯，二月山城未见花。
残雪压枝犹有橘，冻雷惊笋欲抽芽。
夜闻归雁生乡思，病入新年感物华。
曾是洛阳花下客，野芳虽晚不须嗟。

欧阳修的诗歌写得好，但是真正传诵千古的并不是特别多，《戏答元珍》算是一首。春天来得迟，但是新笋即将发芽，非常有生机。春雷好像惊醒了地下的竹笋，竹笋快要冒出来了，这是一种趋势。如果我们春天到大山中去，就特别能体会欧阳修说的这种感觉。最后两句有点刘禹锡的味道——我在这里看不到名贵的花，但是也没关系，我在洛阳看过最好的花，同样也喝过好酒，享受过，现在我来看山间野花，也没有什么吃亏的，反正好的我也都看过了。人一辈子总有顺、有失，顺的时候应该适当享受生活。为什么？实际上不是为了满足欲望，而是在那个时候，享受变成了人生的财富。以后万一不太顺了，结果也不吃亏，反正我已经享受过了，欧阳修就是这个意思。这首诗很有名，非常流利，对仗工整，我很喜欢。

再说一首词。欧阳修的词十分有名，我们来看《踏莎行》：

候馆梅残，溪桥柳细。草薰风暖摇征辔。离愁渐远渐无穷，迢迢不断如春水。

寸寸柔肠，盈盈粉泪。楼高莫近危阑倚。平芜尽处是春山，行人更在春山外。

喜欢古代文学的人都知道这首词最后两句，和一个赫赫有名的成语相关——名落孙山。这个故事在宋代范公偁《过庭录》中记载："吴人孙山，滑稽才子也。赴举他郡，乡人托以子偕往。乡人子失意，山缀榜末，先归。乡人问其子得失，山曰:'解名尽处是孙山,贤郎更在孙山外。'"一个吴人孙山,受乡亲之托,带同乡的孩子去科举。孙山考取了,但是是倒数第一名,而带去的孩子不好意思回去,因为没有考取。孙山先回去后,同乡问他自己的孩子考得如何。孙山回答道:最后一名是我孙山,而您的儿子,更在我之外。这个故事,就是从欧阳修这句"平芜尽处是春山,行人更在春山外"中化用来的。

除了寄情于山水之间,琴对欧阳修来说也非常重要。我认为欧阳修可能在一段时间内得过轻度抑郁症,而他正是靠着弹琴,治好了抑郁症。这个想法比较大胆,但这不是我说的,欧阳修在这篇《送杨寘序》中就谈到了弹琴的事情:

予尝有幽忧之疾,退而闲居,不能治也。既而学琴于友人孙道滋,受宫声数引,久而乐之,不知其疾之在体也。夫疾,生乎忧者也。药之毒者,能攻其疾之聚,不若声之至者,能和其心之所不平。心而平,不和者和,则疾之忘也宜哉。

他原本心中非常抑郁,听弹琴之后,觉得非常开朗,久而久之,把他的病忘记了,好像自己没病。他说,自己的病,就是自忧郁来的。中药喝下去,可以治疗身体病变的地方;但是琴可以治好病根,治好他心中的不平、忧郁。心平静下来了,把牢骚、苦难都忘记了,他的病自然而然就好了。

琴是雕虫小技,变化万千。我们来看他写的琴声:

夫琴之为技小矣，及其至也，大者为宫，细者为羽，操弦骤作，忽然变之，急者凄然以促，缓者舒然以和，如崩崖裂石、高山出泉，而风雨夜至也。如怨夫寡妇之叹息，雌雄雍雍之相鸣也。其忧深思远，则舜与文王、孔子之遗音也；悲愁感愤，则伯奇孤子、屈原忠臣之所叹也。喜怒哀乐，动人必深。而纯古淡泊，与夫尧舜三代之言语、孔子之文章、《易》之忧患、《诗》之怨刺无以异。其能听之以耳，应之以手，取其和者，道其湮郁，写其幽思，则感人之际，亦有至者焉。

欧阳修心里原本难受，但是通过琴声，去掉了心里面的忧愁，令人十分感动。

予友杨君，好学有文，累以进士举，不得志。及从荫调，为尉于剑浦，区区在东南数千里外，是其心固有不平者。且少又多疾，而南方少医药。风俗饮食异宜。以多疾之体，有不平之心，居异宜之俗，其能郁郁以久乎？然欲平其心以养其疾，于琴亦将有得焉。故予作《琴说》以赠其行，且邀道滋酌酒，进琴以为别。

欧阳修的朋友姓杨，但却总是考不中进士。后来去了南方，身体也总是不太好。身体原本不好，心态又糟，这样要出大毛病了，可能会郁郁而终。欧阳修就把自己通过琴治好了自己的忧郁之疾的经历分享给他，希望可以安抚他脆弱的心灵。我们看出来，欧阳修是有意识地通过琴来调解自己的心态，因为官场太险恶了。

当他晚年六十岁的时候，又有人诬陷他，诬陷他和自己的媳妇私通。宋司马光《涑水纪闻》记载：

> 士大夫以濮议不正，咸疾欧阳修，有谤其私从子妇者。御史中丞彭思永、殿中侍御史蒋之奇，承流言劾奏之。之奇仍伏于上前，不肯起。诏二人具语所从来，皆无以对，俱坐谪官。先是之奇盛称濮议之是以媚修，由是荐为御史，既而攻修，修寻亦外迁。

濮议不是小事。过继仁宗的英宗欲尊其生父为"皇考"而非"皇伯"。这得到了时任参知政事（副宰相）的欧阳修的支持。于是，他大大得罪了朝堂上的台谏官和两制官。不久，御史中丞彭思永、殿中侍御史蒋之奇诬陷他私通自己的媳妇，而且之前说的外甥女的事情，社会舆论还残存一些，人们就怀疑欧阳修表面上正人君子，背地里男盗女娼。欧阳修就很痛苦，于是请求外调，出去做知州，然后就退休了，退休一年后去世，他过得还是比较幸福的。

纵观欧阳修的一生，其实我们还能看到他在寄情山水好物之外的另一重智慧。有篇文章《画舫斋记》，是他早年写作的，那时，他在河南滑县做通判。这篇虽然不如《醉翁亭记》有名，但是我读到过一本美国人编的《世界各国散文选》，其中中国人的散文第一篇就是欧阳修的《画舫斋记》，被翻译成了英文。《画舫斋记》中欧阳修写道：

> 《周易》之象，至于履险蹈难，必曰涉川。盖舟之为物，所以济难而非安居之用也。今予治斋于署，以为燕安，而反以舟名之，岂不戾哉？矧予又尝以罪谪，走江湖间，自汴绝淮，浮于大江，至于巴峡，转而以入于汉沔，计其水行几万余里。其羁穷不幸，而卒遭风波之恐，往往叫号神明以脱须臾之命者，数矣。当其恐时，顾视前后凡舟之人，非为商贾，则必仕宦。因窃自叹，以谓非冒利与不得已者，孰肯至是哉？赖天之惠，全活其生。今得除去宿负，列官于朝，以来是州，饱廪食而安署居。追思曩时山川所历，舟楫之危，蛟鼋之出没，波涛之汹欻，宜其寝惊而梦愕。而乃忘其险阻，犹以舟名其斋，岂真乐于舟居者邪！

欧阳修其实不是写画舫本身，是在写一种危险。船是用来救落水的人的，而不是用来居住的。我在官署里营造了一处房舍，用于安居，而用船来命名，这不是很荒唐吗？其实乘船与风浪搏斗的不外乎两种人，一种是商人，为了谋求利益，另一种是官员，被逼无奈，需要迁徙。全赖老天保佑，否则船早就翻掉了。我现在享受着美好的生活，但是曾经经历过的生活风浪，我都不会忘记，惊心动魄，常常让我半夜惊醒。我把房子用船来命名，难道我真的是喜欢住在船里吗？我其实是警告自己不要忘记曾经的磨难，不要忽略未来的危险。这是欧阳修的忧患意识，做人应该居安思危。这篇文章充分反映了欧阳修的心境，早年丧父，靠自己的奋斗，在官场得到了很高的地位，天资聪颖，成了文坛领袖，但是两次遭贬，多次被诽谤，他对危险有充分的估量。

最后，我送大家一首欧阳修写端午的词《渔家傲》。写端午的作品有名的不多，写到粽子的就更少了，欧阳修这一首词就非常有名，喜乐欢庆自不必说，其间女主人公的百无聊赖和慵懒情致，大概也可形容六一居士自己：

五月榴花妖艳烘，绿杨带雨垂垂重。五色新丝缠角粽，金盘送，生绡画扇盘双凤。

正是浴兰时节动，菖蒲酒美清尊共。叶里黄鹂时一弄，犹瞢忪，等闲惊破纱窗梦。

第五讲　细数落花因坐久

王安石罢相与生命中的最后十年

杏花纵然被春风吹成雪片，也比落在地上变成泥土来得有价值。虽然花最后总是要落的，但是我情愿被吹散在风中，也不愿意变成泥土。王安石用这个比喻很好地回答了怎样的人生才最有价值这个问题。

人的一生境遇往往有顺有逆。王安石一生中，最顺的是做宰相，领导熙宁变法，最不顺的是两次罢相。第一次罢相在熙宁七年（1074 年），到了熙宁八年又复相，接着熙宁九年又罢相。两度罢相，对一个以改革为己任的领导者来说，一定是一个沉重的打击。熙宁九年，他第二次罢相之后，他再也没有办法东山再起了。于是，他在南京度过了生命中的最后十年。在最后十年，他作为政治家的身份已经逐渐被淡化了，但是他还是做了很多有意义的事情。王安石是如何打发生命中最后十年，这对我们来说也很有启发意义。

　　王安石生于宋真宗天禧五年，也就是 1021 年，去世于宋哲宗元祐元年，也就是 1086 年。王安石、欧阳修、苏东坡三个人有一个共同点，寿命都是六十六岁。

　　这篇的标题取自他的一首绝句《北山》，也就是南京的紫金山，是他晚年经常活动的地方。南京在北宋时称江宁。

　　　　北山输绿涨横陂，直堑回塘滟滟时。
　　　　细数落花因坐久，缓寻芳草得归迟。

　　"输"用得非常好，晚春时节，春天把绿色输入小山坡上，池塘的水散发着灿烂的光芒。这是一句客观的景物描写。耐人寻味的是下面两句："细数落花因坐久，缓寻芳草得归迟。"王安石久坐在椅子上，数着地上的落花。为什么可以数得很仔细？因为他数得太久了，还要寻芳草，回家就很迟。这是一个什么样的形象？这是一个退休者，不那么忙，有充分闲暇，甚至百无聊赖的人做的事情。但是从这个句子后面，我们可以感受到王安石深深的寂寞。你想，几年前，他还在政治舞台中央如火如荼推行自己的政策，跟神宗不断进行变法方面的交流，还在跟反对变法的人斗争。但是一旦宰相不做了，完全回到了一个退居的状态，他就变成了一个寂寞的文人。这句话来形容他人生最后的十年，是非常妥帖的。

男儿少壮，胸怀大志

先说当上宰相之前的王安石。宋代有这么多有才能的人，欧阳修最多做到了参知政事，也就是副宰相，苏轼也没有做过宰相，南宋伟大的思想家、哲学家朱熹也没有做过宰相。在这么多文化名人、士大夫中，王安石两度做宰相，那么这个人有什么不一样呢？

王安石字介甫，抚州临川人，就是今江西临川。这个地方并不是太富庶，不过临川也没有太多王安石的遗迹了。王安石比欧阳修小 14 岁，比苏轼大 16 岁，欧、王、苏三人构成了年龄的梯队，三个人分别差十几岁，都很有政治抱负，非常有才华。王安石小名"獾郎",大家在后代人诗歌里面读到"獾郎",这不是动物,不是妖孽,是王安石的小名。父亲王益,做过知县、知州、尚书都官员外郎。王安石生于临江军清江县,是今江西樟树,父亲时任临江军判官。

王安石是很有理想的。他十五岁的时候,写了一首《闲居遣兴》。也有人说,这可能是王安石现存写作时间最早的一首诗。其中有这样两句:

谁将天下安危事,一把诗书子细论。

大家看,这里面看出了王安石是非常关注天下安危,关心政治形势的。不光是国朝内政,也包括辽、夏两国,特别是宋夏边境时有冲突,这两国对北宋一直是有威胁的。那么该如何关心天下安危呢?靠读书。这就是少年王安石对政治关怀的自我定位。

另一首《忆昨诗示诸外弟》,这是王安石二十三岁的时候,在回忆自己的理想抱负。这几句话不是连在一起的,所以我加了省略号:

此时少壮自负恃,意气与日争光辉。

……

男儿少壮不树立,挟此穷老将安归。

……

材疏命贱不自揣，欲与稷契遐相希。

少年不趁着年轻干出一番事业来，在社会上立住脚跟，那么老了的时候，该去哪儿呢？我身份低微，但是理想是伟大的，我希望我自己成为稷、契那样的人。"稷契"是稷和契的并称，是唐虞时代的贤臣。我总是希望自己能非常有成就，成为对朝廷有贡献的人。

到了庆历二年（1042年），王安石参加了科举考试，成绩非常好，进士第四名。进士第一名叫状元，第二名叫榜眼，第三名叫探花，这是明清时期形成的固定称呼。宋代的时候，状元是有的，但是榜眼和探花，特别是榜眼，定义并不明确，专家还是有争论的。有人认为，榜眼在宋代不是指第二名，而是指第二、三名。第一名的名字在最上面，第二名和第三名一左一右，像两只眼睛，就都叫榜眼。到后来，明清时期，榜眼就是第二名了。王安石没有挤进去前三，他是第四名，第四名也不错，全国那么多考生。但是实际上这个第四名是有人做了手脚的。北宋王铚的笔记《默记》记载：

> 庆历二年，御试进士，时晏元献为枢密使。杨察，晏婿也。……未放榜间，将先宣示两府，上十人卷子。寘因以赋求察问晏公己之高下焉。晏公明日入对，见寘之赋已考定第四人，出以语察。察密以报寘。而寘试罢与酒徒饮酒肆，闻之，以手击案叹曰："不知那个卫子夺吾状元

矣！"不久唱名，再三考定第一人卷子进御。赋中有"孺子其朋"之言，不怿曰："此语忌，不可魁天下。"即王荆公卷子。第二人卷子即王珪，以故事，有官人不为状元；令取第三人，即殿中丞韩绛；遂取第四人卷子进呈，上欣然曰："若杨寘可矣。"复以第一人为第四人。寘方以鄙语骂时，不知自为第一人也。然荆公平生未尝略语曾考中状元，其气量高大，视科第为何等事而增重耶！

　　他说，王安石实际上是受害者。庆历二年考试的时候，枢密使是晏殊，这个官职是军事上面最大的。晏殊的女婿叫杨察，杨察是状元杨寘的哥哥，也就是说，宰相的女婿的弟弟得了状元。名单没有公布之前，杨寘就问杨察："你岳父不是晏殊吗？请你帮我打听看看我的名次。"晏殊第二天看到，杨寘的赋已经评定出来是第四名了，他出来后告诉自己的女婿："你弟弟得了第四名。"杨察就赶快告诉自己的弟弟。结果没想到杨寘胃口不小，他听到自己考了第四名，很不开心，他本来是冲着状元去的。可能是喝了酒，他拍桌子说："不知那个卫子夺吾状元矣！"我本来想要状元，第四名不是白考了吗？"卫子"这个词很有意思，是什么意思呢？这是指代一种动物，肯定不是什么好动物——是驴。传说卫灵公很喜欢驴，还有一种说法，一个叫卫玠的人很喜欢跛脚的驴。于是，从唐代开始，给驴起了别号，就叫"卫子"。用我们今天的话来说，杨寘喝了酒，拍桌子说："是哪头驴得了我的状元！"那是非常泄私愤的话。

后来，皇帝看到第一名的卷子当中，有一句话"孺子其朋"，皇帝不高兴，认为说这种话不好，写的人当状元不合适。这张卷子就是王安石的卷子。第二名是王珪，他是"有官人"，不能做状元。什么叫"有官人"？不是指做了官，而是指他靠祖辈、父辈的功勋，有一个官做，靠的是爷爷、爸爸的官位。这样的人也可以参加科举考试，以证明自己的才能，但是不可以做状元。轮到第三个人韩绛了，也不怎么样。于是取第四个人，也就是杨寘。这个时候，仁宗皇帝说，这个第四名倒是挺好的，把他调到第一名吧。于是对调一下，王安石就变成了第四名了，而杨寘还不知道，在外面骂第一名的时候，不知道自己已经变成第一名了。我们看到，杨寘看到别人得了状元，就是这样骂人的态度。而王安石后来也可能是知道这件事情的，但是他一生都没有谈起这件事情，也没有骂杨寘，这就是气量大，风度好。科举考试算什么大的事情呢？他是要以天下为己任的，考试是小事情。这对我们今天来说是很有启发意义的。

王安石第四名，得了一个官，在扬州做淮南签书判官。做上官之后，忙于政务，而且通宵达旦读书。结果有一个人看不过去。邵伯温《邵氏闻见录》卷九记载：

> 韩魏公自枢密副使以资政殿学士知扬州，王荆公初及第为金判，每读书至达旦，略假寐，日已高，急上府，多

不及盥漱。魏公见荆公少年，疑夜饮放逸。一日从容谓荆公曰："君少年，无废书，不可自弃。"荆公不答，退而言曰："韩公非知我者。"

这个人是韩琦。韩琦当时是扬州知州，但是韩琦和王安石可能不太投缘，每次王安石通宵达旦读书，稍微打个盹就去上班，蓬头垢面，韩琦就以为他没有认真做官。韩琦想的是，王安石不懂得节制，半夜里谁知道他在干嘛，也许是在喝酒啊！于是教育了他，说："你还年轻，怎么可以不看书呢？不要自暴自弃呀！"王安石也不反驳，退下来，嘟嘟囔囔说："看来他一点都不了解我。"

后来，王安石担任鄞县知县，这是在今天宁波鄞州区。虽然知县是小官，但是给了王安石一个试验的舞台。他在做知县的时候，做了一些事情。《宋史·王安石传》记载：

再调知鄞县，起堤堰，决陂塘，为水陆之利；贷谷与民，出息以偿，俾新陈相易，邑人便之。

造堤坝、建小水库。春天的时候，把谷借给农民，到了秋天让农民们还回来，加点利息，这样谷子就不会放在仓库里面变成陈谷。这也是王安石后来青苗法的雏形，鄞县的小舞台给了他一个试验的机会，效果很好，所以他后来搞了遍及全国的青苗法。

皇祐二年（1050年），他鄞县知县已经不做了。在做下一个官之前，他去了飞来峰，这个时候他三十岁。他写了一首《登飞来峰》：

飞来山上千寻塔，闻说鸡鸣见日升。
不畏浮云遮望眼，自缘身在最高层。

大家应该都读过，特别是最后两句，大家看字面好像是当了宰相之后写出来的，口气很大。其实不是的，他只是一个小小的知县，但是他却有心怀天下的气度。讲到飞来峰，大家先想到哪里？杭州。但是这个是在杭州写的吗？王安石可能到过杭州，有的注释说就是在杭州写的，但其实不是的。南宋学者李壁提出了一个怀疑，别的地方也有叫飞来峰的，关键是杭州的飞来峰，是没有塔的。那么，王安石明明说了山上有一座塔！学者考证后发现，原来他是在绍兴写的，那个时候绍兴叫越州。绍兴有一座山，叫飞来山，现在这座山叫塔山，王安石的诗歌是在那里写的。第二个要提醒大家的是，"自缘身在最高层"是唯一的版本。没有"只缘身在此山中"这个版本，这是错的。为什么会混淆？那是因为受到了苏东坡《题西林壁》"只缘身在此山中"的误导。

小小知县，已经可以透过现象看本质，有远大的志向和抱负，根本不会为眼前的假象所蒙蔽，他的仕途一路高歌猛进。后来调到了舒州做通判，接着做了群牧判官、常州知州、江东提点刑狱、三司度支判官、工部郎中、知制诰。到了这个时候，他母亲吴氏去世了，按照当时的规定，他需要回到江宁居丧。闲着也是闲着，他就聚众讲学，年轻的人对他很崇拜，这些年轻人都到他这里来听课。这些学生里头后来有一些著名的人物，最著名的是南宋著名诗人陆游的爷爷陆佃。

这个时候，宋英宗因病去世了，大名鼎鼎的宋神宗继位。人和人之间的缘分有的时候很难说，宋神宗和王安石真是千载一遇。如果没有宋神宗，就成就不了王安石，如果没有王安石，也成就不了宋神宗。后来，他们意见也有不一致。这个时候，宋神宗即位，他已经对王安石久闻大名。有人给他介绍某观点，说："这个不是我说的，是我的朋友王安石说的。"皇帝想着，年轻人当中这样品德高尚、学问好的人，很有想法，那么召见来谈谈吧！神宗很快就起用他为江宁知府，旋即诏为翰林学士兼侍讲，于是，就开启了王安石走向权力中枢的步骤了。

长卿只为长门赋，未识君臣际会难

再讲王安石变法与两度罢相。

宋神宗熙宁元年（1068年），召王安石越次入对。也就是说你是个科长，没有资格直接见部长，更没有资格直接见国家主席，因为你上面还有处长、局长等。现在，皇帝直接召见王安石，召到开封。这对于居丧几年的王安石来说，一定是大好事。他一路坐着船，到了开封去，从镇江到扬州途中写了著名的《泊船瓜洲》：

> 京口瓜洲一水间，钟山只隔数重山。
> 春风又绿江南岸，明月何时照我还？

京口是镇江，瓜州是扬州。虽然他好像很怀念江宁，但是其实他心里对未来的仕途、对和皇帝即将发生的这场谈话，是有一种兴奋感的，充满了希望。妙就妙在一个"绿"字，大家都说特别好。结果大名鼎鼎的钱锺书先生作《宋诗选注》时，注到这一首，发现"绿"用作动词，在唐人诗歌当中早就出现过很多次了，比如说丘为《题农父庐舍》中有："东风何时至，已绿湖上山。"李白《侍从宜春苑奉诏赋龙池柳色初青听新莺百啭歌》中有："东风已绿瀛洲草。"但是就是这么一个字，王安石在他的手稿上反复修改。南宋学者洪迈在《容斋续笔》中记载：

> 吴中士人家藏其草，初云"又到江南岸"。圈去"到"字，注曰"不好"，改为"过"，复圈去而改为"入"，旋改为"满"，凡如是十许字，始定为"绿"。

江南有人家里藏着王安石这首诗的草稿，最一开始用的是"到"，觉得不好；圈掉，改成"过"，好像柔和一点，但是觉得还是不好；又圈掉，改成了"人"，又觉得太刻意了；接着改成了"满"，又觉得好像太满了。改了十几个字，最后定为"绿"。这原本是一个炼字的很好例子，但是钱锺书先生说这个唐朝早就有人这样用了，你自以为是创新，但是其实是袭用了别人的写法。钱锺书先生在《宋诗选注》中对王安石的心思做了推敲：

> 王安石的反复修改是忘记了唐人的诗句而白费心力呢？还是明知道这些诗句而有心立异呢？他的选定"绿"字是跟唐人暗合呢？还是最后想起了唐人诗句而欣然沿用呢？还是自觉不能出奇制胜，终于向唐人认输呢？

一个字里面，钱先生可以推究出这么多，真是研究古典文学的大师啊！

过了长江，一路到了开封，熙宁元年四月四日，王安石越次入对，与神宗直接对话。用外交辞令说，他们就共同关心的问题交换了意见。杨仲良《皇宋通鉴长编纪事本末》记载：

> 上谓安石曰："朕久闻卿道术德义，有忠言嘉谟，当不惜告朕，方今治当何先？"对曰："以择术为始。"
>
> 上问："唐太宗何如？"对曰："陛下每事当以尧、舜为法。唐太宗所知不远，所为不尽合法度，但乘隋极乱之后，子孙又皆昏恶，所以独见称于后世。道有升降，处今

之世，恐须每事以尧、舜为法。尧、舜所为至简而不烦，至要而不迂，至易而不难，但末世学士大夫不能通知圣人之道。故常以尧、舜为高而不可及，不知圣人经世立法常以中人为制也。"

上曰："卿可谓责难于君矣，然朕自视眇然，恐无以副卿此意。卿可悉意辅朕，庶几同济此道。"上问安石："祖宗守天下，能百年无大变，粗致太平，以何道也？"安石退而奏书曰："臣前蒙陛下问及本朝所以享国百年、天下无事之故。臣以浅陋，误承圣问，迫于日暮，不敢久留，语不及悉，遂辞而退。窃惟念圣问及此，天下之福，而臣遂无一言之献，非近臣所以事君之义，故敢冒昧而粗有所陈。"

神宗皇帝问，治理国家最重要的是什么呢？王安石很果断地说，你要找到一种好的方法，国家就治理好了，不要光沿着老祖宗的陈法，而是要找到一种"术"。皇帝很自然就问："那么以前的皇帝，他们采取的术是否可以借鉴呢？唐太宗怎么样呢？"结果王安石说："皇帝陛下，你应当有个大志向。唐太宗知识有限，所做的事情不符合国家法度，他不过是运气好，趁乱上来了，他的子孙又都不是太好的皇帝，所以他才鹤立鸡群了。你应当以尧、舜为榜样，他们就是很简单的，抓住关键，不迂回。现在的读书人，往往认为尧、舜太高了，无法企及，这是不对的。不要以为尧、舜高得够不着，其实因为尧、舜建立法度的时候，不会把目标定得太高、不切实际，早已经为你提供了治国良方，照着尧、舜做就可以了。"

这番对话是很有现场感的。皇帝又说："你说得很好，但是我感觉自己达不到你的期望值，压力很大啊！要么你辅佐辅佐我，咱们两个联起手来试试看？"王安石心里想的是："我要的就是你这句话。"神宗问他："你看现在国家怎么样？"王安石说："国家表面太平，但是其实问题已经很多了。"王安石就一条条梳理问题。

说完了之后，他还上呈了一份奏章《本朝百年无事札子》。王安石说，本朝百年太平，其实都是假象：

> 然本朝累世因循末俗之弊，而无亲友群臣之议，人君朝夕与处，不过宦官、女子，出而视事，又不过有司之细故，未尝如大有为之君，与学士大夫讨论先王之法以措天下也。一切因循自然之理势，而精神之运有所不加，名实之间有所不察。君子非不见贵，然小人亦得厕其间；正论非不见容，然邪说亦有时而用。

皇上啊，本朝有这么多问题，而你在做什么呢？与你相处的大臣、妃子、宦官，都不告诉你这些事情。你作为一个皇帝，问题太大了，还给坏人钻空子，小人也混进来了。

这个是四月四日献上的札子，皇帝看了不过瘾，四月五日又把他找来了：

明日，上谓安石曰："昨阅卿所奏书至数遍，可谓精画计治，道无以出此，所由众失，卿必已一一经画，试为朕详见施设之方。"对曰："遽数之不可尽，愿陛下以讲学为事，讲学既明，则施设之方不言自喻。"上曰："虽然试为朕言之。"于是为上略陈施设之方。上大喜曰："此皆朕所未尝闻，他人所学，固不及此，能与朕一一为书条奏否？"对曰："臣已尝论奏陛下，以讲学为事，则诸如此类，皆不言而自喻。若陛下择术未明，实未敢条奏。"上曰："卿今所言已多，朕恐有遗忘，试录今日所对以进。"

皇帝说："你给我的札子我已经读了好几遍了，感觉你说得太好了。请你和我谈谈具体的，该怎么改呢？"于是王安石只略略谈了一点，一说不得了，神宗一听，觉得太好了，让他一条条写下来，王安石说"唯唯"，但是其实他后面没有写。这个就很微妙，不知道是他在思考，还是其实不想一次性把自己的能力全部摆出来。

在熙宁二年元旦，王安石心情大好，神宗已经成了他的粉丝，他看出去的景象都不一样了，他写了这首《元日》：

> 爆竹声中一岁除，春风送暖入屠苏。
> 千门万户曈曈日，总把新桃换旧符。

春风送来的是暖意，家里暖洋洋的，心里更加暖洋洋的。

再看天气晴好，各家各户都在忙着换新桃符。旧的换新的，难道仅仅是换桃符吗？换桃符是小事情，他要把治理国家的措施、手段、方法，全部都换掉，而且也看到了这种可能性。这里讲一个小的知识点，大家知道屠苏是什么吗？有的人说屠苏是酒。但是如果我们去查书，三国魏张揖《广雅·释宫》记载："屠苏，庵也。"北宋《广韵》记载："屠苏，草庵也。"那么为什么大家都认为屠苏是酒呢？李壁注引《四时纂要》记载："屠苏，孙思邈所居庵名。一云以其能辟魅，故云。屠，割也，苏，腐也，今医方集众药为之，除夕以浸酒，悬于井中，元日取之，自少至长，东面而饮，取其滓以绛囊盛，挂于门桁之上，主辟瘟疫。"屠苏是药王孙思邈的屋子，这个方子可能是孙思邈弄出来的，屠苏就成了药酒。

王安石白天心情很好，到了晚上，心情照样很好。他写了一首《夜直》：

> 金炉香烬漏声残，翦翦轻风阵阵寒。
> 春色恼人眠不得，月移花影上栏干。

翰林学士要值夜班，在学士院值班的时候，王安石心情很好，晚上睡不着觉，看看滴漏、看看月色花影，吹着凉风，感觉非常好。我以前给大家讲过，刘禹锡在永贞革新的当口成功了，充当了重要的角色，他就写柳条轻拂归鞍，到处都是生机勃勃，其实写出了他自己的政治得意。大家通过这两首诗，就可以看到熙宁元年、二年的时候，王安石是怎么样的精神状态。

到了熙宁二年的二月，王安石就担任了参知政事，就是副宰相。皇帝和他对话，皇帝永远是皇帝，需要去考验他：

上曰："朕知卿久，非适今日也。人皆不能知卿，以为卿但知经术，不可以经世务。"安石对曰："经术者，所以经世务也，果不足以经世务，则经术何赖焉！"上曰："朕仰慕卿道德，甚至有以助朕勿惜言。不知卿所设施以何为先？"安石曰："变风俗，立法度，方今所急也……"上以为然。

皇帝说："我了解你是很多的，但是我看你的同事都不了解你，以为你只了解经书学问，缺乏实践能力，认为我对你这么信任是做错了。别人并不是这么信任你，并不都对你有很高的评价的。"各位朋友，你在遭到别人质疑的时候，一定要自信自己是对的。王安石就非常自信，说："经术，就是用来做事情的，如果我不能做事情，那么我读这么多书干吗呢？"皇帝说："我还是很敬佩你的，凡是有助于我搞改革的，你尽管说。我还是要问你老问题，我现在要改革，第一步从哪里开始呢？"王安石很果断地说："改变社会风气，严明法度，讲规矩。"法条不是没有，但是实施得比较松弛，朝廷在意识形态上缺乏权威性。

于是，王安石从参知政事做到了宰相，王安石是熙宁三年拜相，他推行新法的政策包括青苗法、均输法、农田水利法、募役法、保甲法、方田均税法、市易法、免行法等。他具体的变法措施涉及古代经济史，讲起来比较复杂。大家可以去看著名学者漆侠先生的《王安石变法》。这些措施有一个倾向，实际上就是加强国家对经济的控制。原来的土地都在豪强手里，豪强搞兼并，搞得农民都没有土地。买卖也是这样，完全操纵在豪强的手中。现在国家要拿出权威来，让经济调节的功能由国家来掌握。王安石认为这一系列措施，都有利于国家的富强。

措施推出之后，可想而知，朝廷肯定是有反对力量的。《长编纪事本末》记载：

上谕安石曰："闻有三不足之说否？"王安石曰："不闻。"上曰："陈荐言：'外人云今朝廷为天变不足惧，人言不足恤，祖宗之法不足守。'昨学士院进试馆职策，专指此三事，此是何理？朝廷亦何尝有此，已别作策问矣。"安石曰："陛下躬亲庶政，无流连之乐，荒亡之行，每事惟恐伤民，此亦是惧天变。陛下询纳人言，事无小大，惟言之从，岂是不恤？人言固有不足恤者，苟当于义理，则人言何足恤！……今议者以为祖宗之法皆可守，然祖宗用人皆不以次。今陛下试如此，则彼异论者必更纷纷。"

这个时候，皇帝就问王安石："你最近有没有听到过一种三不足的说法？"王安石说不知道。"三不足"就是现在外面的人都在说现在朝廷、皇帝、宰相很强势，如果天象有变，人们认为一定是皇帝有什么地方做得不好，开罪了上天。现在的朝廷，十分强势，认为天灾无所谓，该怎么做就怎么做，反对意见不听，只做自己认为正确的事情。太祖、太宗、真宗的祖宗之法，也都不遵守了。王安石说："我从来没听过这样的说法。"他还给神宗做思想工作："皇上，你不要动摇啊！只要人家说得对你就采纳，这怎么叫不体恤他人的话呢？只要我做的事情是正确的，别人议论纷纷，我去理他做什么呢？他们说我们不守祖宗之法了，但是他们认为所有的祖宗之法都不应该改变，这是不对的。"大家看到，变法过程中，王安石其实非常强势，他实际上是在帮神宗巩固信心。

司马光和王安石政见不合，这是最有名的一对政敌了。司马光指责王安石四条罪状：侵官、生事、征利、拒谏。王安石在《答司马谏议书》中说：

今君实所以见教者，以为侵官、生事、征利、拒谏，以致天下怨谤也。某则以谓：受命于人主，议法度而修之于朝廷，以授之于有司，不为侵官；举先王之政，以兴利除弊，不为生事；为天下理财，不为征利；辟邪说，难壬人，不为拒谏。

皮球踢过来，王安石一脚踢回去，他和司马光不写很长的东西，他写了一封很短的信，说自己是得到了皇帝的批准来做的，所以这不是代替别人的职责。自己是做了正确的事情，怎么能说是横生事端呢？我是为了搞好经济，怎么是征利呢？我把坏人都屏蔽掉，怎么是拒谏呢？司马光看了没什么好说的。

王安石还把这样的态度写进了他的诗歌里面，他写了一首很有名的《商鞅》：

自古驱民在信诚，一言为重百金轻。

今人未可非商鞅，商鞅能令政必行。

商鞅一诺千金，立了规矩。然而现代的人觉得商鞅没有人情味，从儒家的传统来说，铁面无情，但是你考虑过吗？只有像商鞅这样的果断果决，才能让政令通行无阻，让人买你的账。否则推来推去，领导不买账，下属阳奉阴违，事情是做不成的。说明王安石对商鞅的做法是非常赞同的，但是这样肯定会得罪不少人啊！

到了熙宁七年，王安石罢相。他四月十九日罢相，以吏部尚书、观文殿大学士知江宁府。怎么会罢相呢？他不是很倔强、很强势吗？有这么几件事情。第一件事情是旱灾，《续资治通鉴长编》记载：

上以久旱，忧见容色，每辅臣进见，未尝不叹息恳恻，欲尽罢保甲、方田等事。王安石曰："水旱常数，尧、汤所不免。陛下即位以来，累年丰稔，今旱暵虽逢，但当益修人事，以应天灾，不足贻圣虑耳。"上曰："此岂细故？朕今所以恐惧如此者，正为人事有所未修也。"

皇帝非常担忧，但是王安石说："自然灾害非常正常，尧、舜之时也有自然灾害。您已经丰收了几年，稍微有点天灾，只要调整人的制度就可以，不需要紧张。"但是皇帝说："现在就是人的制度没有调整好啊！"潜台词就是，就是你实行的措施有问题啊！你有反省过变法的措施吗？

第二件事情，当时有一个官员郑侠献了一幅《流民图》和一封奏章。《流民图》画了失去土地的农民非常穷困，皇帝反复看奏章和《流民图》，长吁短叹，感觉百姓太苦了，晚上都睡不着，整夜都失眠，直至早朝。到了熙宁七年的四月初六，神宗皇帝做了一件事情，非同小可。他把《流民图》和奏章给王安石看，这是很刺激人的。有的官员自作主张，利息收得很高。有的措施并没有被执行到位，措施是好的，但是执行的人不行，问题很大。给王安石看，就是施加政治压力，你看看，国家现在被你弄得这么乱，你是不是要做一点改进呢？王安石情商很高的，当天就不入中书，去了庙里，宰相不干了。这第二件事情对王安石的刺激非常深。

接下来一件事情，《续资治通鉴长编》记载：

上一日侍太后，同岐王颢至太皇太后宫，太皇太后谓上曰："吾闻民间甚苦青苗、助役钱，盍罢之。"上曰："此以利民，非苦之也。"太皇太后曰："王安石诚有才学，然怨之者甚众，上欲保全，不若暂出之于外，岁余复召可也。"上曰："群臣中，惟安石能横身为国家当事耳。"颢曰："太皇太后之言，至言也。陛下不可不思。"上怒曰："是我败坏天下耶？汝自为之！"颢泣曰："何至是也？"皆不乐而罢。

有一天，皇帝去太皇太后曹氏宫里，岐王恰好来了。太皇太后对皇帝说："青苗法把百姓弄得很苦，为什么不罢废呢？"皇帝说："这是对百姓有好处的措施啊！"太后说："虽然王安石很有才学，埋怨他的人很多。你想要保全自己，先罢免他啊！否则别人账都会算到你的头上。等将来舆论压力过了，你再请他回来。"岐王跟着也劝皇帝。皇帝听出来了："你们难道说是我在败坏天下吗？你们才是败坏天下的人！"岐王就哭了，你为什么这么说啊，我不是这个意思呀！结果三个人都不高兴。

这是第一次罢相，都是因为变法的反动力量。到了熙宁八年，又把他召回来了，再做宰相。

到了熙宁九年，第二次罢相。熙宁九年，发生了这么几件事情。王安石弟弟王安国被吕惠卿构陷，吕惠卿刻意排挤王安石，唯恐王安石复相，影响自己的权力。苏辙也造了一个流言。元祐元年五月十九日苏辙上奏《乞诛窜吕惠卿状》："惠卿与安石相与为奸，发其私书，其一曰：'无使齐年知。'齐年者，冯京也，京、安石皆生于辛酉，故谓之齐年。先帝犹薄其罪，惠卿复发。其一曰：'无使上知。'安石由是得罪。"王安石给吕惠卿的私信中，说有什么事情，不要让皇帝知道，这可就是欺君罔上了。但是这件事情恐怕是流言，可能是苏辙自己造出来的。第三件重要的事情是熙宁九年六月，长子王雱病逝。王安石的小儿子有精神病，娶妻后，小儿子病发，王安石看他妻子可怜，就让他妻子再嫁了。他的大儿子是正常的，但是很早就去世了，这对王安石的打击很大。到了十月，他坚持要辞职，不愿意再做宰相了。

英雄迟暮感黄金：王安石的最后十年

接下来就是王安石生命中的最后十年，从 1076 年到 1086 年。他回到江宁，这是对他很重要的地方。他找了一个地方住下来，是原来东晋的宰相谢安住的地方。王安石写了一首《谢公墩》：

> 我名公字偶然同，我屋公墩在眼中。
> 公去我来墩属我，不应墩姓尚随公。

王安石非常幽默，他说，我的名字和你谢安的字恰好相同，你也是安石，我也是安石。现在你早就去世了，你的地盘就归我了，那么这个墩应该叫"王公墩"了。当然，这是开玩笑了。今天这个房子还在，在南京的半山园，是在现在南京海军指挥学院里。这个地方为什么叫半山园？这个地方离开南京城门恰好是七里地，离紫金山也恰好是七里地，所以是城到紫金山的一半，就叫半山园。

王安石每天做什么呢？

　　筑第于白下门外去城七里，去蒋山亦七里，平日乘一驴从数僮游诸寺，欲入城，则乘小舫，泛湖沟，以行盖未尝乘马与肩舆。所居之地，四无人家，其宅仅蔽风雨，又不设垣墙，望之若逆旅之舍。有劝筑垣，辄不答。元丰之末，公被疾，奏舍此宅为寺，有旨赐名报宁。

他的生活非常朴素，所居之地看起来也很荒凉，没有高墙，像是旅馆一样。有人劝他造围墙，他也不理睬。后来，这座房子被王安石捐出去，成了一座寺庙，舍宅为寺，这是王安石晚年著名的事情。

王安石晚年有四个关键词。第一个关键词是荆公体，这是一种诗体。叶梦得在《石林诗话》指出：

　　王荆公少以意气自许，故诗语惟其所向，不复更为含蓄。如"天下苍生待霖雨，不知龙向此中蟠"（《龙泉寺石井》)。又"万绿丛中红一点，动人春色不须多"(《石榴》),"平治险秽非无力，润泽焦枯是有材"(《次韵和甫咏雪》)之类，皆直道其胸中事。后为群牧判官，从宋次道尽假唐人诗集，博观而约取，晚年始尽深婉不迫之趣，乃知文字虽工拙之定限，然亦必视初壮，虽此公，方其未至时，亦不能力强而遽至此也。

王安石诗歌风格有很大变化，早年的时候是"天下苍生待霖雨，不知龙向此中蟠"，又是"万绿丛中红一点，动人春色不须多"，都是直抒胸臆的。后来做了群牧判官，晚年经历的事情多了，了解了深婉不迫之趣，这才是好诗，王安石晚年的诗歌就达到了这样的境界。荆公体出自严羽的《沧浪诗话》："以人而论，则有……王荆公体。"严羽自注："公句最高绝，其得意处，高出苏、黄、陈之上，而与唐人尚隔一关。"

我们来读几首王安石的诗。《钟山即事》：

> 涧水无声绕竹流，竹西花草弄春柔。
> 茅檐相对坐终日，一鸟不鸣山更幽。

这就是荆公体典型的代表作。写景笔触非常柔婉，无声的水流，春天非常柔和，很空闲的人，坐在那里，不用治国理政。最后看到的景色是，一只鸟都没有，山更加幽静了。南朝王籍著名诗句是"蝉噪林逾静，鸟鸣山更幽"。但是王安石却偏偏要翻新出奇，反其意而道之。他总是写得和别人不一样。

王安石有两首《南浦》，第一首：

南浦东冈二月时，物华撩我有新诗。

含风鸭绿粼粼起，弄日鹅黄袅袅垂。

初春的天气，万物生长，花一点点冒头，柳树也在出新芽了。鸭绿是什么？绿头鸭，深绿色。但是这句不是讲鸭头，而是讲水面颜色如同鸭头绿。鹅黄色的是初生的柳条，写得从容不迫，很有亲和力，大自然仿佛就在你身边。

还写了一首五言：

南浦随花去，回舟路已迷。

暗香无觅处，日落画桥西。

这首诗完全可以和王维的诗歌相媲美，完全可以入画。王安石特别喜欢写暗香，大家还记得"遥知不是雪，为有暗香来"吗？这个是白梅，开在雪地里面，远远望去，与雪融为一体。但是我为什么知道不是雪呢？因为是有香味的。暗香给人传递了花的情味，暗暗传递到了你身边，让你感觉到自然无处不在。

第二个关键词是佛教。《望江南·皈依三宝赞》这个词简直就像和尚写的，三宝是佛、法、僧，王安石看起来完全就皈依了：

皈依众，梵行四威仪。愿我遍游诸佛土。十方贤圣不相离。永灭世间痴。

皈依法，法法不思议。愿我六根常寂静，心如宝月映琉璃。了法更无疑。

皈依佛，弹指越三祇。愿我速登无上觉，还如佛坐道场时。能智又能悲。

三界里，有取总灾危。普愿众生同我愿，能于空有善思惟。三宝共住持。

王安石还抄佛经，好几年前，上海博物馆曾经搞过中国国宝展，这是史无前例的一次，上博拿出来的国宝，就是一幅王安石《楞严经旨要》手卷。前面是摘抄的经文，最后一行稍微大一点的字，就是王安石的亲笔。笔记里面说，王安石的字是"斜风细雨"，这是真的。最后一行写道："余归钟山，道原假楞严本，手自校正，刻之寺中。时元丰八年四月十一日，临川王安石稽首敬书。"王安石除了抄佛经以外，他还注了佛经，但是现在都散失了。他和朋友的很多通信里面，也讲了很多佛教的东西。

王安石写了一首《读维摩经有感》：

身如泡沫亦如风，刀割香涂共一空。
宴坐世间观此理，维摩虽病有神通。

虽然肉身有限，非常脆弱、无常，维摩诘的肉身都是空的，都不是实体。维摩诘坐在世间，观察着佛教的道理。表面上看起来维摩诘好像病得很严重，但是实际上他神通广大，很多菩萨都争辩不过他。这是王安石对佛教居士的看法，非常有意思。作为一个政治家，其实他已经体察到了很多东西，对他来说，胜败荣辱、进退，都是一样的。

还有一些有佛理的小诗，题写在寺庙的墙壁上。《题半山寺壁二首》：

我行天即雨，我止雨还住。雨岂为我行，邂逅与相遇。

寒时暖处坐，热时凉处行。众生不异佛，佛即是众生。

我出来了就下雨了，我一停下，雨就停下来了，难道雨是为了我而下的吗？并不是的，我只是恰好碰见了雨罢了，这是机缘呀。第二首小诗也写得非常好，他从日常行为中，总结出一个道理，每个人都有佛性，每个个体都深藏着如来。

但是他并没有忘记自己的改革大业，你细读他的诗歌，其实并没有忘记。在元丰年间，他写了两首诗，一首是《元丰行示德逢》，最后几句话是：

元丰圣人与天通，千秋万岁与此同。
先生在野故不穷，击壤至老歌元丰。

元丰是一个多好的时代啊！我虽然退休了，但是希望千秋万岁，我们的国家都能像现在这样啊！大家一起来歌颂元丰，歌颂这个盛世。他又写了一首《后元丰行》：

老翁堑水西南流，杨柳中间栈小舟。
乘兴敧眠过白下，逢人欢笑得无愁。

老翁就是王安石自己，完全在与世无争、和乐的环境下，写的这首诗。为什么说王安石没有忘记政治？元丰时代，新法的措施没有被罢废，实际上还是王安石的政策。虽然王安石本人没有在位，但是国家却因为新法一派繁荣。王安石说，虽然大家都说我的措施不好，但是社会一片繁荣，这不是挺好的吗？既然好，我就要宣传新法的好。他内心深处，想要从历史中获得对他变法的深层次认同。

第四个关键词是学术。王安石宰相不做了，退居下来开始搞学术，写文字学著作《字说》。黄庭坚《书王荆公骑驴图》云：

荆公晚年删定《字说》，出入百家，语简而意深，常自以为平生精力尽于此书。好学者从之请问，口讲手画，终席或至千余字。金华俞紫琳清老，尝冠秃巾，衣扫塔服，抱《字说》，追逐荆公之驴，往来法云、定林，过八功德水，逍遥游亭之上。龙眠李伯时曰："此胜事，不可以无传也。"

在惠洪《冷斋夜话》有一条记载，可以看出王安石晚年的心态：

朱世英言："予昔从文公定林数夕，闻所未闻。尝曰：'子曾读《游侠传》否？移此心学无上菩提，孰能御者哉？'又曰：'成周三代之际，圣人多生儒中。两汉以下，圣人多生佛中。此不易之论也。'又曰：'吾止以雪峰一句语作宰相。'世英曰：'愿闻雪峰之语。'公曰：'这老子尝为众生，自是什么？'"

圣人都在儒佛中。王安石说，如果你用《史记》的《游侠列传》的心来学习佛教，那么谁还能挡得住你呢？你的境界就是最高的了。这二者看起来是完全不同的，一个是入世的，一个是超然出世的。汉代以后，真正高明的人都在佛教徒中。最后一句话最重要，王安石对朱世英说："我这一生只凭借雪峰禅师一句话做了宰相，这句话就是'这老子尝为众生，自是什么？'"这句话不同人有不同理解，我倾向于理解为，和尚做的一切事情都是为了众生，没有为自己考虑的。王安石就完全是一种为国奉献的无私心态，他就是想着这句话，所以才做到了宰相。

还有一则逸事，不太常见，记在了《青琐高议》中：

王荆公介甫，退处金陵。一日，幅巾杖屦，独游山寺，遇数客盛谈文史，词辩纷然。公坐其下，人莫之顾。有一客徐问公曰："亦知书否？"公唯唯而已。复问公何姓，公拱手答曰："安石姓王。"众人惶恐，惭俯而去。

王安石有一天去山里玩，看到有几个人在谈文史。王安石就坐在旁边听，别人也没有注意他。有一个人慢慢问他："老先生，您也读过书吗？"王安石只是唯唯掩饰过去。这个人又问："老先生，您贵姓？"他回答："安石姓王。"这不得了，是前任宰相呀！所有的人都吓一跳，非常惭愧。这就是王安石低调啊！

后来苏轼从黄州去汝州做官，路过江宁，专门去拜见王安石。两个人原本是政见不合的，但是苏轼见了他说："大丞相不好意思，我今天是穿布衣来见你的。"王安石笑了说："礼法难道是为我们这些人而设置的吗？"这是《世说新语》里的话。我们大家都是文人啊！两个人在江宁的这次见面，也是文坛佳话。

和白居易一样，王安石是幸运的。他的最后十年大致生活在元丰年间，国家繁荣而安定，皇帝仁慈英明而坚强能干，政治上也多是君子之争，可称太平之世。上面说的那些故事，也让千百年后的人感到温暖，这里记下来告诉大家，因为，"此胜事，不可无传也！"

王安石身后还是比较凄凉的，宋代这么多文人都有墓志铭留下来，但是王安石没有留下墓志铭，墓志铭也没有出土过。

他父亲的墓志铭出土了，但是他的墓志铭没有。除了传记以外，其他的都没有。他的坟墓只知道在紫金山附近，也不知道到底在哪里。

最可叹的是后来反对王安石变法的元祐党人上台了，政治气氛变得很紧张，大家都不敢承认和王安石的师生关系了。张舜民的《哀王荆公》写道：

去来夫子本无情，奇字新经志不成。
今日江湖从学者，人人讳道是门生。

今天江湖上的学者，很多人是你的学生，但是现在旧党掌权，大家都不能说是你的学生了，害怕遭到迫害。这就是王安石身后的命运。

王安石六十六年的人生，两次罢相，是否值得呢？当然是值得的。怎样的人生才是最有价值的呢？我想讲完王安石的一生，这个问题肯定会浮现在我们眼前。但是我觉得最好的答案，在王安石自己的《北陂杏花》里。这首诗很好地体现了王安石对自己人生价值的看法：

一陂春水绕花身，花影妖娆各占春。
纵被春风吹作雪，绝胜南陌碾成尘。

杏花纵然被春风吹成雪片，也比落在地上变成泥土来得有价值。虽然花最后总是要落的，但是我情愿被吹散在风中，也不愿意变成泥土。王安石用这个比喻很好地回答了怎样的人生才最有价值这个问题。

第六讲　此心安处是吾乡

苏轼的政治遭遇与旷达襟怀

苏轼是一个天才，是经受了别人没有经受过的苦难的天才，他是一个达观、潇洒的人，但是他的潇洒其实是一点点从苦难中打磨出来的，他有一个苦难加到身上，他就对人生想透一层，再一个苦难，他又想透一层。所以我们真正要做到达观，是不要惧怕苦难。有了苦难，才有真正的超越和豁达。

"此心安处是吾乡"出自苏轼的一首词《定风波·南海归赠王定国侍人寓娘》：

> 常羡人间琢玉郎，天应乞与点酥娘。尽道清歌传皓齿，风起，雪飞炎海变清凉。
>
> 万里归来颜愈少。微笑，笑时犹带岭梅香。试问岭南应不好，却道：此心安处是吾乡。

王定国是王巩，字定国，是苏轼的朋友，也是一位学者。他受苏轼"乌台诗案"的牵连，被贬到岭南的宾州，但是得到朝廷的许可，可以北还了。苏轼知道他从南方回来，就和他有所交流。特别是他身边有一位侍女，叫柔奴，引起苏轼的注意。苏轼对王定国在岭南历尽艰辛，但有这样一位美人陪伴，还是挺羡慕的。所以他写"常羡人间琢玉郎，天应乞与点酥娘"，老天爷真是厚待你，让你身边有明眸皓齿女孩子陪伴，歌声也婉转优美。她跟着你，可以把不利的环境变成可爱、宜居的环境。下片说"笑时犹带岭梅香"的主人公是柔奴，从岭南不远万里归来，苏轼认为她笑容还应该带着岭南梅花的香味。"试问岭南应不好"，苏轼就和她有面对面的交流，问她：

"岭南条件很艰苦啊，处境应该不太好吧？"因为当时岭南地区经济文化落后，自然条件也比较恶劣，没想到柔奴的回答出人意料："此心安处是吾乡。"因为我心安，哪里让我心安，哪里就是我的家乡，哪怕它远在万里之外的岭南，哪怕是跟着贬谪宾州的官员一起去的。那里就是我的家乡。

"此心安处是吾乡"这句话虽是柔奴说的，但这是苏轼写下的，所以我们通常把这句话看作苏轼的人生态度。事实上，苏轼也做到了这一点。

天才与全才

苏轼字子瞻，号东坡居士，世称苏东坡。大家都知道苏东坡，他是宋代最伟大的文学家、艺术家，我们现在对于日常生活非常感兴趣，就把苏东坡的种种美食经历都挖掘出来了，比如他已经在吃类似于今天羊蝎子的东西，这些古代人原本都不太重视。他在海南的时候，他儿子苏过发明了一种山芋羹，叫玉糁羹，非常美味，他也吃得特别开心。当然，苏东坡留给我们最主要的身份标识还是一个文学家。中国古代的文人非常多，有的时候我们说一个人是诗人、词人、古文家，但是实际上，真正能够称得上文学家的，在中国古代各个文体、部类创作中都做出很大贡献的人，并不是非常多。唐代李白、杜甫、王维这些人主要还是写诗，当然李白也有一些文章，但是还不构成一个独立身份的散文家的标识。在宋代，情况就不太一样。由于种种原因，例如科举制度的发达，能够在出身不是非常高贵的人当中，通过考试选拔人才，去朝廷做官，以及整个朝廷都很重视文教的风气，这些因素让宋代产生一大批文化人。这些文化人按学术界一般的讲法，是集官僚、文人、思想家三重身份于一体的。文人并不是单纯创作某个文体的专家。像欧阳修、苏轼、王安石等，在文学的各个领域都取得了巨大的成就，是一个复合体，这是非常伟大的。而在宋代一大批文化伟人当中，最伟大的就是苏轼。宋代综合起来看，有三个人在中国历史上地位是最高的，一个是苏轼，一个是王安石，还有一个是南宋的朱熹。

我家江水初发源，宦游直送江入海

苏轼的人生只有一个，从他出生到他去世。如果他还活着，快一千岁了。千年前的一个文人士大夫，他的整个人生为什么值得千年后的人反复体味、深入分析呢？我觉得这是一个非常值得深思的现象。有人说苏轼的一生非常潇洒。但是我更加感受到，其实苏轼的一生是折腾的一生。王安石的一生没有那么复杂，欧阳修的一生也没有那么折腾。苏轼跑过的地方之多、调动之频繁，给我们留下非常深刻的印象，特别是他有一段时期，在他贬官到惠州之前，他还在做知州，频繁地在不同的地方做知州，用东坡自己的话来说是"二年阅三州"（《送芝上人游庐山》）。他的潇洒是被折腾出来的潇洒，这就很不容易了。比如说，现在有一个生活非常悠闲的"富二代"，他也可以很潇洒，但是这不稀奇，因为他的生活境遇非常好，苏轼的生活境遇其实非常不好。假如苏轼不贬谪到南方，以他的心理素质还可以多活几年，七十岁肯定是没问题的。来去折腾对他的健康造成了很大的损害，他贬官到南方看起来一点也不难受，但其实是很难受的，这是人之常情。他的《游金山寺》诗里面有两句话："我家江水初发源，宦游直送江入海。"这诗是他三十六岁时候写的，当时所谓的"宦游直送江入海"指的是江流入海中，但是我觉得有点一语成谶的意思，因为他是四川眉山人，是江水发源地，但是他最后被贬到了海南岛，海南岛四面环海，他最后真的被"宦游"送去了大海。这一句话真的可以作为东坡一生经历的概括。

我们如果把历史还原，回到宋仁宗景祐三年（1036年），那是苏轼出生的年份，文化中心在汴京，也就是今天的开封。对于苏轼的家庭来说，是四川偏远地区的文人家庭，他的父亲苏洵没有做过官，年轻的时候比较放浪，到二十七岁的时候，才认识到了读书的重要性，这已经非常晚了。他的祖父苏序也没有什么太大的功名，他的伯父倒是做过官。他的母亲姓程，比较有文化。他年轻时一直在离文化中心比较远的家乡待着。

他的人生可以划分为四个阶段。第一阶段是二十一岁前，他一直生活在眉山，现在没有留下什么那段时间创作的诗歌，但是我们可以看到他对诗歌产生兴趣的记载，比如说，庆历年间，国子监官员石介《庆历圣德诗》中把主张改革的大臣作为正义的代表来歌颂。苏轼当时才八岁，他就问老师这是什么意思，老师说，你还小，你不懂。但是苏轼却要打破砂锅问到底，这件事情就被记载下来了。第二件事更有名，说他的母亲程氏读《范滂传》，范滂很可怜，他是东汉非常有正义感的官员，整治贪官出手太重，最后被杀头了。苏轼听他母亲读《范滂传》之后，对范滂的事迹非常钦慕，他"奋厉有当世志"，也想做这样的人。十二岁听父亲苏洵介绍白居易在虔州天竺寺所题的诗歌，苏轼也很感兴趣。

到了嘉祐二年，也就是公元 1057 年，苏轼的人生有了大转变。这一年，是北宋文化史上最有名的一年，考中进士的除了苏轼之外，还有曾巩、程颢，这些人后来都是顶级的文化名人。宋代的科举考试分为常科和制科，打个不恰当的比方，常科就相当于本科，而制科相当于研究生。苏轼先要考发解试，然后要去礼部参加省试，最后参加名义上由皇帝出题的殿试，殿试的头名叫状元。苏轼在嘉祐二年考省试，主考官是欧阳修。欧阳修看了苏轼的文章，感到写得非常好，因为宋代考卷"糊名"，欧阳修看不到考生的名字，就认为这篇文章是他的得意门生曾巩写的。欧阳修想，曾巩是自己的学生，如果把他弄成第一名，不太好，好像在照顾自己人一样，就把苏轼放在了第二名，第一名就另外放了一个人，这个人叫李廌。结果揭晓，原来第二名的那个人不是曾巩，而是苏轼，欧阳修非常兴奋，后来写信给考官梅尧臣说"老夫当避路，放他出一头地"，说应当让苏轼出人头地。但是，苏轼后面还要参加殿试，当时殿试还不是试策，而是要试论，是解释《周易》的一篇文章《重巽以申命论》。他后来在殿试中得了第六名，第一名是章衡。这个成绩虽然还不错，但是和我们后来想象中他伟大的身份不太吻合，我们都觉得苏轼这样的人应该不是状元就是榜眼。嘉祐二年他考完之后，母亲去世了，回去守丧了。到了嘉祐六年，他又出来考制科，这次成绩考得很好，入三等。宋代为了照顾皇帝的面子，制科不能把人弄到一等、二等，所以三等其实相当于一等了。苏轼之前，宋代"入三等"的只有一个人，所以他成绩是非常好的。他前面一次考试是省试第二名，殿试第六名，这次入三等，其间没有隔多少年，所以苏轼名动京师。他的父亲和弟弟也很有名气，父子三人都名动京师。守丧回来之后，他在今天的陕西做了大理评事签书风翔府判官，之后他在京城任直史馆、判官告院事，然后他做了杭州通判、密州知州、徐州知州、湖州知州。通判和知州都是一把手，相对有一点区别。他的《江城子·密州出猎》就是在密州写的，随后的《放鹤亭记》是在徐州写的。大家觉得他年纪轻轻就做了地方长官，而且这些地方都是经济不错的地方，这是很幸运的。但苏轼正常的宦途到湖州知州就结束了。

几个月后，在元丰二年七月，一个突如其来的打击使得苏轼被迫进入他人生的第三个阶段，也就是四十四岁到五十八岁——他经历了"乌台诗案"。乌台是御史台的别称，因为御史台旧时要种植柏树，上面有很多乌鸦筑巢，又叫柏台、乌台。宋代御史权力非常大，可以风闻言事，不需要提供证据，只需要提供消息就可以向皇帝上奏折。当时的李定、何正臣、舒亶三个人各人有各人的功夫，就从苏轼的诗文中找到例子，说苏轼诽谤新法，跟变法的政策对着干。这些文本经过这几位御史的解读，看起来好像真的有对朝廷的不满，御史台就把苏轼逮捕了。朝廷派出了皇甫遵来紧急逮捕苏轼，当时他从开封赶到湖州，苏轼完全蒙在鼓里。朝廷里面有一个人叫王诜，得到了消息后，想要告诉在南京做官的苏辙，让他从南京赶快把消息传达到湖州，让苏轼有个心理准备。结果这件事情做成了，苏轼提前得到了消息，然后被抓捕到了汴京的御史台。一开始是死罪，他也做好了赴死的准备。他跟他的儿子做了约定，送饭的时候有个暗号，如果送鱼，那就说明朝廷要处死他了，如果不送鱼，那么暂时是安全的。结果有一次儿子让底下的人去送饭，那个人不太清楚情况，送了一条腌制的鱼，结果一看到鱼，苏轼觉得自己大限已到，非常伤心，写了两首绝命诗，一首写给他弟弟，一首写给他妻子。结果发现搞错了。经过多方营救，神宗考虑到北宋有不杀士大夫的规矩，如果苏轼死在他手里会比较难看，神宗也不想杀他，然后就把苏轼贬为黄州团练副使、本州安置。他不能有政治待遇，也不能乱跑。一下子，他从人生的高潮跌落到了黄州，度过了他人生中最重要的转折点。苏轼之所以成为苏轼，就是因为他在黄州这几年，写了非常多的我们耳熟能详的作品，《前赤壁赋》《后赤壁赋》《念奴娇·赤壁怀古》，都是在这儿写出来的。

待了几年之后，时来运转，让他去登州做知州，也就是今天的山东蓬莱。之后，旧党开始重新得势了，神宗去世后，哲宗即位，元祐党人又起来了，苏轼日子好过一点，做了起居舍人、中书舍人、翰林学士知制诰、侍读、知贡举，那段时间是他官职比较高的时候。哲宗亲政以后，我觉得他和哲宗非常不投缘，政治主张也不一样。他是一个很有身份的老臣，而哲宗是一个刚刚亲政、摆脱了辖制的新皇帝，你们会觉得他们两个人总是不对劲儿。苏轼好像总是想要给皇帝讲讲道理，哲宗心里面不一定买他账，所以两个人关系有点微妙。我觉得哲宗是不喜欢苏东坡的，人和人之间总是有莫名其妙的关系。之后，他在京城做翰林学士承旨，然后又去做颖州知州，接着回到京城，做兵部尚书、礼部尚书、端明殿学士、侍读学士，后来又去了河北定州做知州。这些都是正常的阶段。

到了他人生的第四个阶段，那个时候苏轼五十八岁，"老夫聊发少年狂"是他三十九岁的时候，就自称"老夫"了，那么五十八岁就是真的老夫了，又开始贬官了。先把他贬到宁远军节度副使，惠州安置，再给他贬为琼州别驾、昌化军安置，这就是今天的海南岛。那个时候，苏轼就做好了死在海南岛的准备，到海南岛第一件事情就是把棺材做好。他又和当地的读书人交往，开始挖井、种菜，但是元符三年朝廷又给他平反了，让他回大陆，到了今广西合浦，量移廉州。又把他安排去做舒州团练副使，永州安置，但是还没到任就让他回京城做朝奉郎、提举成都玉局观，级别比较高，但是没什么实权。他当时年纪大了，回去的路上，行至常州就去世了。冥冥之中这是有预兆的，"乌台诗案"后他到黄州，然后到登州做知州，之前他在常州住了一段时间，他想要在常州买一块地，在那里终老，但是朝廷不允许。所以，苏轼非常想要把常州作为他的终老之地，这是他的主动选择。最后他真的在常州去世，这是非常有意思的巧合。

当时没有飞机火车，他骑着马，一会儿南，一会儿北，十分折腾。苏轼一生的经历过太多磨难，他的诗歌和这些经历是分不开的。大家想读苏轼的诗，可以读孔凡礼先生点校的《苏轼诗集》，很厚。他的词集编年校注是邹同庆、王宗堂做的，三册，大家可以读一读。

故乡飘已远，往意浩无边

苏轼人生的第一个阶段没有怎么写诗。他的第一阶段的诗词，也就是他人生的第二个阶段："故乡飘已远，往意浩无边。"这是他《初发嘉州》里面的两句诗，故乡已经离我远去了，未来到底会怎么样，他也不清楚。在人生的第二阶段，他的诗歌创作始于嘉祐四年（1059 年），当时他结束为母亲服丧，与父亲苏洵、弟弟苏辙离开眉山，出发去京城，第一站是去楚地。他们在沿江而下的时候，写了很多诗文，这些作品后来被集结为一部《南行集》，这部集子现在已经没有了，但是里面的有些诗文还流传着。《南行前集序》写道："己亥之岁，侍行适楚，舟中无事，杂然有触于中，而发于咏叹。盖家君之作与弟辙之文皆在焉，谓之《南行集》。"大家设想一下，父子三人沿着江乘船，看着两岸的景色，触发了苏轼心中的诗意，写了他人生的第一批诗歌。其中有一首《江上看山》：

> 船上看山如走马，倏忽过去数百群。
> 前山槎牙忽变态，后岭杂沓如惊奔。
> 仰看微径斜缭绕，上有行人高缥缈。
> 舟中举手欲与言，孤帆南去如飞鸟。

这首诗写得非常大白话，写的是船飞快在江上行驶所见的场景。槎牙是参差不齐的意思，变态就是变化的状态。这首诗十分流动，非常快，令人目不暇接。船上还有其他人，他弟弟也写了一首《江上看山》，我们来看看兄弟俩的才情谁高谁低：

> 朝看江上枯崖山，憔悴荒榛赤如赭。
> 莫行百里一回头，落日孤云霭新画。
> 前山更远色更深，谁知可爱信如今。
> 唯有巫山最秾秀，依然不负远来心。

也写得很不错。大家比较两首诗，觉得哪一首写得更好？如果说苏轼的诗是一首快诗，那么苏辙的相对比较平实，他就是比较正常的思维，看山的样子。但是，这两首诗还是有高低之分的，七言律诗一共五十六个字，特别是写景的，形象性的东西越多，那么诗歌就更好，要尽量多写景物到诗歌里面。"唯有巫山最称秀，依然不负远来心。"巫山到底是什么样子，其实没有写出来，这就有点凑了。回头去看苏轼的，他描写了很多景物，船、山、马、前山、后山、行人、小径等，当然，诗无达诂，大家也可以有自己的评判。

还有一首《初发嘉州》比较长，我摘了几句。

朝发鼓阗阗，西风猎画旃。

故乡飘已远，往意浩无边。

锦水细不见，蛮江清更鲜。

奔腾过佛脚，旷荡造平川。

……

这首诗也很有名。在我们的眼前，简直像有镜头晃过一样。

他早期的诗歌写得很好了，但是境界还不算太高，好像缺了一些敏感的人生况味，跟我们后面看到的黄州时期的诗歌境界不一样。后来，他去凤翔做了第一个官，他人生的况味一点点开始出来了。有一首非常有名的《和子由渑池怀旧》，渑池在今天的河南，他怎么会去渑池怀旧呢？嘉祐二年，他和他弟弟一起考进士的时候，曾经路过渑池，在一个庙里面住过，有一个老和尚叫奉贤，接待过他们，在墙壁上还题过诗。到了嘉祐六年，他去凤翔做官的时候，他的弟弟送他到渑池，故地重游，才过了没几年，老和尚已经死了，墙上的题诗也已经剥落：

人生到处知何似，应似飞鸿踏雪泥。

泥上偶然留指爪，鸿飞那复计东西。

老僧已死成新塔，坏壁无由见旧题。

往日崎岖还记否，路长人困蹇驴嘶。

嘉祐二年走过来太不容易了，才过了四五年的功夫，已经物是人非了，他和他弟弟的处境完全不一样了，他要去做官了，有一个地方官的职责在身上。未来到底怎么样，陕西情况怎么样，他也不知道。在这个地方，他要和他弟弟分别了。苏轼后面四句写了处境，前面四句则是比喻：飞鸿不知道飞到哪里去了，留下来的脚印也很浅，就像我们来到河南渑池寺院，我们当时也挺开心的，和老和尚也有交往，但是我们赶考过去四年后，留下的痕迹今天都没有了。所以，这个比喻写出了人生的哲理。虽然说宋朝人喜欢用诗歌表现哲理，但是这和朱熹的《观书有感》等纯哲理诗不一样，苏轼是从人生感受里生发出来的，用比喻这样形象的手段呈现人生的哲理和况味，人生就是这样。这首诗不是凭空写的，是他弟弟送他，先寄给他一首诗，他自己写了这首和诗。他弟弟的诗《怀渑池寄子瞻兄》写道：

相携话别郑原上，共道长途怕雪泥。

归骑还寻大梁陌，行人已度古崤西。

曾为县吏民知否？旧宿僧房壁共题。

遥想独游佳味少，无言骓马但鸣嘶。

苏辙曾经做过渑池县的主簿，他后面去考进士了。这首诗要是和苏轼的和诗比，我觉得还是苏轼写得好，从他的诗句概括出了一个成语"雪泥鸿爪"，他这首诗的确写出了我们人生的某一种特殊状态。

苏轼到了杭州做通判。"欲把西湖比西子，淡妆浓抹总相宜"，苏轼很喜欢杭州。他写西湖的暴雨写了好几次，我觉得这首《六月二十七日望湖楼醉书》写得最好：

黑云翻墨未遮山，白雨跳珠乱入船。

卷地风来忽吹散，望湖楼下水如天。

暴雨来得快、去得快，这一首诗简单的四句，写得非常生动。完全可以入画，一句一景。

之后他去了徐州，大家觉得徐州没有杭州好玩，但是徐州有水，有百步洪，又叫"徐州洪"，当时非常有名。他的朋友王定国曾经和他一起去徐州洪，他写下了《百步洪》，序曰："王定国访余于彭城，一日，棹小舟与颜长道携盼、英、卿三子，游泗水，北上圣女山，南下百步洪，吹笛饮酒，乘月而归。"这首诗非常长，我们为什么要把这首诗特别拿出来讲呢？因为其中涉及了博喻，用各种各样的东西来比喻水，这是他的诗博喻的代表。钱锺书先生在《宋诗选注》中，介绍每一位作者的小传都非常精彩，他为苏轼写小传的时候，讲到了苏轼诗歌的特点，专门讲到了《百步洪》，而且还把其中的比喻摘抄了出来，说中国人也有莎士比亚式的比喻，也就是博喻。我们看他是如何比喻的：

> 长洪斗落生跳波，轻舟南下如投梭。
>
> 水师绝叫凫雁起，乱石一线争磋磨。
>
> 有如兔走鹰隼落，骏马下注千丈坡。
>
> 断弦离柱箭脱手，飞电过隙珠翻荷。
>
> 四山眩转风掠耳，但见流沫生千涡。

所有的这些比喻，都是比喻非常快。他的艺术想象力十分发达，他见到这么快的水，我们也见过。例如黄河壶口瀑布，我们最多想到万马奔腾、雷声震天，这就到底了。你能想到苏轼想到的这些吗？一句当中还有两个比喻，"有如兔走鹰隼落"，这就是苏东坡。钱先生并不是喜欢苏东坡的每一首诗，然而，这一首却非常精彩。但是，一切都是不长久的，后面写道：

> 险中得乐虽一快，何异水伯夸秋河。
>
> 我生乘化日夜逝，坐觉一念逾新罗。
>
> 纷纷争夺醉梦里，岂信荆棘埋铜驼。
>
> 觉来俯仰失千劫，回视此水殊委蛇。

君看岸边苍石上，古来篙眼如蜂巢。

但应此心无所住，造物虽驶如余何。

回船上马各归去，多言诮诮师所呵。

铜驼就是借用了"紫荆铜驼"的典故，象征着沧海桑田，政治变迁。

这是苏轼的诗，开始于嘉祐四年，他最早的词写作开始于熙宁三年。这个问题专家还有别的看法，有的专家认为他嘉祐六年就开始写词了。他后来到了徐州，写了《永遇乐》。这首词也不算特别有名气，但这是苏轼婉约风格的词当中非常有名的一首。苏轼是豪放派的代表，但是他写了很多婉约的词。当时的词总体上也是婉约的，代表是柳永，苏轼其实内心深处一直想要和柳永一较高下的。俞文豹《吹剑续录》里有一个典故："东坡在玉堂日，有幕士善歌，因问：'我词何如柳七？'对曰：'柳郎中词，只合十七八女郎，执红牙板，歌杨柳岸，晓风残月。学士词，须关西大汉，铜琵琶，铁卓板，唱大江东去。'东坡为之绝倒。"其实回答的人本意是说苏轼的词有点怪，但是他自己觉得自己的词也是一种风格。他经常和他的朋友说，说自己之前作柳七郎风格的词，现在也作自己风格的词。那么他写婉约词如何呢？

那一次，他晚上去燕子楼睡觉，梦见燕子楼的主人关盼盼。这首词其实非常恐怖，有一种深夜的宁静，当中带着恐怖和不安。他的内心带着某种恐惧。关盼盼早就死了，她是唐朝

179

人。词如下：

　　明月如霜，好风如水，清景无限。曲港跳鱼，圆荷泻露，寂寞无人见。纫如三鼓，铿然一叶，黯黯梦云惊断。夜茫茫，重寻无处，觉来小园行遍。

　　天涯倦客，山中归路，望断故园心眼。燕子楼空，佳人何在，空锁楼中燕。古今如梦，何曾梦觉，但有旧欢新怨。异时对，黄楼夜景，为余浩叹。

　　第一句写的是晚上的整体环境。"曲港跳鱼，圆荷泻露"是很活泼的形象。很高的楼，深更半夜，鱼在跳动。纫是古代冠冕两旁用来悬挂塞耳玉坠的带子，很轻，晃动时应没有声音，他却说如三更的鼓声；一片叶子掉在地上原本也是没有声音的，但是只有一片叶子掉落，他却说是"铿然"，这都形容周围十分安静。他梦醒来之后，在院子里面一圈一圈走，一个人非常孤寂。下片中的"倦"是苏轼少有的直接表达他自己情感的词，他已经做了很多地方的官，跟朝廷主张不合，自请外调，他有一些失落，有一些紧张，隐隐约约对官场生活有一种倦怠，他就想要回到自己的故乡。这楼叫燕子楼，传说有燕子飞去，而关盼盼这时已经变成了泥土了。当时关盼盼一个人在楼内待了很多年，她不想再嫁了。苏轼想到了唐代，想到了去世的美人，想到了自己在这个地方做地方官，但是他也知道这个官他也做不久，未来在哪里，他也不知道，官路十分崎岖。这个时候，他发出了感叹："古今如梦，何曾梦觉，但有旧欢新怨。"人生实在是一场大梦啊！这个时候他已经有一种做梦的感觉，古往今来的历史变迁就像做梦一样，历史上所有的纷争，包括政治、情感上的，都像做梦一样，差别在于别的人做梦一直不会醒，但是自己作为一个梦已经醒来的人，看到这些，感觉是非常凄凉的。最后，他说自己辛辛苦苦抗洪、造楼，过几年自己人也不在了。后来人见到我所造的黄楼，也就像我今天在燕子楼下感叹唐代的历史，后来人就会为我浩叹。这里面化用了庄子的思想，也化用了王羲之《兰亭集序》之"后之视今，犹今之视昔，悲夫！"苏轼会抓住这样的梦来写这样的词，在内心深处，他已经隐隐感觉到非常不安，有一种危险感。当整个国家的政策和你内心的政治主张完全不同，变法派风起云涌，苏轼觉得主流和自己不一样，他当然很紧张。那个时候，他也不知道自己会名垂千古，使他成为苏轼的那些作品还没有写出来，他十分不安、紧张，对未来很迷惘。没过多久，他去湖州之后几个月，就发生"乌台诗案"了。他在写这首词的时候，说不定李定、何正臣、舒亶已经拿着他的诗句在罗织罪名了。

谁怕？一蓑烟雨任平生

下面进入他第二阶段诗词，人生遇到了巨大的转折点，"谁怕？一蓑烟雨任平生"。有非常多的人很喜欢这句话，特别是近年来，我发现很多小朋友都很喜欢苏轼，喜欢苏东坡的"一蓑烟雨任平生"，说这非常潇洒。我后来想想挺可悲的，苏轼是经历了磨难，一直到黄州，才感受到了"一蓑烟雨任平生"，小孩子刚刚上小学，花还没开，喜欢的应该是苏轼《初发嘉州》这样的诗，结果他也喜欢"一蓑烟雨任平生"，也就是我不想干了，这挺有意思的。当然，喜欢古诗词的小孩子，一般都是少年老成的。

湖北黄冈的赤壁叫赤鼻矶，因为土是红色的，所以叫赤鼻矶，然后当地人慢慢就说成了赤壁。"人道是，三国周郎赤壁"，这是别人说的，苏轼也知道这里其实不是真正的赤壁。我来给大家讲"乌台诗案"。元丰二年（1079年），苏轼在湖州知州任上，他要谢谢朝廷，就写了《湖州谢上表》："陛下知其愚不适时，难以追陪新进；察其老不生事，或能牧养小民。"我把它翻译成白话文，也就是："皇帝，你觉得我这个人又老又蠢，我也不适应时代了，所以我很难赶上那些年轻人了。你可能认为我老了，也没什么用了，把我扔到地方上，让我教养小老百姓。"这句话看起来没什么问题，但是当时大背景，元丰二年，正是变法派最得势的时候。别人就说，这是你自己立场有问题，你为什么不能像年轻人一样赞同改革呢？你内心有不满，明显是对变法不满。你说自己没用了，是在抱怨朝廷对你不重视吗？我们对你信任不够吗？你不想干了？所以，解读很重要，你这么一解读，你看到的就是跟当时政治主流完全不合的老官员在那里愤愤不平、指桑骂槐，对朝廷的政策表示非议。

他还有一些诗句，别人给他一点点找出来，给他扣帽子："愚弄朝廷，妄自尊大。"监察御史里行舒亶上奏："至于包藏祸心，怨望其上，讪渎谩骂，而无复人臣之节者，未有如轼也。"舒亶其实也是一个词人，但是因为他名声不好，所以他的词流传不广，他其实也是婉约派的词人。上面他说苏轼的话，其实就是传统社会当中批评里面最重的话了，说苏轼丧失了一个大臣应有的良知，丧失了一个大臣应有的政治节操，这样的人，古往今来没有一个比你苏轼更厉害的，你苏轼坏到家了，死有余辜。

然后就出现了我前面说的"狱中送鱼"的乌龙事件，苏轼写了两首绝笔诗。反正自己都要死了，他就尽管去发牢骚了：

圣主如天万物春，小臣愚暗自亡身。
百年未满先偿债，十口无归更累人。
是处青山可埋骨，他年夜雨独伤神。
与君今世为兄弟，更结人间未了因。

他在想，自己死了，家里十口人不知道该怎么办。原本约好和弟弟一同归隐，现在也没有办法一起归隐了，弟弟你会不会有一天一个人对着夜雨，想到你的老哥。还有一首是写给老婆孩子的：

柏台霜气夜凄凄，风动琅珰月向低。
梦绕云山心似鹿，魂飞汤火命如鸡。

眼中犀角真吾子，身后牛衣愧老妻。

百岁神游定何处，桐乡知葬浙江西。

　　他侥幸未死，然后到了黄州，写了《卜算子》，就是"缺月挂疏桐"，大家觉得这首词的风格和刚刚写关盼盼的词很类似吧？很高冷，很孤独，这是他到了黄州后写的，表示自己很孤高。苏轼的心理是自己没有对不住朝廷，但是自己却遭了那么大的罪，朝廷认为自己是有罪的，但是我觉得自己没有罪。我自己无法抗衡，朝廷也有不杀之恩了，但是如果认为自己没有罪，我实在心理上也过不去。所以，我尽量要让自己感觉自己是有罪的，这样朝廷给自己的惩罚就是应该的了，是我咎由自取的，那么我就要一点点改过自新，一点点调整。他是这样的心理，这是非常痛苦的，被迫承认强加在他自己身上的东西。

　　到了黄州之后，他写了一首《初到黄州》。这首诗里，他对自己的前半生有一种无意识的总结：

自笑平生为口忙，老来事业转荒唐。

长江绕郭知鱼美，好竹连山觉笋香。

逐客不妨员外置，诗人例作水曹郎。

只惭无补丝毫事，尚费官家压酒囊。

　　他对自己的状态还是比较乐观的，觉得自己还能吃到鱼和笋。虽然他一点政治待遇也没有，但是朝廷也要给他发点钱，他就拿来喝喝酒。他自己给自己找乐趣，这就是他初到黄州的心理。这个时候，他的心态已经缓和一点了，且看这首《正月二十日与潘郭二生出郊寻春忽记去年是日同至女王城作诗乃和前韵》：

> 东风未肯入东门，走马还寻去岁村。
> 人似秋鸿来有信，事如春梦了无痕。
> 江城白酒三杯酽，野老苍颜一笑温。
> 已约年年为此会，故人不用赋招魂。

这首诗之所以被我们记住，就是因为第二句："人似秋鸿来有信，事如春梦了无痕。"大雁到了冬天要南飞，到了夏天要北飞，这都是有信用的。《周礼》记载，士人结婚要经过六道程序，六礼当中有五礼都要送大雁。当时我觉得古人挺奇怪的，男家到女家去提亲，第一次上门带两只大雁，第二次、第三次都是大雁，大雁肉很老，又不能吃。据孔颖达说，大雁代表着信用，非常定时，婚姻也是一种信用。我非常喜欢"江城白酒三杯酽，野老苍颜一笑温"。他在黄州都是和老百姓打交道，觉得他们非常纯朴。他就觉得自己不用回去了，就在这个地方挺好的。

在这些诗里面，我们大概知道苏轼到黄州去的心理，在这样的心理基础上，就产生了《定风波》这首词。这首词为什么特别有名呢？这首词写作时间是元丰五年，是苏轼因"乌台诗案"被贬黄州的第三个春天，心情已经比较缓和了。他到了黄州沙湖镇，在黄州东南三十里，突然下暴雨了。我们看前面的小序："（元丰五年）三月七日，沙湖道中遇雨。雨具先去，同行皆狼狈，余独不觉。已而遂晴，故作此。"雨具被小童拿走了，别人都觉得狼狈，但是他却不觉得。他就写下了：

> 莫听穿林打叶声，何妨吟啸且徐行。竹杖芒鞋轻胜马，谁怕？一蓑烟雨任平生。
>
> 料峭春风吹酒醒，微冷，山头斜照却相迎。回首向来萧瑟处，归去，也无风雨也无晴。

我们现在对于这种很有名的作品，当中的字词都是烂熟于心了，可能没有新鲜的感觉了。我希望大家可以恢复到第一次读这种诗词时新鲜的感觉。我说这首词写出了苏轼的达观，大家都认同吗？这是通过文本营造的达观，所以他的达观形象是一种自我营造。第一，用他人与自我反应的对比，别人都抱头鼠窜，但是他却不觉得有关系，这是不正常的反应。雨已经很大了，但是他却长啸，故意慢慢走，这也是非常反常的举动，他不但做出了这样的举动，还郑重地写到了《定风波》里面。别人都是骑马赶快逃走了，他却带着竹杖、穿着草鞋，说自己觉得很轻松。他穿着蓑衣、戴着斗笠，身上有很多水，感觉是不太舒服的，但是他却说，随它去吧！随便走到哪里都无所谓。这跟正常的同僚比起来，苏轼的行为是不正常的，他把这不正常的行为郑重其事写到了词的上片，这更不正常。这就涉及了第二点，他自身行为与天气突变的对比，他的行为和这突如其来的天气相比是不正常的。第三，是对于自己人生态度的直接申明，这是一件很傻的事情。大家在今天，如果我说，我们虽然是初次见面，但是我其实是好人，一向淡泊名利，我很爱读书，每个星期都来图书馆读书，我非常爱好学习，这样自我表白，其实是非常傻的事情。难道这样的话写到词里面就不傻吗？因为他写的是文言文，非常美，所以我们不觉得傻。但是，其实这就是说，下雨了！我不怕！天不怕、地不怕，这真的是有点傻的。原来他这么傻，是因为他喝醉了，然后天放晴了。一个"萧瑟"，把刚才的一切都概括了。这首词的上片和下片，都是人生态度的直接申明。在未来的人生道路上，不管遇到下雨还是晴天，我都会直面。这也是人生态度的直接申明，这是苏轼比较反常的举动。

这首词包含着很多有意思对抗人生的语词，"莫听"是一个非常强势的命令词，雨下来了，大家要跑了，但是苏轼却让大家不管，这是命令式的。"何妨"，这也是强势的，强调雨对自己没有任何妨碍。"轻胜马"这也是刻意对抗，他不可能胜过马的，只是主观感受。"谁怕"，这个是吵架的场合用的词，是非常直白、直白得有点粗俗的词，这个词用在宋词里面有点格格不入。宋词给我们的感觉总是非常温柔的，但是这个词却像吵架一样。苏轼明确想要告诉我们，你们怕，但是我不怕。他在宣誓、发声明，在那里叫喊、抗争。回去他也非常坚定，

"也无风雨也无晴"，这明确宣誓了，未来可能出现的人生困境他都不在意。果然，后来他又被贬官到了南方，他说自己九死一生，经历过"乌台诗案"，他再也不害怕了，这是他故意用的对抗人生的语词，一个个敲在了《定风波》中。

晚清郑文焯在《手批东坡乐府》中说："此足征是翁坦荡之怀，任天而动。琢句亦瘦逸，能道眼前景。以曲笔直写胸臆，倚声能事尽之矣。"他一方面做了人生态度的直接申明，一方面又把自己的人生态度放在突如其来的下雨的场景当中，好像是因为大自然的变化而激发出的种种内心感受。这就是填词的最高功夫，苏轼是做到家了。

我想再简单讲讲《临江仙·夜归临皋》，这首词是他在黄州时期写的，那天晚上喝醉了，回到家里半夜三更，童子已经睡着了。

夜饮东坡醒复醉，归来仿佛三更。家童鼻息已雷鸣。敲门都不应，倚杖听江声。

长恨此身非我有，何时忘却营营？夜阑风静縠纹平。小舟从此逝，江海寄余生。

他敲门，都没有人回应，这就给了他一个全面反思自己人生的契机，平时很少有机会半夜三更一个人在外思考人生。他对人生的总结："长恨此身非我有，何时忘却营营？"今天的人，人为物役，你的身体看似是你自己的，但是其实也不是，大家都有自己的责任在身上。"小舟从此逝，江海寄余生。"这就是说他要走了，他走了，词却传出来了，知州徐君猷找不到他了，十分着急，苏轼是本州安置啊，不见了算什么事儿呢？所以要赶紧找，最终在他家中找到了，苏老先生酒还没醒呢！

九死南荒吾不恨，兹游奇绝冠平生

接下来就是到他诗词的第三个阶段，这个阶段，用"九死南荒吾不恨，兹游奇绝冠平生"两句概括最为传神。他先到了惠州，再到海南。怎么去的呢？先看这首《纵笔》。

> 白头萧散满霜风，小阁藤床寄病容。
> 报道先生春睡美，道人轻打五更钟。

苏轼生了一点小病，并不是非常严重，为什么？他春天还在睡觉，睡得很好。这是苏轼在惠州迦叶寺写的，他已经被贬了，但是他心态还可以，这是因为黄州的历练。这个词传到朝廷，被新党的人知道了，新党章惇就说："什么？苏东坡居然还春睡美？惠州日子居然这么好过？肯定是苦头没有吃够！"然后就贬到了海南岛，之后就变成了我们知道的样子。

海南岛那个时候绝对是蛮荒之地，到了海南岛之后，老先生照样写诗。"回首向来萧瑟处，也无风雨也无晴。"《定风波》里的两句，又写到了他《独觉》这首诗里面，说明苏东坡对《定风波》是念念不忘，这两句是他的得意之笔，终生难忘。所以，他到了海南岛之后，又想起来把这两句诗写到了他的词里面。他的心态这个时候完全不一样了，我们来看他的《独觉》：

> 瘴雾三年恬不怪，反畏北风生体疥。
> 朝来缩颈似寒鸦，焰火生薪聊一快。
> 红波翻屋春风起，先生默坐春风里，
> 浮空眼缬散云霞，无数心花发桃李。
> 倏然独觉午窗明，欲觉犹闻醉鼾声。
> 回首向来萧瑟处，也无风雨也无晴。

他说自己一直在南方，反倒不习惯北风了。他觉得天气冷了，就在屋子里面生火，坐在火光里头，火光红彤彤的，把苏轼的脸衬托得很明亮，他突然觉得寒意被火焰驱散了。"欲觉犹闻醉鼾声"，这到底说的是苏轼自己在打鼾，还是听见了别人打鼾？应该是他自己在打鼾，打鼾之后，他突然想到了自己之前写过的那一句"回首向来萧瑟处，也无风雨也无晴"。这是他对自己往昔所有坎坷的总结。他在海南岛写的诗，不像在黄州一样要刻意表白自己的人生态度，他真正达到了超脱的境界。

老天实在是捉弄他，元符三年（1100 年），他要离开海南岛，完全出乎了他的意料。他写了两首诗，第一首是《别海南黎民表》：

我本儋耳人，寄生西蜀州。

忽然跨海去，譬如事远游。

平生生死梦，三者无劣优。

知君不再见，欲去且少留。

　　他说他就是海南岛的人，四川不过是寄生的，他真的想通了。他回到北方去，好像是在旅游一样。海南岛的人他再也不可能见到了，他虽然也很喜欢海南岛的人，并不想要回去，但是这牵涉了一个政治上评价的问题，因为他在海南岛总是一个有罪之身，一旦朝廷许可他到北方去就是平反了，拨云见日。于是他在元符三年六月二十日晚上准备乘船渡海的时候，写了《六月二十日夜渡海》，我觉得这首诗写得非常好，希望大家在以后人生遇到不顺的时候，都可以去读读这首诗，你就会觉得没有什么坎儿是过不去的了：

参横斗转欲三更，苦雨终风也解晴。

云散月明谁点缀？天容海色本澄清。

空余鲁叟乘桴意，粗识轩辕奏乐声。

九死南荒吾不恨，兹游奇绝冠平生。

　　他说自己十几年的功夫，颠沛流离，种种内心压抑，受到生活的苦难很多，海南岛条件艰苦。今天，老天爷总算给了他一个公道，"天容海色本澄清"。然后他说自己的贬谪，从惠州到海南岛的贬谪，他当作是此生最出彩的旅行。他到过徐州、密州、京城等地方，没有一个地方像海南岛一样奇绝，他见到了他原先见不到的景物，结交到了原先不可能结交的人，体味到了不可能体尝的风物，也感受到了前所未有的人生况味。没有人像苏东坡一样体会到这么多的磨难，王安石、欧阳修，都没有苏轼这样颠沛流离。即便是在黄州时候的苏轼，也没有体验过他到了海南岛的那种经过淬炼的人生感受。

最后，苏轼的人生快要走到尾声了，他一路往北走，心情肯定是很好的，先到了镇江的金山寺，就是他熙宁年间曾经到过的地方，"我家江水初发源"，就是写的这个地方。他看到了李公麟当年为他画的画像，这幅画一直放在镇江的金山寺，过了这么多年，苏轼再次到金山寺的时候，又把这幅画像找出来了。他在自己人生快要走到尽头的时候，看着自己昔日的画像，题了一首诗，或者说是禅家的偈语。他说：

心似已灰之木，身如不系之舟。

问汝平生功业，黄州惠州儋州。

他在世界上漂泊了这么久，这是他对自己一生状态的总结。你要是问我一生的成就和功业在什么地方？到底是伟大的书法家、画家、美食家，还是诗人、词人、思想家，还是中国历史上伟大的全才？都不是，我的一生功业就在三个地方——黄州、惠州、儋州，最苦难的三个地方，一贬再贬，这就是成就我的地方。我这一生的光彩，就在这三个地方迸发出来的。

有人说，这就是苏轼平生的最后一首诗，但是其实不是的，他真正最后一首诗是在建中靖国元年写的，那是他去世的那一年，公元 1101 年，苏轼在阴历八月二十六日去世。在八月二十四日，他去世的两天之前，有一个和尚维琳陪伴在他身边，一直到他去世。他体力已经不行了，卧床不起，但是脑子还很清醒。他写了这一生最后一首诗《答径山琳长老》：

> 与君皆丙子，各已三万日。
> 一日一千偈，电往那容诘。
> 大患缘有身，无身则无疾。
> 平生笑罗什，神咒真浪出。

他和维琳是同一年出生的，他说自己在世界上待了很久很久了。人生如电，所有的苦难祸患，都是因为自己有肉身，一旦自己没有肉身了，就什么苦难都没有了，佛教说肉体是一切苦难的根源。《高僧传·鸠摩罗什传》记载，鸠摩罗什知道自己要死了，就念了几段神咒，叫他的外国弟子去念，但是一点用处都没有，鸠摩罗什还是死掉了。苏轼说自己现在也要死了，但是他觉得鸠摩罗什想不开，念咒是没有用的，也不可能就不死了。即便再撑几天，又有什么意义呢？大限已到，就应该非常坦然地接受自己的结局，这才是一个人伟大、超脱的地方，才是一个真正的佛家弟子。所以，他坦然接受自己即将死去，这就是彻底大彻大悟了。从这个意义上来说，苏轼是非常幸福的。弥留之际，他和他的弟子还有一些对答，都是一些断断续续的话，没有完整的诗。但是，我也觉得苏轼文学的创造力真是非常伟大，他在临死前两天，还能写这样一首五言诗，八句意思很连贯，还能用鸠摩罗什的典故，哪里还会有这样的人！苏轼一生最后终结在对佛教的参悟中。

我们整个回顾了苏轼的一生，他自己总结自己平生功业，是黄州、惠州、儋州。苏轼是一个天才，是经受了别人没有经受过的苦难的天才，他是一个达观、潇洒的人，但是他的潇洒其实是一点点从苦难中打磨出来的，他有一个苦难加到身上，他就对人生想透一层，再一个苦难，他又想透一层。所以我们真正要做到达观，是不要惧怕苦难。有了苦难，才有真正的超越和豁达。

苏轼的文章与人生

苏轼在黄州的船上，借着客人的口把问题提出来：曹操这么伟大的人，现在人在哪里呢？他通过苏子之口来解惑，惟江上之清风，与山间之明月，才是永恒的。享受大自然、重视当下，是苏轼解决问题的方案。

苏轼的诗词诚然出色，可在他心目中，真正重要的恐怕是文章。苏文如行云流水，在唐宋八大家中，可谓独树一帜。在苏轼文章中，我们或许可以发现一种别样的人生。

苏轼的文章非常杰出。可以按照文体来给大家讲述，古代的文体有不同的分类，《文选》《文心雕龙》都是把诗文分成了很多类别，到姚鼐的《古文辞类纂》，分了古文十三类。我们概念当中的唐宋八大家的古文、骈文，各种文体苏轼都写到了。他还写了大量别人没有写到的东西，例如小品文。小品其实是佛教里面的词，是从《小品般若经》里面过来的，小品文是一个统称，苏轼的小品文，比如说题跋、书信、笔记，体量是巨大的。我对苏轼一生文章的描述是："一生文章众体兼备，不同阶段各有侧重。"

苏轼最有名的文章是《赤壁赋》，他最有名的词是《念奴娇·赤壁怀古》。前后《赤壁赋》具备了宋代的赋的特点。汉代的赋最为兴盛，叫汉大赋，例如《子虚赋》《上林赋》，里面有很多怪的字，你要查字典才能查到。宋代的赋叫文赋，用典故没有那么多，用怪字也没有那么多，读起来也可以读懂，比汉大赋容易接受得多。你拿司马相如的赋和宋代的赋去对比，虽然都是赋，都是韵文，但是其实宋代的赋要接地气得多。而且，宋代的赋还是保留了赋这个文体的特点，这个特点在《前赤壁赋》表现得非常明显，就是设置主客问答。他会设一个主人、一个客人，通过两个人的对答，来阐述作者内心想要表达的思想情感。在《前赤壁赋》里面，"苏子与客泛舟"，"客有吹洞箫者"，"苏子"就是主，这就有了后面的主客对话，表现出客对人生种种的疑惑，集中起来，就是说宇宙无穷而人生有限，人活着有什么意思。我想这个问题，任何一个心性比较敏感的文学家、思想家，都会思考过，我们普通人也会思考这个问题，人生几十年，终究会离开这个世界。跟无穷的宇宙比起来，人再伟大、再长寿，最后结局都是一样的。为了应对这个问题，有很多种方案，道教讲飞升，佛教讲来世，基督教讲末日审判决定上天堂和下地狱，这都是应对人生有限这个问题的方案。苏轼在黄州的船上，借着客人的口把问题提出来：曹操这么伟大的人，现在人在哪里呢？他通过苏子之口来解惑，惟江上之清风，与山间之明月，才是永恒的。享受大自然、重视当下，是苏轼解决问题的方案。但是，思想虽然是新的，可结构形式还是继承了赋体的传统。《后赤壁赋》更加自由随意，最后有一个道士的形象，我们觉得有点诡异，但是整个结构还是赋的结构，可以看出中国传统文体对苏轼的影响。

苏轼对于自己的文章有什么评价呢？我们读过苏轼的《自评文》，又叫《文说》或《论文》，非常值得重视。他说：

> 吾文如万斛泉源，不择地皆可出。在平地，滔滔汩汩，

虽一日千里无难及。其与石山曲折，随物赋形，而不可知也。

一斛开始是十斗，后来相当于五斗。大家看过济南的趵突泉吗？苏轼说他的文章就像泉水一样，不受控制，流得非常快，随地涌出。这是他文章的第一个特点。大家注意"随物赋形"这四个字，是根据山石的不同形状，赋予了水不同的形状，水一直随着山势曲折变化无穷，这就是"随物赋形"，是不可知的，苏轼自己也不知道，也说不清。用我们今天的话来说，这就是灵感爆发，下笔不能自休。"所可知者，常行于所当行，常止于不可不止，如是而已矣。其他虽吾亦不能知也。"写文章能够写到这个境界实在是太好了，该写的一句都不漏，不该写的什么都不写。他自己认为自己的文章达到这样很高的境界了。作为作者本人，他说他就只知道这些，其他的他自己也不知道。托尔斯泰有一个观点，说自己写一篇小说，塑造一个人物，写着写着，这个人物不受作者的控制，他好像根据自己的性格发展，这个人物好像已经活起来了，作者好像是被动塑造的。我不知道有多少人写文章到了这样的境界，我的工作要求我每天写论文，不能写散文，不能随物赋形，而要根据学术规范来写。我有的时候写得顺，一天可以写很多，最顺的时候，我一夜间写了八千字的论文，而且是定稿，第二天早上我就去投稿了。我坐在椅子上面，简直是不知道白天黑夜，写疯了。苏轼对自己文章的评价总体来说还是比较高的，但是也承认有不可知的部分。

我们来看别人的评价，他弟弟苏辙也写文章，在苏辙眼中，他哥哥的文章是怎么样的？这就没有苏轼讲的那么神秘了。苏辙《亡兄端明子瞻墓志铭》曰：

> 公之于文，得之于天，少与辙皆师先君。初好贾谊、陆贽书，论古今治乱，不为空言。既而读《庄子》，喟然叹息曰："吾昔有见于中，口未能言，今见《庄子》，得吾心矣。"乃出《中庸论》，其言微妙，皆古人所未喻。尝谓辙曰："吾视今世学者，独子可与我上下耳。"既而谪居于黄，杜门深居，驰骋翰墨，其文一变，如川之方至，而辙瞠然不能及矣。后读释氏书，深悟实相，参之孔、老，博辩无碍，浩然不见其涯也。

他说，苏轼写文章的天分是老天给的，不是后来努力的。他们年少学文章都是跟他们爸爸学的，苏轼后来喜欢贾谊、陆贽的文章，陆贽是唐代大散文家。这个时期，苏轼的文章都很有实用性。后来，当他读到《庄子》奇幻的写法之后，非常欣赏，他就写出了《中庸论》，语言和思想都是非常先进的，古人没有讲过，这是第二个阶段。然后苏轼就说，我看今天的学者，就只有你和我可以相上下了。这是很自负的，说自己学问很好，只有弟弟可以和自己相上下，但是他内心肯定觉得他的弟弟也是不如他的，但是自己的弟弟没有关系，这样的话他不可以和别人说的，比如说政敌，就不可以说了。苏辙也就承认了。但是他说到第三阶段就不一样了，到黄州时期，苏辙说自己就比不上苏轼了。苏轼文章的境界，经过黄州肉体和精神的巨大打击之后，文章上了一个境界。苏辙说自己无论如何都比不上了，这不是谦虚。苏辙最有名的文章是《黄州快哉亭记》，我觉得才气不行，有点东拉西扯的感觉，和苏轼在黄州写的文章《超然台记》等比，完全不在一个层次上。苏轼文章的结构自然流动，艺术想象力更加丰富。所以，苏辙虽然在唐宋古文八大家里面占有一席，但是后人其实是比较有看法的，觉得苏辙的文章没有那么好。唐宋八大家，宋朝的六个人都是北宋的，没有南宋的。南宋这么多人，文集上百卷的都有很多，例如杨万里、魏了翁、朱熹，所以大家对于苏辙作为唐宋八大家之一是不服气的，认为他是靠父亲和哥哥才获得这个地位的。这是见仁见智的问题，我是觉得苏辙在黄州之前，早期的议论文，也不能和苏轼相比。最后，他说苏轼是学佛道思想，互相参悟，这个时候他的文章神龙见首不见尾，苏辙完全比不上了。苏辙在这一段里面讲了很多评价，是否符合事实，这是另外一回事。在他心里面，苏轼的文章是不停进步的，两个人文章在一个起跑线上，但是他后面渐渐落在下风。

下面我大致分为几个方面，来讲讲苏轼的文章。

科场策论，崭露头角

苏轼在嘉祐二年当了进士，嘉祐六年又考了制科。他的文章受到欧阳修的欣赏，他写了什么文章？欧阳修眼光很高，凭什么欣赏来自蜀地的这个年轻人的文章呢？这是苏轼文学的"第一桶金"，如果不是这篇文章让欧阳修特别赏识，也成就不了后面的苏轼。这篇文章就是《刑赏忠厚之至论》，主旨是赏赐和惩罚大臣和百姓的时候，皇帝的核心要义是要讲究忠厚，惩罚不可以赶尽杀绝，赏赐要宽容，可奖可不奖就奖，可扣可不扣就不扣。这是常识，但是苏轼在考场上遇到这个问题的时候，不能够说这是常识，而是要用历史上的典故，来把这件事情说清楚，并且让人感觉到苏轼是一个非常有学问的人。欧阳修没有见过这个人，怎么知道他可以当什么官呢？完全没有概念的时候，就凭借这一篇文章。他说：

《传》曰："赏疑从与，所以广恩也。罚疑从去，所以慎刑也。"当尧之时，皋陶为士，将杀人，皋陶曰"杀之三"，尧曰"宥之三"，故天下畏皋陶执法之坚，而乐尧用刑之宽。四岳曰"鲧可用"，尧曰"不可，鲧方命圮族"，既而曰"试之"。何尧之不听皋陶之杀人，而从四岳之用鲧也？然则圣人之意，盖亦可见矣。《书》曰："罪疑惟轻，功疑惟重，与其杀不辜，宁失不经。"呜呼，尽之矣。可以赏，可以无赏，赏之过乎仁。可以罚，可以无罚，罚之过乎义。过乎仁，不失为君子；过乎义，则流而入于忍人。故仁可过也，义不可过也。

好像可以赏赐的，就赏赐吧，要施恩。如果有疑问，就不要随便抓人，这就是慎行。然后他就举古代圣王的例子，皋陶是古代主司法的，他说了多次这个人该杀，但是君主就说了多次，要宽恕这个人。所以，从这反复的态度就可以看出，当时天下的老百姓因为非常怕皋陶执法的严厉，而对尧的宽宏大量非常感恩，非常乐见，愿意来接受这样的恩赏、宽容。四岳要用大禹的父亲鲧，尧说不可以，因为鲧不听命令，又跟同族的人处不好。尧虽然说了这样的话，但是又说可以给他一个机会试试看。苏轼就问了，尧在赏罚上的故事，使我们知道了为什么在惩罚方面这么宽宏大量，在用人方面，又给人机会。所以，当司法官员要实施严厉惩罚的时候，他是不听从的。当四岳说这个人可以用，还有优点的时候，他就放宽了用人标准。从尧的故事里面就可以看出《尚书》里说的"罪疑惟轻，功疑惟重，与其杀不辜，宁失不经"。比如说，给犯罪嫌疑人定罪的时候，没有弄清楚罪行，我们不要把他们想得很坏，人家也可能是过失杀人。那么这个人做了一点好事，你不要说他没什么了不起，可能他是花了很大功夫，做了很大贡献的，我们应该重视。杀人的时候，无辜的人不要杀。所以，苏轼就把赏罚两端结合帝尧的两个故事，写在了文章里面。

欧阳修看了非常兴奋，觉得很好。他后来问苏轼，说他自己去查书，没有看到第一个故事，说尧一连三次不愿意杀人。苏轼就说这是他自己想出来的，并不是真的古书上的记载。这件事很出名，说明苏轼艺术创造力和想象力都是不得了的。他说他是用今天的事情来推想，以前孔融对曹操讲，武王伐纣，然后纣灭亡了，武王把妲己赏赐给了周公，这是匪夷所思的。然后曹操问孔融是否有根据，孔融说这是以今天的事情推想出来的，这就是在讽刺曹操的行为。假如苏轼没有非凡的艺术创造力和非凡的胆量，是不敢这么写的。高考作文的时候，大家有没有这个胆量来试一试？

他省试得了第二名，到了御试，这是熙宁三年之前，没有改革，是要考论的，他写了《重巽以申命论》，题目是皇帝出的。我来解释一下这个题目。《周易》里面有巽卦，巽就是谦卑、和顺的意思，巽的上下卦都是经卦《巽》，卦象是上面两根是连着的，是阳爻，下面一根是断的，是阴爻，再两根连着的，再一根断开的。经卦《巽》是什么东西呢？经卦《巽》是八卦之一，八卦象征自然界的八种基本物质：天、地、雷、风、水、火、山、泽，巽象征着风。八卦一卦三根爻，取两卦上下相合，形成六十四卦，遂有卦辞和爻辞，总成《易经》。"重巽以申命"这句话出自巽卦的《象传》。象，断也，断定一卦之义，所以名为象。《周易》还包括《易传》，一共有十篇，又叫《十翼》，相传《易传》是孔子作的。现在我们说的《易经》，是把《易经》和《易传》一起包括进去了。巽上巽下合起来，就是上下和顺，下面的人对上面的人非常谦卑，君上对下面的臣子也非常宽容，上下和顺，就可以"申命"，命令就可以通行无阻了。苏轼抓住了巽象征风的意象，你们看，这样枯燥的卦象，到了苏轼的手里，他是怎么写得生动的：

天地之化育，有可以指而言者，有不可以求而得者。今夫日，皆知其所以为暖；雨，皆知其所以为润；雷霆，皆知其所以为震；雪霜，皆知其所以为杀。至于风，悠然布于天地之间，来不知其所自，去不知其所入，嘘而炎，吹而冷，大而鼓乎大山乔岳之上，细而入乎窍空蔀屋之下，发达万物，而天下不以为德，摧败草木，而天下不以为怒，故曰天地之化育，有不可求而得者。此圣人之所法，以令天下之术也。

风，看不到形态，但是影响力却非常大。你只看得见树被连根拔起，但是看不到风。风可以使万物成长、化育，但是我们看不到，所以老天爷并不把功劳记在风的身上；风也摧毁草木，但是老天爷也不会怪罪于风。最后两句是点睛之笔，圣人下命令的时候，就要这样，不要硬来，国家的统治者，下一个命令不要硬生生的。大家都应该影响于无形，让别人心甘情愿接受，这才符合《周易》，符合儒家的思想。我们看苏轼的这篇文章，和宋人同样殿试写的论比较，有很浓重的《庄子》的味道在里面。特别是"嘘而炎，吹而冷，大而鼓乎大山乔岳之上，细而入乎窍空蔀屋之下"，这种语言就是《庄子》式的语言。所以这篇文章，还是写得不错的，有种说法是苏轼得了第六名，属于第二甲。

到了嘉祐六年，苏轼去考制科，殿试中考一个策题，名义上是皇帝出的，当场要写一篇很长的策文。苏轼的这一篇，我们稍微看一下：

> 伏惟制策有念祖宗先帝大业之重，而自处于寡昧，以为"志勤道远，治不加进"，臣窃以为陛下即位以来，岁历三纪，更于事变，审于情伪，不为不熟矣。而"治不加进"，虽臣亦疑之。然以为"志勤道远"，则虽臣至愚，亦未敢以明诏为然也。

先帝是宋真宗，祖宗是宋太祖、太宗。仁宗皇帝自以为自己非常卖力，但是国家没有什么进步，他心里很着急，所以苏轼给他出出点子。苏轼说，皇帝上任已经三十六年了，三纪是三十六年，一纪是十二年，"如何四纪为天子"的"纪"。这个时候，其实已经到了仁宗执政的晚期了。苏轼说，仁宗实际上对事物的体察还是不错的，这是对皇帝讲一点客气话，说他治理国家并不是一点效果都没有，但是苏轼却认为他功夫还没有做到家，并没有非常卖力，力气没有用在刀刃上。大家要说，这样说仁宗皇帝不会不开心吗？并不会。仁宗皇帝出策题的目的，就是想要考生给他提意见，如果考生一直奉承他，那么就没什么写文章的必要了。苏轼后面又用了种种比喻的方法说了一大段，最后他说：

> 然所以知道远之叹由陛下之不勤者，诚见陛下以天下之大，欲轻赋税则财不足，欲威四夷则兵不强，欲兴利除

· 206 ·

害则无其人，欲敦世厉俗则无其具，大臣不过遵用故事，小臣不过谨守簿书，上下相安，以苟岁月。此臣所以妄论陛下之不勤也。

仁宗到了晚年，其实国家形势不是很好，他没有得力的官员，大家都是苟且偷安，这就是仁宗执政的现实情况。所以苏轼说他功夫没有做到家。大家看这篇策，有两个特点，第一个特点，你必须紧扣皇帝提出的问题，有针对性地去回答这个问题。第二个特点，你不能全盘否定皇帝，在局部否定当今朝政的前提下，提出建议，这样才有建议的必要。

苏轼文集当中还留存《策别》，不是根据皇帝的题目，是他自己写的。据学者推断，这可能是在嘉祐六年考制科时，先要献上一大批的文章，包括策25篇，论25篇，一共是50篇，这是宋代的制度。《策别》可能就是献上的这批文章或者其中一部分。苏轼的《策别》里面有两篇非常有名，一篇是《教战守》，另一篇是《决壅蔽》。《决壅蔽》意思是上下意见不通，必须改变这种情况。苏轼就这个问题表达了他的看法，我就不详细讲了。

除了策之外，科举还要写论。刚才我举的论，都是应试的论。古代人更多的论其实不是论当代的事情，当代的事情大多数是以策的文体来写的，所以叫"时务策"。论大多是论古人的，你们去看文集，就会发现，论来论去就是几个固定的人物。他们的历史事迹宋代人已经非常熟悉了，也是为科举考试做准备，是开阔思路、锻炼文章的水平的方法。苏轼在他的论中写得最好的是写张良的《留侯论》，我不知道多少人读过这一篇，是非常通俗易懂的。张良的事迹大家应该比较清楚吧？《史记》当中有记载。这篇文章我截取了一头一尾，请大家看看他是怎么写的。如果叫各位来写一篇论张良的文章，大家会怎么写？早年，他找来大力士在博浪沙用大铁锤，暗杀秦始皇，搞恐怖活动。大铁锤要砸秦始皇的车，这难度很大，大力士潜伏在一边，把大铁锤拴在链子上，瞄准了马车，甩开去砸秦始皇的车，结果没有成功。之后张良流亡，逃避秦吏的抓捕，不久他得了一个机会，就在桥上碰到一个老人，让张良帮忙捡鞋子，穿鞋子。老人说五日后和他再相会。他很早就去了，但是老人已经在那儿了，老人说不行，实在太晚了，就让他第二次再来。就这样反复三次，这是要试试张良的忍耐力。如果张良不耐烦，他肯定会骂骂咧咧的，结果他忍住了，得了一套兵书，否则就成不了张良了。所以应该学会忍耐，张良学会了忍耐。苏东坡说，张良这个人所有的事迹，核心在于"忍"。苏轼这篇文章，开头就是：

　　古之所谓豪杰之士者，必有过人之节。人情有所不能忍者，匹夫见辱，拔剑而起，挺身而斗，此不足为勇也。天下有大勇者，卒然临之而不惊，无故加之而不怒。此其所挟持者甚大，而其志甚远也。

张良志向非常伟大，小事情、小委屈并不在话下。大家看结尾的地方，苏轼是这么写的：

> 观夫高祖之所以胜，而项籍之所以败者，在能忍与不
> 能忍之间而已矣。项籍唯不能忍，是以百战百胜而轻用其
> 锋；高祖忍之，养其全锋而待其弊，此子房教之也。当淮
> 阴破齐而欲自王，高祖发怒，见于词色。由此观之，犹有
> 刚强不忍之气，非子房其谁全之？

高祖十分能忍，项羽说，我把你父亲做成羹。高祖说，你
做成羹，给我也分一杯。虽然高祖十分能忍，但是在最关键的
时刻又毫不留情，对于奸细，非常狠心。但是，苏轼说，其实
高祖也不是一开始就能忍的，而是张良教他的，因为张良影响
了高祖，磨去了高祖的锐气，使得他成为一个真正能够得天下
的英主。一般人写到这里，就差不多了。但是苏轼的思路非常
灵活，他最后还有几句：

> 太史公疑子房以为魁梧奇伟，而其状貌乃如妇人女
> 子，不称其志气。呜呼！此其所以为子房欤！

张良暗杀秦始皇，辅佐刘邦，运筹帷幄，肯定是非常魁梧
的肌肉男吧？但是司马迁《留侯世家》怀疑他是一个长相很女
性化的男人。有了这句话，大家画张良就都比较女子气。古人
很有意思，画画不应该乱画，有人画司马迁，胡子非常长，这

是不符合历史事实的。那么为什么这样英武、有雄才大略的人，长得像个女人呢？苏轼说，让我来告诉你：人家的英武不是透露在表面上的，人家就是能忍，所以才越来越女性化。这就是功夫，不但自己变成这样，也让汉高祖变成这样，变着变着，天下就是他们的了。苏轼说，司马迁没有解决的疑惑，这里就是顺理成章啊！我觉得苏轼这个人脑子真的是太厉害了！

他碰到了同样厉害的人，这个人就是王安石。苏轼开始仕途很顺利，熙宁元年，神宗对王安石非常欣赏，两个人稍微一谈话，就发现对上眼了。然后第二年，他就是参知政事，第三年就拜相，王安石变法，神宗也是大力支持。苏轼心里对变法不满，有很多事情，当中有一个焦点，就是宋神宗熙宁三年（1070年）进士殿试之争。熙宁三年是一个非常特殊的年份，这一年，进士殿试改革了，变成只考一道策，后来一直延续下去，到了1905年科举制度终结。这道策的模样，据我研究，末代状元的殿试策和熙宁三年的殿试策格局差不了多少，所以熙宁三年的殿试改革奠定了此后上千年科举殿试的方式。之前的制度一直变来变去，从此以后就没有变过。有的人说这道策题是王安石拟的，但是是以神宗的口吻来拟的，我们来看一下内容：

朕德不类，托于士民之上，所与待天下之治者，惟万方黎献之求，详延于廷，谘以世务，岂特考子大夫之所学，且以博朕之所闻。盖圣王之御天下也，百官得其职，万事得其序。有所不为，为之而无不成。有所不革，革之而无不服。田畴辟，沟洫治，草木畅茂，鸟兽鱼鳖无不得其性。其富足以备礼，其和足以广乐，其治足以致刑。子大夫以谓何施而可以臻此？方今之弊，可谓众矣。拯之之术，必有本末，施之之宜，必有先后。子大夫之所宜知也。生民以来，所谓至治，必曰唐虞成周之时，诗书所称，其迹可见。以至后世贤明之君，忠智之臣，相与忧勤以营一代之业，虽未尽善，要其所以成就，亦必有可言者。其详著之，朕将亲览焉。

他说，只要下决心去改革，没有干不成的。这样就等于让学生在卷子里面表态，是否赞成改革。君臣之间应当互相经营，互相帮忙。虽然不一定尽善尽美，但是一定可以做出一番事业的。这里的君臣难道不就是暗指宋神宗和王安石两个人吗？出了这么一道题，考生没有思想准备，不知道要考这个策，题目下来，要当场写出的。但是考生脑子很好，要什么来什么的。有一个叫叶祖洽的考生在试策中写道："祖宗以来至于今，纪纲法度苟简因循而不举者诚不为少。"这句话说得非常重，说宋太宗以来法度都是有法不依，这样的现象非常严重。他又说了一句："与忠智豪杰之臣合谋而鼎新之。"这两句话完全是迎合了神宗策题的意图，那这种迎合有没有效果呢？胡仔的《苕溪渔隐丛话》引《司马文正公日录》云："熙宁三年三月春发榜，韩秉国（维）、吕惠卿初考，阿时者皆在高第，讦直者皆在下等；宋次道（敏求）、刘贡父（刘攽）覆考，皆反之。吴冲卿（充）、陈述古（襄）多从初考。叶祖洽策言：'祖宗多因循苟简之致，陛下即位，革而新之。'冲卿等奏从初考，李才元（公铎）、苏子瞻编排上官均第一，祖洽第二，陆佃第三。上令陈相面读均、祖洽策，擢祖洽第一。又问佀卷所在，佀者，佃卷号也，擢第三。子瞻退《拟进士对策》而献之，且言：'祖洽诋祖宗以媚时君而魁多士，何以正风化？'"

凡是拍马屁的，都是前三甲。如果是批评的，都被列到了下等。第二次覆考的时候，考官说那些人都是拍马屁，并不是真的赞成改革，把结果全部翻过来。把那些敢于批评的人全部都放到了前面。到了最后，又回到了初考的结果，就这样翻来翻去。苏轼这个时候是编排官，他跟李公铎一起排序，排出了下面的结果——上官均第一，祖洽第二，陆佃第三。宋神宗要听一听第一甲的人究竟怎么样，于是他就让别人念一念叶祖洽的策。殿试主考官理论应该是皇帝，然后皇帝就钦定了叶祖洽作为状元。苏轼就不干了，这种拍马屁的人，你把他弄为状元，那么以后没有人敢提意见了，士大夫良好的风气没有办法树立的。苏轼就说："祖洽诋祖宗以媚时君而魁多士，何以正风化？"这个人为了讨好现在的皇帝，否定了宋太祖以来所有的政策，把这样的人定为状元，将来该怎么办！皇帝不听苏东坡的话，他正好是头脑最热的时候。苏东坡就把自己当作熙宁三年殿试的考生，他来拟写一篇同样题目的策文《拟进士对御试策》，文中说：

圣策曰"有所不为，为之而无不成。有所不革，革之而无不服"。陛下之及此言，是天下之福也。今日之患，正在于未成而为之，未服而革之耳。夫成事在理不在势，服人以诚不以言。理之所在，以为则成，以禁则止，以赏则劝，以言则信。古之人所以鼓舞天下，绥之斯来，动之斯和者，盖循理而已。今为政不务循理，而欲以人主之势，赏罚之威，胁而成之！夫以斧析薪，可谓必克矣，然不循其理，则斧可缺，薪不可破。是以不论尊卑，不计强弱，理之所在则成，理所不在则不成可必也。今陛下使农民举息，与商贾争利，岂理也哉？而何怪其不成乎！

老百姓其实都没有意识到改革的必要性和重要性，但是你皇帝却在王安石的鼓动下强做，这是不应该的。王安石要借助皇帝的最高权力，来推行自己的改革之道。这段话讲得非常厉害，神宗还是不听，他不能出尔反尔。这段话并不是孤立的，前后一看，你就可以看出苏轼对于王安石变法的态度。新法实行之后，他给皇帝上书："四海骚动，行路怨咨，自宰相以下，皆知其非而不敢争。"当时的宰相还不是王安石。大家都知道路走错了，青苗法不对，初衷是抑制兼并，但是事实上是加重了农民的负担，叫农民还利钱，农民负担非常大。这是苏轼对于熙宁变法的真实态度，这种态度就被加进他在熙宁三年拟殿试策文当中，他十分反对。王安石是有机会和宋神宗对谈的人，他说："轼材亦高，但所学不正，今又以不得逞之，故其

· 213 ·

言遂跌荡至此。请黜之。"他说苏轼说的话不像一个臣子的话，应该被罢免！苏轼后来在熙宁年间自请外调，反正他觉得自己和王安石合不来。大家就可以通过苏轼的文章，看到他和王安石的政见基本上是水火不容的，所以他后来会自请外调，就是这个道理。

正因为他调出去了，所以他的好文章源源不断产生了。他没有在政治中心，就写出了一大批好文章，他的序不是非常多，但是他的记非常多，而且写得非常好。这就是我要讲的第二个话题。

记序诸体，姿态横生

记和序都是古文，古文是什么意思？宋初有一个人叫柳开，是宋代第一个提倡古文的人。他在《应责》中写道："古文者，非在辞涩言苦，使人难读诵之，在于古其理，高其意，随言短长，应变作制，同古人之行事，是谓古文也。"古文不是说写得苦涩，让人看不懂，关键在于里面的道理要非常高古，立意要很高远。根据人说话的口语的句子长短，来奠定文体的形态。而不是说写出来的句子都是骈句，一对对的。古文运动之前骈文盛行。人说话会说骈句吗？骈句只能在文章当中写写，没有办法在口语当中用，否则别人会觉得你说话有问题。古文跟口语是一致的，句子有长有短。苏轼的记、序二体都是用古文来写的，记这样的文体原本的功能是记物，或者记一个地方，是客观的记叙，没有太多的文采。唐朝的古文家元结写得已经非常有文采了。他的《右溪记》写道：

> 道州城西百余步，有小溪。南流数十步，合营溪。水抵两岸，悉皆怪石，欹嵌盘曲，不可名状。清流触石，洄悬激注；佳木异竹，垂阴相荫。
>
> 此溪若在山野之上，则宜逸民退士之所游处；在人间，则可为都邑之胜境，静者之林亭。而置州以来，无人赏爱；徘徊溪上，为之怅然。乃疏凿芜秽，俾为亭宇；植松与桂，兼之香草，以裨形胜。为溪在州右，遂命之曰右溪。刻铭石上，彰示来者。

记一开始都是刻在石头上，起了记录的功能。但是到了苏轼手里，就不一样了。

我想从三个方面来讲一下苏轼记文的特点。

第一是立意。

《宝绘堂记》是苏东坡记里面很有特色的，对现代人非常有意义。《宝绘堂记》是驸马都尉王诜家里的堂，王诜就是那位给苏辙通风报信，说有人要来抓苏轼的那个人。他家里有很多书画，王诜自己也是著名的画家，留下了很多画，也收藏了很多画。苏轼给他写了一篇文章，由收藏字画引申开去，讲了非常有益于我们人生的道理。他说：

君子可以寓意于物，而不可以留意于物。寓意于物，虽微物足以为乐，虽尤物不足以为病；留意于物，虽微物足以为病，虽尤物不足以为乐。

寓意和留意有什么区别？寓意于物，很小的东西已经让人很开心了，东西再好也不会痴迷过度。留意于物，非常固执要去追求，不肯放手。虽然你追求的东西很小，不值钱，但是也会成为心理疾病。虽然你会得到很好的东西，但是也不会觉得快乐。文章骨子里面用的是道家的思想，典故我一一来说：

老子曰："五色令人目盲，五音令人耳聋，五味令人口爽，驰骋田猎，令人心发狂。"然圣人未尝废此四者，亦聊以寓意焉耳。

听音乐、看画、打猎，圣人也是做的，但是圣人只是通过这些活动，来调剂自己，把心灵寄寓其中，而不是作为自己的全部。他还说了例子：

刘备之雄才也，而好结髦；嵇康之达也，而好锻炼；阮孚之放也，而好蜡屐。此岂有声色臭味也哉，而乐之终身不厌。

这说的是刘备、嵇康、阮孚的例子。大家到一些场合，见到一些陌生的人，特别是他们地位如果比你高，从他的反应里面，你可以看到你在他心中的地位如何。《世说新语》里面说：康方大树下锻，向子期为佐鼓排。康扬槌不辍，旁若无人，移时不交一言。钟起去，康曰："何所闻而来？何所见而去？"钟曰："闻所闻而来，见所见而去。"后来，嵇康的这个反应被钟会说给了司马昭听，然后司马昭觉得这个人不能留在世界上，嵇康后来就送了命。

> 凡物之可喜足以悦人而不足以移人者，莫若书与画，然至其留意而不释，则其祸有不可胜言者。钟繇至以此呕血发冢，宋孝武、王僧虔至以此相忌，桓玄之走舸，王涯之复壁，皆以儿戏害其国凶其身，此留意之祸也。始吾少时，尝好此二者，家之所有，惟恐其失之，人之所有，惟恐其不吾予也。既而自笑曰："吾薄富贵而厚于书，轻死生而重画，岂不颠倒错缪，失其本心也哉！"自是不复好。见可喜者，虽时复蓄之，然为人取去，亦不复惜也。譬之烟云之过眼，百鸟之感耳，岂不欣然接之，去而不复念也。于是乎二物者常为吾乐，而不能为吾病。

人可以有自己的兴趣爱好，或者是癖好，这都是没有关系的。但是唯独书法和绘画不会把人的心智弄坏掉，可以让人更加平静。但是如果你是心心念念，执着于此，最后遭到的祸患，也会非常严重。就像钟繇，他曾经见到蔡邕的《笔法》，但是韦诞就是不给他，于是钟繇就捶胸顿足，吐血不止，曹操给他吃了丹药，他才免于一死。后来，韦诞死了之后，把蔡邕的《笔法》作为陪葬品葬了，他就想要挖墓，把蔡邕的《笔法》掘出来。这就是苏轼讲的"呕血发冢"。桓玄藏了很多书画，他预先做小船，把书画都藏好，他说不知道什么时候战火就会烧到自己这里，但是以后一旦打仗了，就可以带着书画去逃避了。王涯把书画藏到墙壁里面去。这些人都是因为爱好而导致走向极端。苏轼说他自己小时候也非常在乎，但是后来想通了，觉得太过于固执是荒谬的。并不是说一点不喜欢，而是说有的话，就收藏，但是如果拿不到，也没有关系。这就是我们现在的人对于物应该抱有的态度。

　　驸马都尉王君晋卿虽在戚里，而其被服礼义学问诗书，常与寒士角。平居攘去膏粱，屏远声色，而从事于书画。作宝绘堂于私第之东，以蓄其所有，而求文以为记。恐其不幸而类吾少时之所好，故以是告之，庶几全其乐而远其病也。

　　苏轼就说，他看到驸马造这个堂的时候，就有了感触，应该作为适当的兴趣爱好，而不是发展成为收藏癖。收藏癖的人大家见过吗？
　　第二讲结构。
　　他在徐州做知州的时候写了《放鹤亭记》，结构非常有意思，意思主要在这一段：

> 郡守苏轼，时从宾佐僚吏，往见山人，饮酒于斯亭而乐之，挹山人而告之曰："子知隐居之乐乎？虽南面之君，未可与易也。《易》曰：'鸣鹤在阴，其子和之。'《诗》曰：'鹤鸣于九皋，声闻于天。'"盖其为物清远闲放，超然于尘埃之外，故《易》《诗》人以比贤人君子，隐德之士。狎而玩之，宜若有益而无损者；然卫懿公好鹤则亡其国。

这个山人非常喜欢鹤，说皇帝的快乐都比不上他隐居的快乐。鹤是超然于尘埃之外的，所以《周易》和《诗经》都拿鹤来比喻贤者和隐士。但是，春秋的时候，卫懿公非常喜欢鹤，给鹤加官进爵，他的手下就说，给鹤加官进爵，那么就让鹤去干事吧。最后他亡国了。像鹤这样的清雅之物，你喜欢过度了，也会亡国。

最后，苏轼拿酒来对比：

> 周公作《酒诰》，卫武公作《抑戒》，以为荒惑败乱，无若酒者；而刘伶、阮籍之徒，以此全其真而名后世。嗟夫！南面之君，虽清远闲放如鹤者，犹不得好；好之则亡其国。而山林遁世之士，虽荒惑败乱如酒者，犹不能为害，而况于鹤乎？由此观之，其为乐未可以同日而语也。

酒是坏的东西，鹤是好的东西。苏轼认为，对于一个好的东西，你非常喜欢，也可以亡国。但是对于酒这样坏的东西，如果你可以正确对待，就可以喝得像名士一样，可以得到好的结果。东西不在于好坏，看你怎么样去爱好它。东坡认为隐居比做皇帝要更加快乐。《放鹤亭记》突然扯出酒，这在中国古代的文章里面，叫请客对主。中国古代的文章讲主客，讲宾主，写主要的东西，但是可以和另外一个对象做对比，做陪衬。所以，南宋李耆卿《文章精义》评论："文字请客对主极难，独子瞻《放鹤亭记》以酒对鹤，大意谓清闲者莫如鹤，然卫懿公好鹤则亡其国，乱德者莫如酒，然刘伶、阮籍之徒反以酒全其真，而名后世。南面之乐岂足以易隐居之乐哉！鹤是主，酒是客，请客对主，分外精神，又归得放鹤亭隐居之意切，然须是前面嵌饮酒二字，方入得来，亦是一格。"苏轼用酒来衬托鹤清远闲放的性质，实际上酒和鹤原本是没有关系的，这样处理大大增加了文章的含金量。洪迈说苏轼这篇文章是写出"隐然为天下第一快活，固在言外矣"。

第三是语言。我们知道，苏轼在黄州有一个大的转变，他的心灵状态到底是怎么样的？原先我们是不知道的，他写了一篇《黄州安国寺记》，非常重要。元丰七年，他马上要离开黄州，到汝州去，这篇文章非常真切具体描绘了他从"乌台诗案"中走出来的心路历程。他说：

元丰二年十二月，余自吴兴守得罪，上不忍诛，以为黄州团练副使，使思过而自新焉。其明年二月，至黄。舍馆粗定，衣食稍给，闭门却扫，收召魂魄，退伏思念，求所以自新之方，反观从来举意动作，皆不中道，非独今之所以得罪者也。欲新其一，恐失其二。触类而求之，有不可胜悔者。于是，喟然叹曰："道不足以御气，性不足以胜习。不锄其本，而耘其末，今虽改之，后必复作。盍归诚佛僧，求一洗之？"得城南精舍曰安国寺，有茂林修竹，陂池亭榭。间一二日辄往，焚香默坐，深自省察，则物我相忘，身心皆空，求罪垢所从生而不可得。

他到了黄州后，准备认认真真思过。结果他一思考，发现自己前面走过的路全部都是错误的。一个个改也没用，都是无法全部改正的，他痛苦得不得了，觉得自己是无药可救了。他就想要借佛教的力量，能够让自己改过自新，克服自己的缺点，让自己从痛苦中解脱出来。这个时候，正好有一个安国寺，环境挺好的，他就去改过自新了。像苦行，像做日课，每一两天去一次。到了那里，他天天枯坐在那里，觉得忘我了，诚心诚意，洗干净了之前的罪孽。

一念清净，染污自落，表里倏然，无所附丽。私窃乐之。旦往而暮还者，五年于此矣。寺僧曰继连，为僧首七年，得赐衣。又七年，当赐号，欲谢去，其徒与父老相率留之。连笑曰："知足不辱，知止不殆。"卒谢去。余是以愧其人。七年，余将有临汝之行。连曰："寺未有记。"具石请记之。余不得辞。

寺立于伪唐保大二年，始名护国，嘉祐八年，赐今名。堂宇斋阁，连皆易新之，严丽深稳，悦可人意，至者忘归。岁正月，男女万人会庭中，饮食作乐，且祠瘟神，江淮旧俗也。

四月六日，汝州团练副使眉山苏轼记。

苏轼后面说，他这样的生活过了整整五年。这五年，他经常去那里改过自新，焚香默坐，他在想他自己以后要做些什么。他就不知道自己为什么一定和王安石作对，为什么要去批评宋神宗，完全可以由着他们去的。这样的日子，他过得非常痛苦，我们可以看到一些自虐的色彩在里面。和尚对苏轼说，如果知足了，就不会自取其辱了，如果收手了，就不会有危险了。后来，他要去汝州做知州了，和尚就请他写一篇记。苏轼就写了《黄州安国寺记》。我非常感谢这个和尚，是他让苏轼记录下他这五年痛苦的心路历程。苏轼这么多篇文章，每篇文章好像都不一样，没有什么规律可发现，但是也有规律。晚清刘熙载《艺概》说得很好："东坡文虽打通墙壁说话，然立脚自在稳处。譬如舟行大海之中，把舵未尝不定，视放言而不中权者异矣。"苏轼写文章，其实主题把握得很清楚。他的文章能放能收，能分散，能集中。这支笔，要放就放，要集中就集中，是有中心的。

题跋小品，日常生活的智慧

第三个部分，我们讲讲他的题跋小品，都很短，非常有意思，都是人生的智慧。他到了惠州之后，题跋小品写得更多了。他在那儿也没事，觉得官场无聊，看透了。于是他就从现实生活当中，从当下生活中寻找乐趣。《东坡志林》中有这样一则：

> 有二措大相与言志。一云：我平生不足，惟饭与睡耳。他日得志，当吃饱饭了便睡，睡了又吃饭。一云：我则异于是。当吃了又吃，何暇复睡耶？吾来庐山，闻马道士善睡，于睡中得妙。然吾观之，终不如彼措大得吃饭三昧也。

穷酸的读书人里面有两个人互相说志向。一个人说自己一直没有吃饱饭，没有睡足觉，自己以后发达了，就要吃了睡、睡了吃。使我们联想到苏联著名作家奥斯托洛夫斯基说过的一句话："吃和睡是猪的生活。"另外一个人说，我跟你不一样，我要吃了又吃，没有空睡觉，一顿接着一顿吃。这就是两个穷酸读书人的伟大志向。到后面，苏轼其实是嘲笑姓马的道士一直睡觉。文章其实就是开了个玩笑，我猜想苏轼肯定是读了禅宗，读了《五灯会元》著名的公案，想到了这个东西，然后写出了这篇小品。《五灯会元》的公案这样写：

源律师问："和尚修道，还用功否？"（大珠慧海禅）师曰："用功。"曰："如何用功？"师曰："饥来吃饭，困来即眠。"曰："一切人总如是，同师用功否？"师曰："不同。"曰："何故不同？"师曰："他吃饭时不肯吃饭，百种须索；睡时不肯睡，千般计较。所以不同也。"律师杜口。

　　这是说人饿了就专心吃饭，困了就专心睡觉，这是非常难的。我觉得苏轼把这两个人拿出来说事，应该是受到了禅宗的影响。

　　第二个例子，在文集里面没有，有一则砚铭保存下来：

　　或问居士："吾当往端溪，可为公购砚。"居士曰："吾两手，其一解写字，而有三砚，何以多为？"曰："以备损坏。"居士曰："吾手或先砚坏。"曰："真手不坏。"居士曰："真砚不坏。"

　　有人问苏轼说，自己要去端溪，是否要为你买一方砚台？苏轼说，自己就只有一只手能写字，本来已经有三块砚台了，还要更多的干嘛呢？朋友就说，多要几块，是为了防止别的损坏了，可以备用。苏轼就说，砚台会坏，但是我的手肯定先坏，我的手是肉做的。朋友就说，活人的手不会坏的。苏东坡就说，如果是一块好砚台，也不会坏。这也没有什么，就是我们日常生活中每个人都会遇到的问题。这非常有智慧，很幽默，显示出他老先生很热爱生活，从日常生活中发现乐趣。

在他的《仇池笔记》当中，讲述了一种吃法。是苏轼在惠州的时候。

> 惠州市肆寥落，然每日杀一羊，不敢与在官者争买。时嘱屠者买其脊，骨间亦有微肉，熟煮熟漉，若不熟，则泡水不除，随意用酒薄点盐炙微焦食之。终日摘剔，得微肉于牙綮间，如食蟹螯。率三五日一食，甚觉有补。子由三年堂庖所食刍豢，灭齿而不得骨，岂复知此味乎！此虽戏语，极可施用，用此法，则众狗不悦矣。

惠州当时很落后，每天杀一头羊，肉都给了大官。苏轼就说，脊椎之间稍微有一点肉。把羊脊椎里面的一点肉用酒和盐抹一抹，然后放在火上烤，烤到稍微有一点焦香就拿出来吃。一点点肉，就像是吃蟹钳一样，把里面一点点的肉想办法弄出来，本能的有一种非凡的成就感。苏轼之前在黄州的时候很苦，两三天去一次庙里，现在他到了惠州，就吃羊骨头，三五日吃一顿，微微烤焦的羊骨头里面的小肉。而他说他的弟弟苏辙官比较大，每天可以吃大块的肉，吃了之后，牙齿都陷在肉里看不到了，骨头还没看到，这有什么意思呢？你怎么知道骨头里面夹一点肉的美味呢？他说，这虽然是在和你开玩笑，但是真的是可以做的，我三五天这样一吃，旁边很多狗都很不开心，因为羊骨头都被他吃掉了，抢了狗的食物。所以这一条

《仇池笔记》中的小品文，就叫《众狗不悦》。一千年以后，他吃的这个骨头，我们给了它一个名字，叫作"羊蝎子"。

他又去爬山，说自己原本想要去松风亭，看到松风亭还很远，很累，他写道：

> 余尝寓居惠州嘉祐寺，纵步松风亭下。足力疲乏，思欲就亭止息。望亭宇尚在木末，意谓是如何得到？良久，忽曰："此间有什么歇不得处？"由是如挂勾之鱼，忽得解脱。若人悟此，虽兵阵相接，鼓声如雷霆，进则死敌，退则死法，当恁么时也不妨熟歇。

他就想，为什么人一定要爬到亭子里面才能休息呢？他一想通了，立刻就地休息了。如果两军对垒的时候，你往前冲就被敌人杀掉了，往后退，连长就把你枪毙了。反正是死路一条，那么这个样子该怎么办呢？不如就地休息。反正都是一死，不如躺下来休息吧！有人说这表现了苏轼晚年消极的人生观，但是我觉得不可以这么绝对，这在于个人理解。人家把羊蝎子都吃得这么有味道，你能说他消极吗？

最后，我们再一起来看苏轼的两篇题跋，回到他对文学的态度。一篇是《跋退之送李愿序》，这一篇非常有名：

> 欧阳文忠公尝谓晋无文章，惟陶渊明《归去来》一篇而已，余亦以为唐无文章，惟韩退之《送李愿归盘谷序》

一篇而已，平生愿效此作一篇，每执笔辄罢，因自笑曰：
不若且放，教退之独步。

欧阳修说两晋之间，最好的文章是陶渊明的《归去来兮
辞》。苏轼模仿欧阳修写了一句话，说唐代只有一篇好文章，
就是韩愈的《送李愿归盘谷序》。他自己也想要模仿韩愈去写
一篇，但是又觉得自己肯定写不好，不如就放韩愈一马，就让
他这篇文章留存千古，这是非常有性情的。古人不研究文章，
评论文章就是按照感觉来的，不用写论文来论证的。

苏辙一开始对苏轼文章创作的变化有一个评价，觉得哥哥
的比自己的好。那么哥哥对弟弟的文章是怎么评价的呢？这是
我们要讲的第二篇题跋。苏轼在苏辙的《超然台赋》后写上一
段短跋：

> 子由之文，词精理确有不及吾，而体气高妙，吾所不
> 及，虽各欲以此自勉，而天资所短，终莫能脱，至于此
> 文，则精确高妙，殆两得之，尤为可贵也。

弟弟的文章，词的用法不如自己，但是弟弟的文章中有高
妙之气，他是不如弟弟的。两人各有特点和天资，但是苏轼认
为，苏辙《超然台赋》写得很好。他说他弟弟写这一篇文章，
既保留了自己高妙的特色，又吸纳了苏轼用词说理精确的优
点，所以这篇文章尤为可贵。《超然台赋》当然写得很好，但

是我觉得苏轼在这里过谦了，"词精理确""体气高妙"这八个字我觉得恰恰可以概括他自己文章的特点。从虚的方面，就是他自己说的"文理自然、姿态横生"，如果大家觉得这作为苏轼文章的特点太玄了，要落到实处，就是这"词精理确""体气高妙"八个字，可以总结为他文章的特点。

第八讲　四十年来家国，三千里地山河

李煜的悲剧与人类的命运

李煜用自己前后反差极大的悲剧人生酿就了三十多首艺术上极为出色的上乘词作，尤其是亡国之后的作品，字字以血泪写成，既是一个亡国之君的内心写真，也是对人类命运普遍而永恒的悲剧性的慨叹和追问。

中国历史上，有些皇帝可以说是相当特别，皇帝嘛，本来是应该花心思好好治理国家的，可是这部分皇帝，主要把心思花在文学艺术上，而不是治理国家上。或者呢，他本来也想好好治理国家，动了一些脑筋，怎奈国运不济，总也治理不好，于是索性潜心吟诗作画，抚琴唱曲，就这样，本来是三流的皇帝，一不留神，成了中国历史上第一流的文学家、艺术家。

我们今天要讲的就是这样一位皇帝，五代时期南唐的后主李煜，人称"李后主"。他可是大名鼎鼎啊，"问君能有几多愁，恰似一江春水向东流"的词句，就出自他的手笔。

李煜的词，留存到今天的，总共只有三十多首，这个数量，大概相当于苏轼词的十分之一，辛弃疾词的二十分之一，应该说是很少的。但后人对他的词评价又是极高的。近代国学大师王国维先生在《人间词话》里说："后主之词，真所谓以血书者也。"又把他的词和另一位亡国之君宋徽宗相比较，说道："道君不过自道身世之感，后主则俨有释迦、基督担荷人类罪恶之意，其大小固不同矣。"王国维说，宋徽宗的词，不过是抒写自己的身世所引发的感慨，而李后主的词，则好像有佛陀、耶稣替人类承担罪恶这样的情怀。王国维为了说明李煜词的境界，这里用了"血书""担荷人类罪恶"这样极端的措辞来比喻。这当然出于他自己的文学观念，但他给李煜的评价显然是词人中的"最高级"。

一个亡国之君的为数不多的作品，怎么会获得王国维这么高的评价？其中到底写了什么？这位失败的君王，又是怎样度过他的一生的？亡国之后，他又是怎样以血书写自己的感受的？带着这些问题，让我们走近"情种"李后主。

南唐和李煜的身世经历

要了解李后主，还得从他爷爷说起。五代十国是中国历史上多个政权割据的时期，除了后梁、后唐、后晋、后汉、后周五个政权外，南方还先后存在过九个政权，其中南唐的版图最大，都城在金陵，也就是今天的南京。李煜的祖父叫徐知诰，是南吴权臣徐温的养子，徐温死后逐渐控制了南吴的朝政。公元937年，吴帝杨溥让位于徐知诰，南吴灭亡，徐知诰改国号为"齐"，又自认为是唐朝宗室后裔，第二年，就改姓李，名昇，改国号为"唐"，历史上称为的"南唐"。李昇就是南唐烈祖。

李昇去世后，他的长子李景即位，后改名李璟，世称南唐中主，他在位的时候，南唐国力大增，经济发达，据《旧五代史》记载，当时南唐"东暨衢、婺，南及五岭，西至湖湘，北据长淮，凡三十余州，广袤数千里，尽为其所有，近代僭窃之地，最为强盛"。因为《旧五代史》是宋朝人薛居正编写的，所以称南唐为"僭窃之地"，南唐土地之广袤，国力之强盛，可见一斑。

李璟身上有两样东西遗传给了儿子李煜。第一样是温厚而懦弱的个性。第二样是杰出的文学艺术才华。

李璟虽是长子，但有四个弟弟，父亲李昪宠爱这几个小儿子，一度想传位给其中之一，病危时还秘密地把李璟的三弟景达召到身边，幸亏医官吴庭绍把这件事告诉李璟，才命人及时追回密信。否则后果不堪设想，将来谁当皇帝也很难预料。经历过这样惊心动魄的事件，一般人登上皇位之后，肯定认为弟弟是自己最大的威胁，而首先拿他们开刀，以绝后患。但李璟没有大开杀戒，反而在即位后在父亲灵柩前宣布兄弟继立，就是哥哥死了，弟弟当皇帝。他就是这样仁慈地对待家族内部威胁的。那么外部的敌人呢，北方的后周政权对南唐虎视眈眈，周世宗柴荣下诏历数南唐之罪，还好几次出兵亲征，在如此严重的军事威胁之下，李璟当然也做了一些抗争，但最终以割让大片土地、交纳岁贡百万、乞为附庸之国这样的手段换取暂时的安宁。在周显德五年正月，李璟正式去除皇帝称号，而称南唐国主，这虽然是迫于无奈，也可以保证江南的人民暂时远离战争，获得一时平安，但对一个国君来说，这简直是奇耻大辱。好在半年之后，李璟就去世了。

李璟的文学艺术才华，也十分了得。陆游的《南唐书》说他"多才艺，好读书"，史虚白的《钓矶立谈》说他"时时作为歌诗，皆出入风骚，士人传以为玩，服其新丽"。虽然他留下的完整的诗歌只有一首，词作仅有四首，但从这有限的篇章中，可以看出李璟深厚的文学修养和高超的创作技巧。比如大家都熟悉的现代诗人戴望舒的名作《雨巷》，这首诗的结尾说："我希望飘过／一个丁香一样的／结着愁怨的姑娘。"这句诗其实就是来源于李璟词《摊破浣溪沙》中的名句："丁香空结雨中愁。"还得告诉大家的是，李璟是一个美男子，颜值相当高。龙衮的《江南野史》说他"音容闲雅，眉目若画"，这样的皇帝恐怕不多见吧。总之，李璟的形象，温厚之外，带着文艺范儿、文艺腔，和历史上那些精于权术、心狠手辣的皇帝大不相同。

李璟去世之后，第六个儿子李煜即位，为什么是老六即位而不是老大即位？这是因为李煜的五位兄长这时已经去世了，所以最后只能立他为太子，李煜于公元961年在金陵即位，这一年，是宋太祖赵匡胤建立宋王朝的第二年，即建隆二年。宋朝还没有平定南唐，所以李煜可以暂时做他的"国主"。李煜又是怎样一个人呢。他初名从嘉，字重光，号钟隐、钟山隐士、莲峰居士，一个国君的别号都是"隐士""居士"之类，就说明李煜的确是不太热衷于治理国家，内心真正渴望的是过一种摆脱尘世、超然物外的生活。也有人说，之前所立的太子嫉妒心太重，李煜为了表明自己对政治不感兴趣，打消对方的顾虑，故意用"隐士""居士"为号。

李煜是一个极其聪明的人。传说他出生时一只眼睛是"重瞳子"，在古人看来，这是一种神异的相貌，比如上古时候的舜帝就是重瞳子，项羽也是重瞳子。这个重瞳子究竟是怎么回事儿，医学专家也没有定论，有说是眼睛瞳仁中部上下黏连的，也有说是白内障的，这比较煞风景，我们真心希望李煜不是白内障。李煜即位以后，继承了父亲温厚的性格特点，而更加宽容；继承了父亲的文艺才华，而更加卓越，我们从一些小故事里就可以看出来。

据陆游《南唐书》记载，当时南唐国力衰弱，国库空虚，照理说应该多向老百姓征税才能聚敛财富，但李煜出于对百姓的同情，不愿意给他们加重负担，反而减轻了赋税。北宋文莹的《湘山野录》记载了这样一件事来说明李后主"性宽恕"：李煜有一次在青龙山打猎，山谷中有一只母猴不当心钻进网里，母猴被抓到李后主面前的时候，泪如雨下，指着自己的肚子，李后主觉得奇怪，就派人守着这只猴子，结果晚上母猴生下两只幼崽。李煜感到此事很蹊跷。打猎归来，他视察大理寺，赦免了很多囚犯，其中有一个判了死刑的孕妇，本来她生产以后要被处死，结果她生下两个孩子，李煜感念母猴生崽的事情，就改死刑为流放。可见李后主是一个心地善良，很有同情心的人。

在文学艺术上，他的才华超越了他父亲李璟。诗词文章之外，李后主还精通音乐、书法、绘画。据《宣和画谱》记载，他的书法"遒劲如寒松霜竹，谓之'金错刀'"，绘画方面，他擅长墨竹，有很高的造诣。据说他对写字画画的纸张有特殊要求，最喜欢蜀地出产的"玉屑笺"，请蜀主派专门的工匠来制作，而且要用六合县的水在当地制作才好。（高晦叟《珍席放谈》）这就像今天某些讲究情调的人对什么东西都要来个"私人定制"，显得自己很有品位一样。

关于他的文学创作，我们后面还会仔细说。这里我想说的是，追求品位到了极致，就容易变得奢侈。相传平定江南的大将得了李后主的一名宠姬，这个女孩子看见灯就闭眼，说"烟气"，就是嫌烟火气太重，给她换上蜡烛，她立马闭上眼睛，说"烟气更重了"。大家觉得奇怪，就问她，你嫌烟气重，在皇宫里难道就不点蜡烛吗？她说，宫中她住的阁子，每到夜晚就悬挂上一颗硕大的宝珠，光亮照耀整个房间，就像中午时分的阳光一样。（王铚《默记》）这可真够奢侈的。不过谁叫李煜的名字叫"煜"，字叫"重光"呢？挂颗大大的夜明珠倒正好体现了他名字的意思。这就让我们明白：品位，有时候是要靠金钱堆出来的。这一点放在任何时代都一样。

李煜的爱情与宫廷生活

这个关于"烟气"的故事可以说是李后主奢华宫廷生活的写照，我们不知道这位嫌蜡烛烟气太重的女子是李后主的哪一位宠姬，李后主生命中倒是有两个最宠爱的女人，即大周后和小周后姐妹。

大、小周后是南唐司徒周宗的女儿，都曾被李后主册封为"国后"，所以得名。大周后小字娥皇，小周后字不详，有人说她小字女英。娥皇、女英本是上古尧帝两个女儿，嫁给舜帝为妃。

大周后十九岁嫁给李煜，陆游《南唐书》记载她"通书史，善歌舞，尤工琵琶"。她弹琵琶给公公李璟祝寿，李璟被她的演奏所折服，赐予自己钟爱的"烧槽琵琶"。这个烧槽琵琶究竟是怎样的，我们已经不可知了，反正肯定是一种非常名贵的琵琶。大周后会作曲，更大的贡献是根据残缺的旧谱，用琵琶演奏了安史之乱以后失传的《霓裳羽衣曲》，"于是开元天宝之遗音复传于世"。大周后和李煜在文学艺术上有许多共同语言，可谓琴瑟和谐，神仙眷侣，但好景不长，十年之后大周后因病离开人世，临终之前，亲取烧槽琵琶和所佩玉环与后主作别。去世之后，后主"哀苦骨立，杖而后起"（马令《南唐书》），并作《昭惠周后诔》来悼念。"诔文"是中国古代一种悼念逝者的文体，而这篇千把字的诔文中，"呜呼哀哉"说了14遍，可见后主哀痛之深切。

大周后去世后三年，李煜又立她的妹妹为国后，史称"小周后"。小周后和她姐姐一样，也是国色天香，聪慧可人。南唐灭亡，小周后随着后主一起被俘虏，解往宋都汴京，后主去世不久，小周后也离开人世。

作为一位古代帝王，在男女关系方面享有特权，三宫六院，不足为怪。但李煜无论对大周后还是小周后，用情之深与常人无异，甚至更甚于常人。他曾与大周后亲手把梅花种在瑶光殿西侧，等到梅花开放的时节，大周后已经香消玉殒，后主悲不自胜，写下"谁料花前后，娥眉却不全""清香更何用，犹发去年枝"这样摧人肝肠的诗句。对于小周后，史书记载，大周后病重时李煜已经和小周后暗通款曲，后主词中的不少作品，也被认为是描写他和小周后瞒着大周后偷情的场景。但词中是不可能指名道姓的，所以这些推测，最终也没有办法完全坐实。况且，有些作品本身对于男女主人公情爱心理描绘之深切细微，正体现了后主前期爱情词的特点。比如这首《菩萨蛮》，写男子爱恋一位在宴会上奏乐的女子，词是这样写的：

　　　　铜簧韵脆锵寒竹，新声慢奏移纤玉。眼色暗相钩，秋
　　波横欲流。
　　　　雨云深绣户，未便谐衷素。宴罢又成空，魂迷春梦中。

　　怎么知道她是在奏乐呢？上片开头两句做了交代："铜簧韵脆锵寒竹，新声慢奏移纤玉。"铜簧指管乐器上所用的铜制簧片，金属薄片经过气流的吹动产生振动，就能够使乐器发出声音。今天西洋乐器中单簧管、双簧管这些木管乐器都使用铜簧，而这里的"寒竹"所指的那件管乐器，究竟是笙、竽还是箫、笛，我们已经无法确知了。"韵脆"形容乐声清脆高亢，"锵"指铿锵有力。"纤玉"就是现在人们常说的"纤纤玉指"，这两个字表明，吹奏乐器的显然是一位女子。她这回演奏的是一首新曲子，节奏慢慢的，或者说，因为曲子新谱，她还不太熟悉，所以慢慢移动着她的纤纤玉指，小心翼翼地演奏着。那

奏乐你就好好奏乐咯，偏不是。女子的兴趣不在音乐本身，而在听音乐的人身上，这从"眼色暗相钩，秋波横欲流"两句可以看出来。女子对听众中的一位男子有意，于是边演奏，边暗中向男子抛媚眼，试图引起他的注意。"秋波"就是女子的眼神，一个"钩"字，一个"流"字，则非常直接地写出了女子对该男子内心的渴望。对于这首词的上片，我们还要说两点。第一，这种用眼神勾引的动作绝对是高难度动作。别忘了，人家主要是在奏乐，一心两用。一般根据我们的经验，无论是吹奏民族乐器还是西洋乐器，演奏者的眼睛总是往下看的，低着头专心演奏。现在这位女子要向座中男子暗送秋波，眼睛就至少得平视，还得保证演奏不失水准，曲子不走调，这有多难啊！人家又不是滥竽充数的南郭先生，人家的乐器是要实打实发出声音的呀！

那么，这样的暗送秋波有没有产生效果呢？有。词的下片，"雨云深绣户，未便谐衷素"，写的是男子的心理活动，可以看作对女子眼神的感应。"云雨"出自宋玉的《高唐赋》，指男欢女爱，绣户指精美的居室。男人总是比较直接，念头转得比较快，但请注意，这里的场景只是出于男子的想象，表现了男子被勾起的热情。并不是说女子真正停止了演奏，去和他相会了，这从"未便"两个字可以看出来。"谐衷素"指男女间琴瑟和谐，"素"就通"情愫"的"愫"。但宴会还在举行，男子当然只是心里想想罢了。正当男子内心还在转悠着这些念头时，宴会转眼就结束了，于是他怅然若失，还沉浸在刚才的

"春梦"中无法自拔。下片四句将男子整个复杂的心理活动细致入微地刻画出来,被勾起的念想,未能满足心愿的惆怅,统统跃然纸上。

有人说,这首词写的是宫女勾引皇帝,反映的是李后主荒淫的念头,其实我们应该反过来想。李后主是皇帝,他却在这首词中写"未便""成空",恰恰说明他不是那种随心所欲的淫逸之人。这首词里男子的惆怅显得非常率真和可爱,完全是一种常人的心态,而不是一位帝王对女性任意占有的态度。所以李后主的爱情词今天读起来还是很真切,很有生命力,能够激起普通读者的共鸣。

李煜的亡国之痛与杰出作品

虽然享受这优裕的宫廷生活,但李煜深知这样的生活过不了多久,因为北方的宋王朝兵强马壮,举兵南下是早晚的事情。李后主不是对宋朝还一让再让,连皇帝都不称,改称"国主"了吗?为什么还不能保证南唐的平安呢?这里要说到一个故事。据《续资治通鉴长编》记载,李煜曾派大臣徐铉到汴京,希望说动太祖,能够高抬贵手,放南唐一马。太祖大怒,说了一句话:"卧榻之侧,岂容他人鼾睡?"我的床边怎么能让别人呼呼睡觉呢?要我不灭南唐,想都别想!这句名言现在已经成为一个成语,表示不许别人侵入自己的利益范围。《新五代史》还记载了徐铉和宋太祖的另一番对话,徐说:"煜以小见大，以子事父，未有过失，奈何见伐？"就是说，后主以他的那个小国来侍奉您这个大国，像儿子对待父亲那样来对待您，他没有什么过失，您为什么去攻打他呢？太祖回答说："尔谓父子者为两家可乎？"你说哪有父子姓两个不同的姓，出自两户不同的人家的呢？太祖的意思是，我姓赵，他姓李，他即使像对待父亲那样对待我，我俩成不了一家人啊！说明剿灭南唐的态度是何等坚决。

最后的时刻终于来到。宋太祖开宝八年（975年）十一月二十七日，宋将曹彬攻破金陵，场面十分惨烈。李煜之前命人在宫中准备大量柴火，一旦城破就举家赴火，但最后还是没有实行，只是命令将宫中所藏万卷图书字画，包括自己的书画焚毁。城中士大夫和富商、美女少妇数百人躲在十丈高的升元寺阁上避难，结果宋军放火焚烧，阁上哭声震天，一天就彻底焚毁。有大臣不堪亡国而自杀，也有数百将士战死。最后，李后主率众出降，和臣僚百余人被押解往宋都汴京。亡国那一刻，李煜的真实心情如何，我们不得而知。多年之后，他写下一首《破阵子》词，回忆亡国那一刻的感受：

四十年来家国，三千里地山河。凤阁龙楼连霄汉，玉树琼枝作烟萝，几曾识干戈？

一旦归为臣虏，沈腰潘鬓消磨。最是仓皇辞庙日，教坊犹奏别离歌，垂泪对宫娥。

上片开头两句回忆了故国的概况。从南唐建立到灭亡，总共三十八年，所以"四十年来家国"的"四十年"是一个约数，"三千里地"也是举其大概。家国可回忆的东西有很多，后主用"凤阁龙楼""玉树琼枝"作代表，前者是豪华富丽的皇宫建筑，后者指宫苑中种植的珍奇花树，楼阁高耸入云，花树似藤萝蔓布，写尽环境的优裕和帝王生活的奢华，这就让"几曾识干戈"五个字显得合情合理，又分外残忍。是啊，对于李煜这样一位精通文学艺术、心地仁厚善良、从小生活优越的帝王而言，他哪里见识过动刀动枪的那种残酷？但作为一位无能的皇帝，他到头来只能忍受兵戈之苦与亡国之痛，怎不叫人唏嘘！词的下片回忆自己被俘后的生活和亡国一刻的感受。"沈腰潘鬓"指自己被俘后，像南朝诗人沈约那样，腰围日渐缩小，身体消瘦，像西晋诗人潘岳那样，鬓发逐渐花白，容颜衰老。接下来，后主皇宫被攻破，自己被迫出降那一刻的情景：辞别宗庙的时候，作为皇帝的我最仓皇失措。这时候，还听见教坊的乐师在演奏离别的乐曲，生离死别，最让我伤心流泪，不堪面对的是那些宫女。有人说，这个场景很不合情理，在这一刻，乐师还哪有心思演奏乐曲呢？又有人谴责李煜，作为堂堂的皇帝，辞别宗庙最应该流泪面对的是列祖列宗，他竟然"垂泪对宫娥"，不合情理。我认为这些解释都太过胶着了。李后主在被俘的时候，态度是比较从容的，他还向曹彬申请更换了衣服再走。教坊乐师见后主从容辞庙，奏离别之曲也不是没有可能的，反正已经亡国，没有什么好惧怕的了。就像电影《泰坦尼克号》中沉船的那一刻，几个乐手还在从容演奏弦乐四重奏，置生死于度外，正是一样的道理。至于"垂泪对宫娥"，我觉得从李后主的个性来说，这个相当真实。后主最重感情，列祖列宗当然愧对，那些和他朝夕相处的宫娥，更让他觉得可怜。亡国之后，她们身为女子，必受尽屈辱，命运可想而知。自己身为皇帝，竟毫无能力保护她们，怎能不垂泪以对呢？清人毛先舒评论这首词说："此词或是追赋，倘煜是时犹作词，则全无心肝矣。至若挥泪听歌，特词人偶然语。"（《南唐拾遗记》）他的判断很准，所谓"词人偶然语"，其实就是适度的艺术加工和艺术创造，不一定完完全全写实。

开宝九年正月，李煜到达汴京，宋太祖赵匡胤赦免了他，封违命侯。太宗即位后，去违命侯，加特进，封陇西郡公。对李煜被俘以后在京城的生活，历史记载并不多。但有些事对他内心的刺激可想而知。比如《续资治通鉴长编》和《宋史》都记载，太平兴国三年正月，太宗视察国家藏书处崇文院，看见许多图书，就命人把南汉后主刘鋹和南唐后主李煜叫来随便看书，还问李后主："闻卿在江南好读书，此中简策多卿旧物，近犹读书否？"说你以前在江南喜欢读书，这里崇文院的书很多都是你以前的藏书，你现在还读书吗？我们细细辨别太宗这番话的滋味，好像是对李煜的关心，其实更多含有一种胜利者炫耀的姿态。这等于是对李煜说：你有文化有什么用？你亡国了，你的藏书还不都归了我。李煜是什么反应呢？"顿首谢，因赐饮中堂，至醉而罢。"以李煜的敏感，这番话对他的刺激可想而知，于是索性喝得酩酊大醉，他内心一定极度痛苦。

正是这种痛苦，使得李煜词在他亡国之后发生了重要的变化。之前的奢华享受与男欢女爱不见了，现在是充满了亡国之悲和故国之思。而且，身在宋廷，他实际上处于被软禁的状态，一举一动都受到宋朝皇帝的关注，稍有不慎，便容易导致杀身之祸。所以，李煜后期的词已经不太能明白地写自己思念故国，思念江南，而只能写自己愁苦的心境，这样一来，使得李煜词反而具备了一种普遍化的情感，读者读起来，觉得超越了单纯的亡国之君对于故国的怀念，而是饱含着一种普遍的、永恒的愁绪，让人读了更加感动。比如下面这首《浪淘沙》：

　　帘外雨潺潺，春意阑珊。罗衾不耐五更寒。梦里不知身是客，一晌贪欢。
　　独自莫凭栏，无限江山，别时容易见时难。流水落花春去也，天上人间。

词的上片写自己五更天从梦中醒来，只见帘外细雨纷纷，更感觉春寒料峭，罗衣单薄。"梦里不知身是客，一晌贪欢。"李煜梦到了什么？在哪里贪欢？他没有明说，显然，在刚才的梦里，他回到了故国金陵，享受了片刻昔日帝王的欢愉。这是梦给他的错觉，可也是安慰。可是这个梦是多么残酷而富有讽刺意味啊。醒来后，伫立窗边，才知道自己其实根本不可能回到金陵，只能在汴京的小楼上孤立凝望。词的下片，写自己对

"无限江山"的感念。这里的"无限江山"，即是作者平时凭栏远望望见的实景，又是他回忆中昔日的故国江山，正因为不忍望见眼前的江山，所以说"莫凭栏"，"不忍"的原因则是眼前的江山勾起了他的故国之思，所以说"别时容易见时难"。最后说"流水落花春去也，天上人间"，意思是春天就像流水和落花一样一去不复返了，昔日与今日真是相隔遥远，仿佛一个是天上，一个是人间。这首词的妙处在于，作者没有说"往事只堪哀"，也没有说"多少恨，昨夜梦魂中"，不了解词人身份的人，根本不知道这是一位亡国之君的悲叹歌哭。《西清诗话》说李煜写完这首词"未几下世"，于是有人把它当成李煜的绝笔之作。

这就要说到"情种"李后主的最终结局了。北宋王铚的笔记《默记》记载，李煜的旧时大臣徐铉，就是当年去劝宋太祖放李煜一马的那位，这时已经是宋朝的臣子。太宗让他去探望后主，后主见到旧臣，号啕大哭，说了一句"当时悔杀了潘佑、李平"，这两位都是辅佐后主的忠臣，被后主下狱后上吊自杀。后主的意思是要是他俩还在，我怎么会沦落到今天这般田地。徐铉不敢隐瞒，将后主的话如实禀告太宗，太宗就在赐给李煜的酒中下了一种毒药——牵机药，据说服用之后"头足相就如牵机状也"，最后死亡。据专家研究，这牵机药其实就是马钱子，对人的中枢神经系统有极大毒性，中毒后头部会开始抽搐，最后与足部佝偻相接而死。但此事仅见于《默记》这样的笔记，各种正史均未记载，都说李煜是太平兴国三年七月七日病逝的，这天正好是他的生日。生于七夕，亡于七夕，四十二岁的李煜终于走完他悲剧的一生。临终时，太宗曾派人四次探视，去世后，追封吴王，葬于北邙山。江南的父老听到李后主去世的消息，纷纷痛哭祭奠，怀念他统治时期的宽厚仁爱。

李后主是一个失败的皇帝，但也是一个伟大的文学家、艺术家，假如他不是生在帝王之家，完全有可能好好做一个文人。可事与愿违，李煜用自己前后反差极大的悲剧人生酿就了三十多首艺术上极为出色的上乘词作，尤其是亡国之后的作品，字字以血泪写成，既是一个亡国之君的内心写真，也是对人类命运普遍而永恒的悲剧性的慨叹和追问。他的一生，可以用他在《虞美人》词里最后的那句话作总结："问君能有几多愁，恰似一江春水向东流。"

· 第九讲　死生豁达，人间美丽，圣人忘情 ·

李白与马勒

《世说新语》里讲"圣人忘情"，完全忘怀了人间的忧虑，人生的得失，这是多么高的一种境界啊！

李白是唐代最伟大的诗人之一，他的诗万口传诵，至今不绝。你一定觉得奇怪，李太白怎么和奥地利作曲家马勒扯上了关系？这个马勒究竟是何许人也？

设想有这么一个人吧，在一个很重要的单位辛辛苦苦做了几十年一把手，为了这个单位的发展也算是呕心沥血，结果最后被同事、下属排挤走人，你说他倒霉不倒霉？假如这个时候，他又偏偏患上了严重的心脏病，从此以后不能随意活动，不然的话会有生命危险，所谓"福无双至，祸不单行"啊，你说他倒霉吧？于是，他为了散散心，调养调养身体，带着妻子、女儿去郊区度假，这总没问题吧？结果他才四五岁的女儿，染上了猩红热，就在度假胜地一命呜呼了。天底下居然会有这么样倒霉的事情。这还不算，之后他妻子因为丧女之痛深受打击，为了寻找精神寄托，红杏出墙，找了一位比自己年轻的小伙子做情人。我们的男主人公等于戴了"绿帽子"，你说他倒霉不倒霉？这些事情，人一辈子，只要轮上一件，恐怕就扛不过去，哪有四件事情全让一个人碰上的呢？还真有！他就是一百多年前，生活在维也纳的奥地利作曲家古斯塔夫·马勒。他是19、20世纪之交最伟大的指挥家，也被认为是继贝多芬之后最重要的交响曲作曲家。

话说马勒先生经历了这么些事儿，整个人都快要崩溃了。但就在他接近崩溃边缘的时候，他岳父的一位朋友送了他一本书，书名叫作《中国笛子》。这本书里全部都是翻译成德文的唐诗，包括李白、王维、孟浩然等人的诗。朋友让他抽空可以读读这本诗集，放松放松。其实这些唐诗并不是从中文直接翻译成德文的，而是从一本法文翻译中国诗集转译的。有一句名言说，诗歌是翻译中间丢失的东西。因为从一种语言翻译到另一种语言，翻译的时候最精妙的诗意就丢失掉了。《中国笛子》里面经过转译的唐诗，当然没有办法准确地复现唐诗原来的面貌，这是可想而知的，但大致的诗意还留在那里。马勒拿着这本《中国笛子》翻来覆去地阅读，读到最后，恍然大悟，自己遇到的那些倒霉事儿其实也不算什么，他认识到人生本来就是无常的。他要对这个世界采取另一种态度。在这些不幸的打击面前，仍然保持超脱。不幸的事已然发生，人就得以一种超脱的、积极的态度去面对。这下子马勒好像找到了一个药方，可以让自己备受煎熬的心得到安宁和解脱。也许是这些诗给马勒留下了太深的印象，他又从《中国笛子》里挑选了七首最令他感动的唐诗，谱上了曲子，并写成了一首篇幅巨大、结构宏伟的交响曲，名叫《大地之歌》。

　　一般交响曲都是由管弦乐器演奏的，在这首交响曲里，他还让男女歌唱演员把他挑出来的七首诗全部唱一遍，这在交响曲发展的历史上还是头一遭。交响曲是一种主要在欧洲发展起来的音乐艺术形式，而唐诗是一千多年前中国人写的，用交响曲的形式来演唱唐诗，马勒是一个开创者。"大地"这个词在德文里也包含有"尘世""世俗"的意思，所以《大地之歌》并不是马勒表示悲观厌世情绪的一首作品，而是作曲家在得到唐诗拯救以后拥抱尘世，以一种新的心态和心境来面对这个世界而写成的一部作品。这就让人不禁感叹唐诗的伟大，它的魅力实在是太强了，它能够帮助一位生活在一百多年前的欧洲、不会说一句中文的音乐家，摆脱人生的痛苦和心灵的绝望。唐诗的艺术魅力，能够超越语言、文化的隔阂。

马勒到底选了哪七首唐诗呢？到底是哪几首"法力无边"的唐诗，能够救马勒先生于水火呢？据专家研究，《大地之歌》的第一乐章《大地悲愁饮酒歌》，他用的是李白的《悲歌行》的前半首。第二乐章《秋日孤客》，就是写秋天一个孤独的人，用的是中唐诗人钱起的《效古秋夜长》。钱起是中唐的"大历十才子"之一，就是在科举考试时写过"曲终人不见，江上数峰清"(《湘灵鼓瑟》) 的那位诗人。第三乐章《青春》,《青春》的唱词和现存的任何一首唐诗都不完全吻合，专家推测可能经过了改写。有人认为，这个唱词用的是李白的诗《宴陶家亭子》，但目前没有定论。第四乐章《佳人》，也就是美人，用的是李白诗《采莲曲》。第五乐章《春日醉客》，这和前面第二乐章《秋日孤客》有点儿类似，就是写春天的一个喝醉酒的人，用的是李白的《春日醉起言志》这首诗。第六乐章《送别》，用了两首诗，第一首是孟浩然的《宿业师山房待丁公不至》，第二首是王维的《送别》。这两首诗都很有名，《唐诗三百首》

里都选了。

这七首诗中，李白的《悲歌行》《采莲曲》《春日醉起言志》，孟浩然的《宿业师山房待丁公不至》和王维的《送别》这五首，德文译文和中文原文意思比较吻合。这里，我们只说李白与马勒。

《悲歌行》：死生豁达

第一首是李白的《悲歌行》，马勒仅用前半首谱曲，原诗是这样写的：

悲来乎，悲来乎。

主人有酒且莫斟，听我一曲悲来吟。

悲来不吟还不笑，天下无人知我心。

君有数斗酒，我有三尺琴。

琴鸣酒乐两相得，一杯不啻千钧金。

悲来乎，悲来乎。

天虽长，地虽久，金玉满堂应不守。

富贵百年能几何，死生一度人皆有。

孤猿坐啼坟上月，且须一尽杯中酒。

读了这前半首诗，我就想到一个问题，马勒为什么会被李白这首诗的这部分特别打动呢？我觉得这里面有两个原因：一是李白在诗里说朋友相聚，光有酒是不够的，还要有音乐，他自己就弹琴唱歌。所谓"君有数斗酒，我有三尺琴"，就是说主人你有几斗酒，我有一张古琴（古书里说古琴三尺长），我来弹给你听。又说"琴鸣酒乐两相得"，音乐和美酒相得益彰，合起来足以排遣内心的悲苦，这或许就是最能打动经历了人生悲苦的音乐家马勒的地方。因为他对音乐非常敏感，李白说光有酒是不够的，主人你虽然有酒，你也先别斟酒，听我来唱一曲。诗中写到音乐这个元素使马勒产生共鸣。二是诗中所写："天虽长，地虽久，金玉满堂应不守。富贵百年能几何，死生一度人皆有。"《老子》有云："金玉满堂，莫之能守。富贵而骄，自遗其咎。"这是你的荣华富贵啊，纵有满堂金玉，但是你也不能长久地保守。你如果因为享有荣华富贵就对人骄横，那么你就要犯错误。所以李白说，功名富贵，转眼成为云烟，而死亡呢，却是人人都无法摆脱的宿命，所以叫"死生一度人皆有"。这样一种人生态度，或许让身患疾病又新历丧女之痛的马勒特别容易产生共鸣。而李白的解决之道是"且须一尽杯中酒"，虽然死亡是宿命，但他最后还是要把杯中酒一饮而尽。李白表现得非常豁达，这种豁达也就为作曲家马勒摆脱人生的痛苦提供了一条捷径。这大概是连音乐家自己都未曾想到的吧。

这首《悲歌行》的后半部分，就是马勒没有涉及的那部分，李白用了很多典故，涉及历史上的诸多事件，刻画了贤人被逐、功臣被杀这样一种无奈，然后劝导人们，只有像春秋时期范蠡那样归隐五湖，才能最终保全性命。不然像李斯那样，不知道收敛，最后被腰斩。虽然马勒没有读到后半首诗，但是这个贤人被逐的经历，恰恰和马勒被反对者无情地排挤出维也纳国家歌剧院的这段经历极为相似。马勒身为歌剧院的艺术总监，为这个剧院整整奋斗了十年，结果最终还是被迫辞职，远走美国。那些反对他的人说，马勒整天只管自己创作交响曲，不关心剧院的发展，又说他在舞台设计方面花费太大，这不正和中国古代贤人被逐有着同样的悲哀和无奈吗？虽然马勒未必读到李白的后半首诗，但他或许已从德文翻译的《悲歌行》前半首里悟出一点什么来了，这当然仅仅是我的推测。

《采莲女》：人间美好

接着假如你去听马勒《大地之歌》的第四乐章《佳人》，就会发现，那个女高音唱得特别欢快生动，曲调也很活泼，这首《佳人》的歌词其实取自于李白的一首乐府诗《采莲曲》。这首《采莲曲》也叫作《采莲女》，所以德文就翻译成《佳人》了，佳人就是美人。李白《采莲曲》是这样写的：

若耶溪傍采莲女，笑隔荷花共人语。
日照新妆水底明，风飘香袂空中举。
岸上谁家游冶郎，三三五五映垂杨。
紫骝嘶入落花去，见此踟蹰空断肠。

这首诗可以分为两个部分，前面四句说的是在今天浙江绍兴的若耶溪旁，一群采莲蓬的女子隔着荷花和人在说笑，她们的笑声透过荷叶传过来，就格外地清脆动人。天气很好，明丽的阳光照在女孩子们新化妆的脸上，又照得水底十分明亮，因为溪水非常清澈。微风吹动采莲女高扬的衣袖，传来阵阵香气。这都是描写采莲女妩媚、欢快的样子，日光和人影、荷花和莲叶交相辉映，荷花正好衬托出采莲女子的种种娇媚的姿态。这首《采莲曲》后四句描写的对象转变了，转到了河岸上那些游冶郎，所谓"游冶郎"，就是在这个季节出游寻乐的一些年轻男子，李白用了"三三五五映垂杨"来描写这群游冶郎，用今天的话来说，就是一群"小鲜肉"吧。但是李白没有说明他们在杨柳树底下干啥，其实我们读到这里几乎可以断定，他们在柳树下，在岸边，一定是在看美女，盯着那些美丽的采莲女子呆呆地出神。此刻，他们的紫骝马一声嘶叫跑开了，所以这些小伙子也只能望着采莲女子的美丽而空自徘徊，没有什么办法，这里有一种无可奈何的惆怅。所以李白的这首《采莲曲》归根结底是写采莲的美女和呆望着她们的小帅哥。

虽然这首诗只有八句，但是李白把整个场景都写活了，诗中的美女、帅哥、阳光、荷花、柳树、溪水、人的笑语、马的嘶叫一时间全部都涌到你眼前，就像实时拍摄的微视频，充满了动感和画面感。

《采莲曲》本来是一个乐府旧题，一般描写江南女孩子采莲的情景，内容大同小异。最早写作《采莲曲》的是南朝的梁武帝萧衍，唐代的著名诗人王勃、王昌龄、白居易这些人都写过《采莲曲》。李白的这首《采莲曲》，当然写得特别鲜活灵动，但即使是鲜活灵动，为什么会特别激起马勒的兴趣呢？马勒心目中的佳人又为何是李太白笔下的那群采莲的女子呢？在我看来，作曲家马勒从阳光下采莲这样一个热情浓烈的场景中，从年轻男孩子对采莲女孩子的倾慕以及恋恋不舍这样一种态度中，看到了一派生命的脉动。这种生机勃勃的感觉特别能够给一些经历了人生挫折、心情陷入低谷的人带来力量，马勒就是其中之一。你简直可以在这首诗里面闻到荷花的味道，阳光的味道，疾奔的紫骝马身后飞扬的尘土散发出来的味道，以及青年男女那种生命勃发的味道。诸般味道融合在一起，使这首诗读起来特别富有生气和活力。在马勒看来，李白这首《采莲曲》充满了一种世俗的美丽、人间的美好，这或许就是拯救马勒最有效的灵药。

《春日醉起言志》：圣人忘情

《大地之歌》的第五乐章叫《春日醉客》，又被翻译成《春天里的醉汉》，唱词来源于李白的另外一首诗《春日醉起言志》。诗是这样写的：

> 处世若大梦，胡为劳其生？
> 所以终日醉，颓然卧前楹。

觉来盼庭前，一鸟花间鸣。

借问此何时？春风语流莺。

感之欲叹息，对酒还自倾。

浩歌待明月，曲尽已忘情。

　　李白喜欢喝酒，而且经常要喝醉的，这个大家都知道。但李白和别人不一样的地方在哪儿呢？别人喝醉也就罢了，李白喜欢写诗，更喜欢用诗来诉说自己喝醉酒的理由。他不但常喝醉，而且还要说说道理，为什么要喝醉。我发现，李白在不同的诗歌中，甚至在同一首诗歌中，说到的喝酒理由都是不一样的，"人生得意须尽欢，莫使金樽空对月"（《将进酒》）就是人生遇到快乐的事情啊，你要喝酒；但是他接着又说"古来圣贤皆寂寞，惟有饮者留其名"（《将进酒》），你要名垂青史啊，你也要喝酒；他又说"且乐生前一杯酒，何须身后千载名"（《行路难·其三》），你不想留名，不需要留名，你也要喝酒，你喝了一杯酒就不需要留下这个千载的声名了。总之有各种各样的理由，有的理由相互还是矛盾的。

　　这首《春日醉起言志》里，李白告诉我们喝酒的理由又是什么呢？就是一开始的两句："处世若大梦，胡为劳其生？"人生一世就好像一场大梦，何苦还要劳生劳形呢？想到这一点就应该拼命喝酒，整日里喝得酩酊大醉，喝醉了索性就往亭前的柱子底下一躺。这首诗不一样的地方在于，一般李白喝醉了，总是"但愿长醉不复醒"（《将进酒》），诗歌也就结束了。可是这首诗里接着写了李白醒过来的情景。"觉来眄庭前，一鸟花间鸣。借问此何时？春风语流莺。"李白醒了，听见黄莺鸟在花丛中鸣叫，就问别人这是啥时候？他终于明白了，哦，这是春天，喝得稀里糊涂了，这个时候呢，黄莺鸟的叫声感动了他，于是他就又喝上了，边喝酒边唱歌，一直唱到月亮升起来，终于完全忘情，心中的郁闷得到了充分排解。所以这首诗叫"醉起言志"，不但喝醉，而且还起来，起来了还要言志。不过李白的这个"志"究竟是什么，我们似乎也看不太明白，总而言之就是再继续喝。你注意到了吗？李白的这首《春日醉起言志》和他的《悲歌行》都说到了喝酒、唱歌，但两首诗的情调明显不一样。《悲歌行》虽然也有"且须一尽杯中酒"的洒脱，但终归还是悲凉的情调；《春日醉起言志》说喝醉了醒，醒了再喝，但已经可以听见黄莺鸟在春风中的鸣叫声了，真是莺声呖呖，一曲歌罢，诗人已经能做到忘情了。《世说新语》里讲"圣人忘情"，完全忘怀了人间的忧虑，人生的得失，这是多么高的一种境界啊！此刻，马勒所需要的正是这样一种忘情，让自己沉醉在大自然中，忘记他所经历的人间的种种苦痛。

1911 年的 5 月 18 日，马勒——这位被李白拯救的伟大音乐家在维也纳去世。他的墓碑上只刻着他的名字，没有任何其他信息，他在遗嘱里说："那些来寻找我的人知道我是谁，其他人，不需要知道。"

诗人与江南

上有天堂，下有苏杭，如果古代中国的诗人相信有天堂的话，我觉得，那一定就是华夏帝国的烟雨江南。

稍微读过一点古诗词的朋友可能都很熟悉"画船听雨眠"这句话，这是晚唐韦庄《菩萨蛮》里的一句。

人人尽说江南好，游人只合江南老。春水碧于天，画船听雨眠。

垆边人似月，皓腕凝霜雪。未老莫还乡，还乡须断肠。

"春水碧于天，画船听雨眠。"这样的意境太适合"江南"了。为什么这么说呢？韦庄并不是江南人，他是长安人。唐朝灭亡之前，他就到了四川，担任西川节度使王建的掌书记，此后一直在四川，王建称帝后，他又成为前蜀的宰相，最后在成都去世。所以有的专家说，他写"人人尽说江南好"，其实说的并不是我们今天意义上的江南，可能指的是四川。但是又有学者说，韦庄年轻的时候曾经到过我们心目中的江南，这是他晚年回忆的时候写的，因为实地看过，所以他对那里的景象有一种刻骨铭心的记忆，因而写下《菩萨蛮》。

"人人尽说江南好，游人只合江南老。""合"，就是"应该"的意思。那江南是怎样的？"春水碧于天，画船听雨眠。""画船听雨眠"的意境只有在江南会发生。因为你要能够在滴滴答答、淅淅沥沥的雨声中睡去，那么有个先决条件：这个雨不能太大，只有一点点雨声。如果雨声大了，像苏东坡写的"莫听穿林打叶声"——本来要睡着的，被它噼里啪啦的声音吵醒了，这就不行。"画船听雨眠"中的雨是"沙沙沙"的细碎声音，这种雨的分贝恰好可以使你的心静下来，起到催眠作用。就像有人喜欢到咖啡馆写东西，这是因为咖啡馆有一点背景音乐和人的小声交谈，这恰恰可以使人的心安静下来，进入工作的状态，反而是在鸦雀无声的环境下，有的人很焦躁。有限的噪音对人的心理、生理造成的感觉很舒适，我想"画船听雨眠"中的雨声对韦庄来说正好是这样一种有限的噪声，他在雨声中就慢慢睡去了。

江南有这么多事物，这首词开头两句写得这么宏观，那么下片抓取什么来写呢？诗人选择了酒垆边上卖酒的女子。李白《金陵酒肆留别》中有句写道，"吴姬压酒唤客尝"。吴地的女孩子卖酒，本身就是一件让顾客赏心悦目的事情。韦庄写卖酒的女子，不写她的脸、眉毛、眼睛或头发，写的是手腕——"皓腕凝霜雪"。这句词形容女子的两截手腕特别白。大家可以想象，女子的手腕都皓如霜雪，那么她的肤色、面色肯定是洁白无瑕、皎洁如月，这样一个女子就定格在酒垆边上。词人最后感叹"未老莫还乡，还乡须断肠"——还没有老去的时候，别忙着回去，能在江南多待一阵子就多待一阵子，回去以后你会非常想念江南的情景。

唐代人心目中难道对江南真的这么神往？韦庄是不是夸张了？我觉得并没有。唐代人，尤其唐代的北方人，心目中都有一个江南情结，前提是他们要到江南做过官。对唐代出生于北方官员来说，能够到杭州、苏州这样的江南繁华的大都市做刺史（相当于现在的市长），这是他们一生中非常幸运的一件事，令他们终生难忘。很多人就把在江南那几年的美好回忆，纷纷写成诗词，因此对江南的回忆就成为诗人的诗词里一个很重要的主题。

杏花春雨江南：地域与风物

"杏花春雨江南"最早出自元代诗人虞集的一首词《风入松》。因为这句词选择的意象非常典型，很有江南的味道，所以我们说起江南来经常会想到这一句。

江南的地域

江南作为一个地域概念，它的意义前后有所变化。根据学术界一般的看法，大概在秦汉时期，江南指长江中游以南的地区，包括今天湖北的南部和湖南，主要是楚地。长江从芜湖到南京这段大致是南北走向，不是东西走向，所以当时或者之后的时期，人们把长江下游的江南地区叫作"江东"或者"江左"，因此有所谓"江东子弟多才俊，卷土重来未可知"（杜牧《题乌江亭》）的诗句。江南原来是比较荒凉的，跟北方发达城市相比较为落后，但到了三国孙权建立吴国，整个经济发展起来了，江南碰到了发展机遇。从三国孙吴到南朝，江南指称的范围逐渐由西向东扩展，一直拓展到今天的江浙地区，也就是我们今天讲的江南地区。当然这个时段很长，不同的人在使用这个概念的过程中也会产生一些变化，每个人所指的范围不尽一致，但总体来说大概是带有这样的趋势。

到了唐代，江南路设立，包括从长江以南到南岭的广大地区。宋代设立了江南东路和江南西路。江南东路包括今天的南京、皖南、赣东北等地区，江南西路基本上包括今天的江西全境。宋代的江南东路、江南西路，都没有把苏南、浙江这些我们今天很习惯认为是江南地区的地方包括进去，没有延伸到东面来。针对东面，宋代有另外的行政区划——两浙路。两浙路包括镇江以东的江苏南部，以及今天浙江的全境。所以我们今天所习称的江南，在宋代时包含在两浙路里。到了元代，和江南有关的行政区划叫江浙行省。明代有南直隶、北直隶，明朝朱元璋的时候以南京为都城，后来就设立了南直隶。南直隶大概相当于今天的江苏、安徽、上海，它比今天我们所说的江南要大一点，把安徽包括进去了。清代在南直隶基础上设置江南省，后来分出江苏和安徽，与今天类似的江南地区的行政区划基本确立。

大家很容易认为，所谓江南是指长江以南，长江以北不叫江南，实际上不是的。在很长一段时间内，江南是指江淮以南，不仅仅指长江以南。还有一些特殊情况，例如扬州，完全是长江以北的一个城市，今天我们心理上不会把扬州作为江南，但是它在古人心目中，很长时间跟镇江一样都属于江南。这个现象是怎么产生的？东晋南朝以后，"扬州"的地域包括了今天的苏南、浙西地区，治所在今南京市，到了隋文帝开皇六年（586年），扬州治所迁往江都，也就是今天的扬州市。所以从唐代以来，人们写文章或者诗词的时候，还是把扬州作为江南的城市看待。杜牧的《寄扬州韩绰判官》写道："青山隐隐水迢迢，秋尽江南草未凋。二十四桥明月夜，玉人何处教吹箫。"诗是寄往扬州的，这里就出现了"江南"。把扬州作为江南来看待，这是古诗词里一个非常普遍的现象。杜牧还有"春风十里扬州路"一句，他写的这种繁华富丽都市的感觉、风景完全是属于江南的。

江南的风物

明白了江南的地理概念的变迁之后，我们来讲讲古诗词中跟江南最有关联的意象。第一个是"画船听雨眠"的"雨"。

跟江南有关的雨不是暴雨，是烟雨、细雨、微雨、春雨，当然也有写江南秋雨的，但是比较典型的是小雨。有很多的诗歌都会写到烟雨江南，但是古诗词中江南这个地区与烟雨、细雨这样的气候的关联度和紧密程度，远远超出我们的想象。

我们来看宋代金君卿写的《南塘》。这首诗写的是早春二月的江南，正是江南烟雨最盛的时候。

二月江南烟雨多，南塘一夜涨春波。

堤边游女最归晚，争引渔舟作棹歌。

宋代李石的《长相思》中，三月的江南和二月不一样，莺莺燕燕都开始出来了，杨花也开始飞扬起来，但三月依然是"江南烟雨时"。

花飞飞，絮飞飞，三月江南烟雨时。楼台春树迷。

双莺儿，双燕儿，桥北桥南相对啼。行人犹未归。

下面来看南宋著名学者王柏的一首诗。王柏的《诗经》研究很有名，他的《题花光梅十首》是一组题画诗，这是其中的第十首：

青青叶底未堪尝，已作商家鼎鼐香。

四月江南烟雨阔，安心且待那时黄。

这首诗题的是花光所绘的梅子。"花光"指的是北宋僧人仲仁，他居于衡州的花光寺，所以人们就用"花光"作为他的号。他善画梅花，尤其是墨梅。诗中"商家鼎鼐"中的"商"指商朝。商朝有很多鼎，"鼐"也是鼎的一种。《尚书·说命下》有"若作和羹，尔惟盐梅"之语。这首诗写梅子，贺铸有《青玉案》写过"一川烟草，满城风絮，梅子黄时雨"。梅子青时比较酸涩，不能急着吃，因此王柏说"四月江南烟雨阔，安心且待那时黄"。

四月一过，即是五月，农历五月，已是仲夏之月。《诗经》云"五月鸣蜩"，五月时知了纷纷破土上树，开始夏天第一声清鸣。初夏的五月，有周紫芝《楼居杂句五首》，其四云：

> 五月江南烟雨时，吴侬初喜饷杨梅。
> 绿枝红雨连山暗，应似泸戎摘荔枝。

周紫芝在宋代诗人中比较有名，但是一般的读者不大清楚。这首诗前两句写五月江南烟雨时，杨梅都上市了。"红雨"指杨梅，"泸戎"是泸州和戎州。杜甫在《解闷十二首·其十》中写过"忆过泸戎摘荔枝，青峰隐映石逶迤"。周紫芝把杜甫的诗句袭用过来，写五月的杨梅就像泸州和戎州的荔枝。杨梅成熟的季节，五月江南还是烟雨时。

那么江南的烟雨是不是贯穿全年呢？我从古诗词中耐心搜求，发现到了六月基本不见烟雨，到了七月就不是烟雨，是雷阵雨了，到八月也没有人再用"江南烟雨"了，但到了九月又开始了。

客临安，连日愁霖，旅枕无寐，起作

九月江南烟雨里。客枕凄凉，到晓浑无寐。起上小楼观海气。

昏昏半约渔樵市。断雁西边家万里。料得秋来，笑我归无计。剑在床头书在几。未甘分付黄花泪。

宋代词人程垓，客居杭州，连日下雨，晚上无法入眠，起来填了这首《凤栖悟》。"九月江南烟雨里。客枕凄凉，到晓浑无寐。"我想起李后主的词"帘外雨潺潺，春意阑珊。罗衾不耐五更寒。梦里不知身是客，一晌贪欢"。在程垓这首词里，九月的江南和四月、五月一样，仍然笼罩在烟雨中。

十月呢？我带着疑问，在清代人的词里面发现了一首董俞的《满庭芳》：

岸暝侵云，江深妒雪，萧萧声遍秋风。伤心客路，摇落正相同。十月江南暮景，空凝望、烟雨冥濛。谁为伴，鸥汀紫蓼，渔舍更丹枫。

孤蓬。还夜泊，一声残笛，数点离鸿。更怜他寂寞，露蕊霜丛。偶尔斜阳影里，还误认、柳絮漫空。青山外，平波渺渺，几欲泣途穷。

"十月江南暮景，空凝望、烟雨冥濛。"对于古代人来说，一月、二月、三月是春天，四月、五月、六月是夏天，七月、八月、九月是秋天，十月就到了初冬。董俞是清初江南的著名诗人，因"奏销案"而绝迹仕途，从此落拓江湖，放浪形骸。孤蓬夜泊之际，目见江南十月还是烟雨绵绵，所以"一声残笛，数点离鸿"，激起董俞孤独无依的身世伤感，这种情绪跟外部环境的触发非常有关系。

讲过"烟雨"，就要讲到跟江南这个地域特别有关的花树，主要是杏花和柳树。

我们看杜牧的《寓言》：

> 暖风迟日柳初含，顾影看身又自惭。
> 何事明朝独惆怅，杏花时节在江南。

"暖风迟日柳初含"，"柳初含"是说柳树的芽还没完全萌发出来。我们讲的"柳眼"，是说柳芽很细，就像眼睛一样，而且柳叶细芽不是绿的，是淡黄的。"顾影看身又自惭"，杜牧常常是"顾影自怜"。"何事明朝独惆怅，杏花时节在江南。"诗人自问为什么心情不好，原来是看到江南烟雨绵绵中的杏花，觉得很惆怅。春天美好，但是春天在让你感受它的美好的同时，又提醒你它随时要逝去，过一阵子杏花就要落了。

杜牧经常写到类似的情绪，我们很熟悉的一首诗《清明》。关于《清明》的作者是谁，学界有一些争议。有人认为，这首诗不是杜牧写的，因为他的《樊川集》里并没有收录这首。《清明》最早出现在南宋人编的书里，但没有标明是杜牧写的，诗题也不叫《清明》。在后来的书里才说这是杜牧写的。唐代人的诗首见于宋代的文献里，这个情况还是比较多见的，不一定说杜牧的诗集里没有，这一首就一定不是杜牧写的。而且欧阳修的同时代人宋祁写过一首词《锦缠道》，最后几句说："醉醺醺、尚寻芳酒。问牧童、遥指孤村道：'杏花深处，那里人家有。'"这显然和《清明》诗中"借问酒家何处有，牧童遥指杏花村"类似，两者之间应有承袭关系。假如《清明》是唐诗，宋祁的词句就可能是从最后两句化出来，他应当读过这首诗。假如《清明》实际上是南宋人的诗作，那么作者可能是见到了宋祁的词句而化用为诗句。但古代将词句化用为诗句的情况比较少见，而也有学者对宋祁这首词的可靠性提出一点质疑，所以那首写"牧童遥指杏花村"的《清明》诗的作者究竟是不是杜牧，学界还是有不同看法。以上这些是由"杏花"引出的一点题外话。

写江南景致，光写杏花不够，还要有春雨。元代虞集写过"为报先生归也，杏花春雨江南"，他好像是带有原创性地、敏锐地抓住了跟江南有关系的两个意象来写，我发现其实在虞集之前，写杏花烟雨、杏花春雨的不乏其人。

比如南宋的陈亮，他要比虞集更早地并列使用这两个意象，在《品令·咏雪梅》中他写道："十分春色，依约见了，水村竹坞。怎向江南，更说杏花烟雨。"元代的吴师道也是很有名的诗人，他写出了"蜡烛青烟出天上，杏花疏雨似江南"的句子。寒食节在清明前几天，"蜡烛青烟"，因为寒食节禁火，人们吃冷食，寒食之后重新举火。他不在江南，而是在元代的大都，也就是今天的北京。但是他看到"杏花疏雨"的景象，第一个就想到江南，因为这是专属于江南的意象，所以他说"似江南"。元代还有李昱《红梅》:"却忆骑驴二三月,杏花小雨看江南",以及王冕的《山水图》:"展卷令人倍惆怅,杏花春雨隔江南。"明代袁宗《春晓口占》:"怪我春来愁不醒,杏花微雨似江南。"原来有这么多人用杏花和雨的意象,而且虞集之后有人专门提到"杏花春雨"的意象是从虞集那里继承来的,所谓"春雨杏花虞学士"(朱茂曙《秦淮河春游即事》),可见"杏花"加上"春雨",这两个东西牢牢锁定了江南的气候和花卉,气候和花卉组合成这样一个牢不可破的意象搭配,专属于江南。即使你在北方看到同样的景象,总觉得北方不应该有这些,那是江南才有的。不知道有多少朋友在北方生活,又对江南充满怀念。清朝皇帝在北京造圆明园,有很多地方模仿了江南园林,他们对江南的风光也是非常神往的。

杨柳也是诗词中书写江南时常见的意象。杨柳似乎到处都有,李白的《忆秦娥》中写道:"年年柳色,灞陵伤别。""灞桥折柳"是在陕西,不是在江南,但是江南的柳树有独特的意义,跟人们关于江南的记忆、对江南的描绘紧密结合在一起。

白居易写过一首诗《忆江柳》:"曾栽杨柳江南岸,一别江南两度春。遥忆青青江岸上,不知攀折是何人。"诗人说,我种的那棵树不知道现在长得怎么样,行人经过时会不会折下几根柳枝赠送给将要和他别离的人?白居易已经离开了植柳的那个地方,心里还惦记着那棵柳树,这是对江南风物的眷恋。

同样的,白居易的好朋友张籍有一首《江南春》:"江南杨柳春,日暖地无尘。渡口过新雨,夜来生白蘋。晴沙鸣乳燕,芳树醉游人。向晚青山下，谁家祭水神。"这写的是张籍所看到的江南景象，新雨过后，很清新、很滋润、很干净、很活泼、很宁静，这就是柳树给江南带来的一种整体的氛围。

我们再看南宋周密《寄武昌友》中写道："楼前一片垂杨色，中有江南万里愁。"中国古代所称的"杨"，不是指杨树，而是指柳树。"中有江南万里愁"的"愁"也是跟江南相关的情绪。为什么人到江南就是愁呢？因为恰恰是在烟雨中，缺少阳光，整天淅淅沥沥下雨，天气很潮湿，人的心绪就容易变得比较敏感、沉郁。

花树之外，就是桥了。桥不是植物，也不是气候，桥是建筑。桥跟江南也很有关系。江南水网密集，所以有很多桥，诗人们就把它写到作品里面。尤其在词作里面，如果没有写到桥，总感觉缺少点什么。而且这些"桥"不是大桥，是小桥。"驿外断桥边，寂寞开无主。"有时候甚至是断桥，被雨水冲坏的桥。

唐代词人皇甫松在著名的《忆江南》中写道："兰烬落，屏上暗红蕉。闲梦江南梅熟日，夜船吹笛雨萧萧，人语驿边桥。"韦庄另外一首《菩萨蛮》中有云："如今却忆江南乐，当时年少春衫薄。骑马倚斜桥，满楼红袖招。"他回忆自己的青年时代，在斜桥的衬托下，骑着马的少年显得很高大英俊，以至于对面楼上的女子纷纷看过来。再如柳永写杭州的《望海潮》中有云："烟柳画桥，风帘翠幕，参差十万人家。"据说金主完颜亮读之，对钱塘繁华心生向往，遂起投鞭渡江一统天下之志。

桥为什么这么好看？我们在摄影作品里看到桥，审美感受非常好，会觉得非常雅致，很古朴、宁静。因为桥造成了空间感，桥洞中的风景也相当于一幅画，无论是椭圆形、长的拱桥，或者小圆拱的石桥，透过桥洞可以看到景色；桥洞还可以让船穿过去，形成一个充满动感的画面。所以你到江南水乡拿照相机瞄准桥洞随便摁一下，便是美景。

江南可采莲：诗人笔下的江南生活

接下来我想从古诗词对于"采莲"的书写，来说一说诗人书写江南生活的实例。

为什么选择"采莲"，而不是"听雨"？虽说"画船听雨眠"是常见的江南意境，但北方人有时也可以听雨，并不一定要在江南。采莲不一样，北方虽然也有荷花，但古代北方对于荷花的重视程度远不如江南地区，所以我特别以采莲为例。

"采莲"作为诗歌的主题，首次在中国古典诗歌中出现，是汉乐府的《江南》。这首诗大家都很熟悉。

江南可采莲，莲叶何田田。

鱼戏莲叶间。

鱼戏莲叶东，鱼戏莲叶西，

鱼戏莲叶南，鱼戏莲叶北。

"江南可采莲，荷叶何田田。""田田"是茂盛的意思。然后是"鱼戏莲叶间"，鱼在莲叶中穿行，很活泼。接下来，大家小时候背诗可能产生过这样的疑问，"鱼戏莲叶东，鱼戏莲叶西，鱼戏莲叶南，鱼戏莲叶北"，为什么要这样重复写？因为它是乐府诗，需要配合音乐来唱。古典文学专家余冠英先生认为，头三句是领唱，后面是四句合唱，这样增加了气势，唱的效果也更丰富。

对于这首诗的主旨，有多种说法，比较早的时候，宋代人郭茂倩《乐府诗集》卷二十六引了《乐府解题》说："江南古辞，盖美芳晨丽景，嬉游得时。""芳晨丽景"，是讲非常好的早晨，很美的景色。"嬉游得时"，就是鱼在那里嬉戏游动。古人认为这是写景之美。

闻一多先生的观点与古人不同。他的研究路数跟一般传统古典文学研究者不太一样，受西方文化人类学影响比较大。他的艺术感觉特别好，经常能根据文化人类学提出非常新颖的、很独特的见解，我觉得也可以作为参考。他写过一篇论文《说鱼》，认为鱼和古代的生殖崇拜非常有关系。然后就说到汉乐府《江南》，说"莲"谐"怜"声，这也是隐语的一种，鱼比喻男子，莲比喻女子，说鱼与莲戏，实等于男与女戏。

"采莲"这样一种行为和江南紧密结合在一起，在后来的诗词中常有反映。

渡江南，采莲花。

芙蓉增敷，晔若星罗。

绿叶映长波，回风容与动纤柯。

曲池何澹澹，芙蓉敞清源。

荣华盛壮时，见者谁不赏叹。

一朝光采落，故人不回颜。

　　这首诗的作者，是西晋著名政治家、文学家张华，他曾编撰《博物志》，包罗万象。诗里的开头几句描写莲花的美好："渡江南，采莲花。芙蓉增敷，晔若星罗。绿叶映长波，回风容与动纤柯。""柯"指植物的茎，细细的。"容与"，指清风吹动下植物摇摇摆摆的样子。然后笔锋一转，"荣华盛壮时，见者谁不赏叹"，盛年令人羡慕；但"一朝光采落，故人不回顾"，诗人从莲花的清新美艳，想到了韶华易逝，时光流逝激起对人生略带悲情式的感慨。

　　接下来我们看南朝民歌《西洲曲》。如果将南朝民歌与北朝民歌《敕勒歌》《木兰辞》等对照着读，你就可以看出中国南方和北方的文化，或者书写的东西有多么不同。《西洲曲》很长，我选了前面的一段：

忆梅下西洲，折梅寄江北。

单衫杏子红，双鬓鸦雏色。

西洲在何处？两桨桥头渡。

日暮伯劳飞，风吹乌臼树。

树下即门前，门中露翠钿。

开门郎不至，出门采红莲。

采莲南塘秋，莲花过人头。

低头弄莲子，莲子青如水。

置莲怀袖中，莲心彻底红。

"忆梅下西洲，折梅寄江北。"想到梅花要开了，就到西洲采梅花，折了梅花要寄往江北，江北有"我"牵挂的人。折梅花的人什么样？"单衫杏子红，双鬓鸦雏色"，薄薄的衣服像杏子的颜色一样，头发乌黑。"西洲在何处？两桨桥头渡。"西洲在哪里呢？离桥划两桨就到。"日暮伯劳飞，风吹乌臼树。"伯劳是一种鸟，单独栖居，象征了女孩子独居，爱人不在她身边。"乌臼树"就是乌桕树，有点像枫树一样，到秋天叶子是红的。"树下即门前，门中露翠钿。"说明有女孩子。接下来就写到采莲了，"开门郎不至，出门采红莲"。她的爱人不在身边，只能去采莲。"采莲南塘秋，莲花过人头。"莲花长势喜人，已经过人头了。"低头弄莲子，莲子清如水。"我特别喜欢这两句，朴实无华，把采莲女子那种纯洁、专注，略略有点羞涩的样子写出来了。一个"弄"字，令人想象出女子采莲的动作和神情。"置莲怀袖中，莲心彻底红。"你觉得好像在写采莲，又不仅仅是在写采莲，女子心里面很微妙的感受，通过采莲的小动作传达出来。

这首诗好在哪里？这些词语都是很平常的，但就是很好，后世学都学不来。钟嵘评《古诗十九首》说："惊心动魄，可谓几乎一字千金。"像是"人生天地间，忽如远行客"，没什么怪字，但每下一个字，一字千金，这在中国文学传统里非常厉害。

从汉乐府《江南》到南朝民歌《西洲曲》，都是民间对采莲的描绘。到南朝梁武帝的时候，采莲就引起了帝王的关注和重视。《古今乐录》记载，梁天监十一年（512年）冬，梁武帝萧衍改西洲曲作《江南弄》七首。这七首诗大家可以在郭茂倩编的《乐府诗集》里找到。这七首中包含一首《采莲曲》，说明皇帝想把采莲这种景象纳入他的文学创作里。

> 游戏五湖采莲归，
> 发花田叶芳袭衣，
> 为君艳歌世所希。
> 世所希，有如玉。
> 江南弄，采莲曲。

这首诗看不出是皇帝写的，还是采用民间采莲的写法，但实际上那个时候采莲这个活动被统治者欣赏，常常就在宫廷里进行。在我们想象中间，采莲的女子也应该是"皓腕凝霜雪"，映衬着红莲、绿叶，姿态娇媚；但是现实中间，作为劳动人民的采莲女非常辛苦，闷热的天气里在荷叶层中穿行，底下是泥水，还有许多飞虫。所以诗往往是美化的。

中国古代文学里有文人模拟民歌的风气。文人的拟作在南朝非常兴盛，比如吴均的《采莲曲》。

锦带杂花钿，罗衣垂绿川。

问子今何去，出采江南莲。

辽西三千里，欲寄无因缘。

愿君早旋返，及此荷花鲜。

"辽西三千里，欲寄无因缘。"江南莲要寄给谁？要寄给在辽西的那个人，那个人很有可能在辽西戍边。"白狼河北音书断，丹凤城南秋夜长。"这是沈佺期《独不见》中的一句，写战争环境里面，驻守在边塞的男子和在家里思念他的女子。古代没有手机，对方是死是活都不知道，所以唐代诗人陈陶写"可怜无定河边骨，犹是春闺梦里人"（《陇西行四首·其二》），这个句子写得太好，也太残忍了。

南朝梁的刘缓就以"江南可采莲"为题作了一首。

春初北岸涸，夏月南湖通。

卷荷舒欲倚，芙蓉生即红。

楫小宜回径，船轻好入丛。

钗光逐影乱，衣香随逆风。

江南少许地，年年情不穷。

他说"卷荷舒欲倚，芙蓉生即红"，莲叶长起来以后分量重，重了以后要偏向一边，荷花长出来颜色就是红的。"楫小宜回径，船轻好入丛。"桨很小，所以在这里面可以穿行，可以往回开，掉个头很方便；采莲要钻到莲花丛中，船非常轻。然后采莲女子"衣香随逆风"，这句写得真是好，反方向吹的风，把这个女子和荷花的香气都带过来。"江南少许地，年年情不穷"，这已经很有文人气息了。

李白也写过这个古老的主题，就是上一讲中拯救了马勒的那首《采莲曲》。这里再看王昌龄《采莲曲二首》，其中第二首比李白的还有名。

> 吴姬越艳楚王妃，争弄莲舟水湿衣。
> 来时浦口花迎入，采罢江头月送归。

> 荷叶罗裙一色裁，芙蓉向脸两边开。
> 乱入池中看不见，闻歌始觉有人来。

"荷叶罗裙一色裁"，不是把荷叶比作罗裙，或者把罗裙比作荷叶，而是指采莲女穿的裙子和荷叶颜色差不多。"芙蓉向脸两边开"，不是说女子很美像荷花，而是写真实的荷花，开在女子脸庞两侧。诗人没有直接写到女子的脸庞，但在荷花的映衬下，你完全可以想象女孩子非常青春、娇艳的容颜，非常有生气。"乱入池中看不见，闻歌始觉有人来"，是说女子钻入荷花中看不见了，只有听她采莲的歌声，你才知道她过来了，这和李白写的"笑隔荷花共人语"是一样的道理。再看中唐诗人张籍的《乌栖曲》，也是写采莲：

西山作宫潮满池，宫乌晓鸣茱萸枝。

吴姬采莲自唱曲，君王昨夜舟中宿。

诗中写"吴姬采莲自唱曲，君王昨夜舟中宿"，可见采莲这项活动被统治者喜爱之后，搬到宫里面，宫里面造池子、种荷花，让嫔妃、宫女坐着船到池子里，皇帝可以跟他们一起采。这两句写今天早上吴地女子特别高兴，在那里唱歌，不是因为采得莲花而高兴，而是因为昨天皇帝睡在了她船上。

我是江南旧游客：诗人忆江南

诗词中纪实的有很多，比如白居易在江南，就写江南，苏轼在杭州做通判，就写杭州，"黑云翻墨未遮山，白雨跳珠乱入船"写的就是西湖实际的景象。但当他们离开江南以后，江南就在他们脑海中打上了深深的烙印。而且通过记忆筛选出的这些江南生活的片段回忆，往往是他们印象最深的，也是江南最让他们感动、最让他们难以释怀的，这样一种情绪被写在了他们诗词里。白居易《忆江南三首》是最有名的：

江南好，风景旧曾谙。日出江花红胜火，春来江水绿如蓝，能不忆江南。

江南忆，最忆是杭州。山寺月中寻桂子，郡亭枕上看潮头，何日更重游。

江南忆，其次忆吴宫。吴酒一杯春竹叶，吴娃双舞醉
芙蓉，早晚复相逢。

白居易六十六岁的时候在洛阳，回忆自己的一生，无论如
何也忘不掉在杭州、苏州做刺史的那些日子。三首词中每首最
后五个字情感是最浓烈的。"能不忆江南"，说的是江南这么好，
教人能不回忆吗？"何日更重游"，说的是什么时候能重游江南
呢；"早晚复相逢"，道出的是早晚要回来的心情。这三首词是
有分工的。第一首"日出江花红胜火，春来江水绿如蓝"写他
对江南整体的回忆，你放到杭州也可以，放到苏州也可以；第
二首"江南忆，最忆是杭州"，这是专写杭州的，白居易认为
杭州比苏州好，钱塘江上可以看潮，山寺中可以寻桂；第三
首，"江南忆，其次忆吴宫"，"吴宫"是指吴王夫差为西施所
建的馆娃宫，在苏州西南灵岩山上。白居易把杭州和苏州分出
明显的等级，最忆是杭州，其次忆吴宫。其实这两个地方都很
美，上有天堂，下有苏杭，难分伯仲。

唐代诗人有三个在苏州做过刺史，名气特别大，白居易、
刘禹锡和韦应物。白居易想念苏州，看老朋友刘禹锡正在那
里做刺史，实在忍不住写下长诗《忆旧游（寄刘苏州）》去
询问。

忆旧游，旧游安在哉。

旧游之人半白首，旧游之地多苍苔。

江南旧游凡几处，就中最忆吴江隈。

长洲苑绿柳万树，齐云楼春酒一杯。

阊门晓严旗鼓出，皋桥夕闹船舫回。

修蛾慢脸灯下醉，急管繁弦头上催。

六七年前狂烂熳，三千里外思裴回。

李娟张态一春梦，周五殷三归夜台。

虎丘月色为谁好，娃宫花枝应自开。

赖得刘郎解吟咏，江山气色合归来。

白居易已经离开苏州多年了，依然惦记着"虎丘月色""娃宫花枝"的美好，以及给自己留下深刻印象的苏州歌女的美态（"李娟张态"），真是可说是对江南魂牵梦系。

刘禹锡第一时间写了《乐天寄忆旧游因作报白君以答》来酬答。

报白君，别来已渡江南春。

江南春色何处好，燕子双飞故官道。

春城三百七十桥，夹岸朱楼隔柳条。

丫头小儿荡画桨，长袂女郎簪翠翘。

郡斋北轩卷罗幕，碧池逶迤绕画阁。

池边绿竹桃李花，花下舞筵铺彩霞。

吴娃足情言语黠，越客有酒巾冠斜。

坐中皆言白太守，不负风光向杯酒。

酒酣襞笺飞逸韵，至今传在人人口。

报白君，相思空望嵩丘云。

其奈钱塘苏小小，忆君泪点石榴裙。

一方面，表示苏州人没有忘记白居易这位前任刺史，"坐中皆言白太守，不负风光向杯酒。酒酣襞笺飞逸韵，至今传在人人口"，大家都很惦记你的人、你的诗呢。另一方面，诗的最后打趣说，钱塘苏小小还在思念你，人家眼泪都把裙子沾湿了。这当然是指和白居易有过交集的歌伎。你说刘禹锡这话对老朋友白居易到底是安慰还是刺激呢？

另一位是苏轼，他很有幸先后在杭州做过通判和知州。我翻苏轼的诗集，找到五首六言诗，《忆江南寄纯如五首》。

楚水别来十载，蜀山望断千重。毕竟拟为伧父，凭君说与吴侬。

湖目也堪供眼，木奴自足为生。若话三吴胜事，不惟千里莼羹。

人在画屏中住，客依明月边游。未卜柴桑旧宅，须乘五湖扁舟。

生计曾无聚沫，孤踪谩有清风。治产犹嫌范蠡，携孥颇笑梁鸿。

弱累已偿俗尽，老身将伴僧居。未许季鹰高洁，秋风直为鲈鱼。

苏东坡用这五首诗专门忆江南。这组诗写于哲宗元祐七年（1092 年），纯如人在江南，苏东坡人在开封。神宗时，苏东坡因为"乌台诗案"被贬黄州，黄州属于湖北黄冈，蜀山是他家乡四川眉山，所以是"楚水别来十载，蜀山望断千重"。"毕竟拟为伧父，凭君说与吴侬。"诗人说，我现在都要变成粗鄙之人了，通过你给吴地（江南）的人说一说。"湖目也堪供眼，木奴自足为生。"湖目是莲子，木奴是橘树，这里面有典故。三国时有个人叫李衡，他在家周围种了很多橘树，跟儿子说将来咱们家做官做不上去，混不下去，靠这些橘树，一口饭总有得吃，所以这个橘树叫木奴，后来人家就把给人维持生计的东西叫木奴。"若话三吴胜事，不惟千里莼羹。"这说的是张翰（字季鹰）在北方做官，突然想念故乡吴地，然后弃官不做了。"人在画屏中住，客依明月边游。"这个写的是江南景象。"未卜柴桑旧宅，须乘五湖扁舟。"柴桑旧宅是陶渊明的房子，陶渊明是浔阳柴桑人，五湖扁舟是范蠡的典故，这是苏轼讲自己的状况。"生计曾无聚沫"，"聚沫"出于《列子》中的典故，道家讲人的聚散就像泡沫一样。"治产犹嫌范蠡，携孥颇笑梁鸿。"梁鸿以前带着自己老婆和孩子躲到山里，他觉得完全没有必要。最后讲他自己的现状，"老身将伴僧居"说我已经没什么奔头了，跟和尚结结伴。"未许季鹰高洁，秋风直为鲈鱼。"恐怕做不到能像张季鹰纯粹为了鲈鱼，就往南方去。这是苏轼的五首六言诗，当然苏轼回忆江南的也有很多，我觉得这组诗写得特别富有画面感，所以我把它拿出来说一说。

最后，我们以北宋王琪的双调《忆江南》来结尾吧！《忆江南》一共九首，每一首分别忆江南一样风物，这是对江南生活全景式的呈现和回忆。

江南岸，云树半晴阴。帆去帆来天亦老，潮生潮落日还沈。南北别离心。

兴废事，千古一沾襟。山下孤烟渔市晓，柳边疏雨酒家深。行客莫登临。

江南草，如种复如描。深映落花莺舌乱，绿迷南浦客魂消。日日斗青袍。

风欲转，柔态不胜娇。远翠天涯经夜雨，冷痕沙上带昏潮。谁梦与兰苕。

江南水，江路转平沙。雨霁高烟收素练，风晴细浪吐寒花。迢递送星槎。

名利客，飘泊未还家。西塞山前渔唱远，洞庭波上雁行斜。征棹宿天涯。

江南燕，轻扬绣帘风。二月池塘新社过，六朝宫殿旧
巢空。颉颃恣西东。

王谢宅，曾入绮堂中。烟径掠花飞远远，晓窗惊梦语
匆匆。偏占杏园红。

江南月，清夜满西楼。云落开时冰吐鉴，浪花深处玉
沈钩。圆缺几时休。

星汉迥，风露入新秋。丹桂不知摇落恨，素娥应信别
离愁。天上共悠悠。

江南酒，何处味偏浓。醉卧春风深巷里，晓寻香旆小
桥东。竹叶满金锺。

檀板醉，人面粉生红。青杏黄梅朱阁上，鲥鱼苦笋玉
盘中。酩酊任愁攻。

江南雪，轻素剪云端。琼树忽惊春意早，梅花偏觉晓
香寒。冷影褵清欢。

蟾玉迥，清夜好重看。谢女联诗衾翠幕，子猷乘兴泛
平澜。空惜舞英残。

江南雨，风送满长川。碧瓦烟昏沈柳岸，红绡香润入

梅天。飘洒正潇然。

朝与暮，长在楚峰前。寒夜愁敲金带枕，暮江深闭木兰船。烟浪远相连。

江南竹，清润绝纤埃。深径欲留双凤宿，后庭偏映小桃开。风月影徘徊。

寒玉瘦，霜霰信相催。粉泪空流妆点在，羊车曾傍翠枝来。龙笛莫轻裁。

上有天堂，下有苏杭，如果古代中国的诗人相信有天堂的话，我觉得，那一定就是华夏帝国的烟雨江南。